感伤故事集

著 张柠

作家出版社

目 录 / Contents

感伤故事

一　商媛和周民

1

新型冠状病毒肆虐的日子，商媛和周民连续五十多天都没有出小区门。两人天天黏在一起，刚开始还挺美的，时间一长就闹翻了。

禁足在家的日子百无聊赖。窗外的花和树，正在蠢蠢欲动要吐芽抽条，人和花隔着窗玻璃，对视无语两相厌。好在还有朋友圈。周民的微信里有两个接近 500 人的大群，一个是校友群，一个是同行群。他不喜欢校友群，里面有洋博士和教授，也有普通计算机工程师和程序员，文化水平和道德水准参差不齐。他最看不惯那些教授博士崇洋媚外的嘴脸，动不动就秀外语，搬外国媒体的观点，还喜欢挑别人的语法和逻辑错误，好像逻辑比团结还重要似的。周民多次打算退出校友群，但又担心错过重要信息。周民喜欢"计算机协会"这个同行群，大家的水平和趣味差不多，一些观点也容易引起共鸣。周民给一位正在慷慨陈词的同行献了一朵花、一个大拇指，又加了一杯热咖啡，接着也开始慷慨陈词起来。周民坚持认为，这次疫情尽管损失很大，但也是对中国的考验。一旦挺过了这个难关，那么，中国的大国地位将能得到进一步加强和巩固。他呼吁大家要团结一致，同时也提醒大家，警惕那些汉奸卖国贼趁机捣乱。周民的发言反响热烈，接着是蜂拥而至的大拇指和鲜花。周民激动起来，不顾商媛的白眼，在屋子里踱起步来。

周民情不自禁，越走越快，迈着碎步满屋子乱转。此刻，他转战到"看一看"频道，看着看着脑子就乱了，忍不住对空气吼叫起来，以为声音大就能把相互冲突的信息吓得统一起来。只见他咬肌凸起，唾沫四溅，话题也很宽泛：武汉北上广、中美俄日朝、生物学病理学、呼吸系统循环系统、政治学经济学，什么都懂，什么都能插上一嘴。特别是看到疫情在意大利和美国也传开了的消息，他激动得脸红脖子粗："反超了？耶！""特朗普也咳嗽了？耶！""奥运会也要停办了？哎哟，到我们这里来办就行了。""啥？熔断了四次？美国经济要完蛋了！""我早就说过，最后还得靠咱们的中医。""哇靠，帕瓦罗蒂也染上了！"

看着周民满血复活的架势，特别是什么都懂的样子，商媛有些烦躁。她按了一下视频的暂停键，朝周民翻了个白眼说："你能不能小声点儿啊？什么帕瓦罗蒂？他都去世多少年了？又活过来陪你玩儿来了？"

周民愣了一下，在手机上一搜，发现帕瓦罗蒂真的去世了，有些尴尬。他只看新闻标题说"意大利著名歌唱家中招"，心想不是帕瓦罗蒂是谁？甭管谁吧，总之是外国名人，真爽！周民转身又对着手机继续喷："零号病人原来在美国啊！"

商媛又翻着白眼说："又是你老乡群转出来的吧？不用看就知道他们说什么。"

商媛和周民是老乡。商媛老家是武汉东面长江边上的一座中等城市。周民的老家在鄂西山区，原来的老村庄现在沉睡在三峡水库的水底下，新村向上移到山麓，村民没有土地耕种，靠多种经营生活，主要是制造著名文具和仿古工艺品。商媛没有进自己老乡的微信群，却被周民拉进了他的老乡微信群。商媛进了那个老乡群，点开一个抖音，听到慷慨激昂的声音："就在刚刚，找到了，零号病人找到了，没错，就在美国，国人怒了，美国慌了，一定要转发出去啊，多一个人转发，多一份真相！"

商媛说："这种劣质的抖音你也相信？你们村的人真的好有热情啊，整天大呼小叫的，吃的是草，挤出来的是沸腾热血啊！我怎么记得他们搬离库区之后，是以造假古董和假名牌文具为生，现在改行造假信息了？"

周民有些尴尬，犹豫了一下，突然高声说："你有什么证据说那是假信息？你凭什么说是我们村的人做的抖音？特朗普又凭什么称冠状病毒为中国病毒？你们这都是故意诽谤！你们不要诽谤我们村的人，也不要污蔑我的国！"

2

这些日子，商媛和周民大吵小闹一直不断，费劲伤神又伤感情，有一次吵到都说要离婚了。周民每次都是大义凛然、正义在握的样子，因为他谈的都是家国天下的大事，相比之下，商媛的身边事和家务事，显得底气不足。商媛感到特别憋屈，就从逻辑和语法上找周民的漏洞。商媛觉得，周民的思维貌似严谨，其实媒介素养极差，真假不辨，好歹不分，什么垃圾信息他都能接受，包括他老乡群里那些自拍的抖音。更奇怪的是，周民那个考研考了四五次的滞涩大脑，接受低劣虚假信息的速度却出奇地快：日本尿了，美国慌了，英国傻了，国人怒了。商媛很生气，便故意跟他较真。现在又来了，周民竟然把商媛跟美国总统特朗普扯在一起。商媛正要反驳，转念又忍住了，一是色厉内荏的周民显出委屈得不行的样子，二是昨天吵架他刚刚输过一局。

商媛戴上耳机继续看电视剧，边看边骂那些黑心视频网站："妈的，抢先把网上的资源搜集在一起，然后注册收费。"商媛刚给视频网站续了费，在追电视剧《我爱我家》，看到和平（宋丹丹）掼老傅（文兴宇）的那一段："说您资格老吧，我受累打听一下：辛亥革命您参加了吗？五四运动您挨哪儿了？没您，姆们劳动人民还不要翻身了？"商媛突然哈哈大笑起来，笑声压倒了周民议论的声音。周民盯着商媛看了几眼，其实商媛不生气的时候挺漂亮，大笑起来更露出天真的孩童般的可爱。周民见商媛不再计较，就接过她的话头，算是一种和解方式："宋丹丹什么逻辑嘛！大泽乡起义我不在场，绿林赤眉军我也没参加，陈桥驿兵变我又没出力，我就不要活了？我就没有价值了？"

周民没有听懂宋丹丹的话。商媛也没听懂周民的话。眼看又快到饭点儿了，外卖不敢叫，得自己动手。商媛负责做饭，周民负责网上下单，到小区门口取菜，洗碗和拖地。周民按照自己的口味选购，商媛按照自己的喜好烹饪。周民认为，吃下肚子的东西自然是味道第一。商媛要在朋友圈晒出图来，所以认为花样搭配和色泽好看是第一。只有面对莲藕排骨汤，他们几乎没有分歧，前提是莲藕切成三角形还是矩形，周民都无所谓。商媛心里正在盘算着做什么菜，口里说让周民往自己微信里转点钱，否则就不做饭。周民是某著名网站的计算机工程师，收入要比商媛高，除工资之外，还会接活儿回家做。商媛的工资由商媛自己支配，家里的开支几乎都由周民负责。尽管挣钱不易，花一个少一个，但给商媛花他还是乐意的。周民遵循"细水长流成河，粒米积蓄成箩"的乡村古训，反对大手大脚。商媛每次开口，周民都不会拒绝，心里甚至还有点骄傲。不过他也不会多转，每次都是一两百。他知道商媛的毛病，若不加控制，她就挥霍无度。

商媛不缺钱，但每当生气而又不想吵架的时候，她就找周民要钱，目的是刺激周民，让他心疼。商媛家境比周民好，父母都是公务员，哥哥在老家乡下经营一个竹编家具工艺品厂，产品远销中国香港东南亚。周民的父母是农民，从小过惯了苦日子，养成了省吃俭用的习惯，舍不得花钱到了寒碜的地步。每一次逛街消费的时候，商媛都有压力。有一次，商媛领到一笔稿费，正好赶上他们的结婚纪念日。商媛在一家西餐厅要了小包间，又是红酒，又是鲜花，还有牛排、海虾、鹅肝。周民坐在那里发呆，迟迟不肯下筷子，说太奢侈了。商媛说，结婚纪念日一年一回，不要太小气。周民一边吃一边忏悔，说他妈妈和妹妹做"某某牌"圆珠笔，一个礼拜都挣不了这么多。最后自然是不欢而散。

3

刮着风，没有雾霾，天空澄清瓦蓝，阳光也很好，心情跟着好起来了。

春节都过去好一阵了，每年例行的年度纪念性合影都没有照。商媛特地换上那件新买的红色羊毛呢大摆裙，想跟周民合个影，要把照片发给妈妈。红色羊毛呢裙，是一年来周民送给商媛的唯一礼物。周民还规定商媛必须等到正月初一才能穿。周民说自己小时候天天盼过年，就是盼有吃有玩，还盼大年初一能穿新衣服。在城里长大的商媛没有这种经验，她不解地说，都什么年代了，穿新衣服还要选日子。商媛也不缺衣服，就尊重周民的意见。除夕夜商媛跟爸妈视频聊天，千叮咛万嘱咐，让他们尽量不要出门，出门要戴口罩，要勤洗手。正月初一起得晚，商媛心里还惦记着老家的疫情，也没心思穿新衣服，一拖就拖到了现在。

商媛让周民赶紧穿上西装来照相。周民却一直在拖延，实际上就是他内心深处有抵制情绪。周民认为，隔三岔五就要视频聊天，用不着看照片。商媛说她妈那个年纪的人，年轻的时候照个相不容易，所以养成了迷恋照片的习惯。周民说："我妈也是那个年代过来的人，她为什么就不呢？我妈喜欢想象，她想象着儿子就一直在自己身边，还天天一个人跟儿子聊天，多么低碳环保的好方法！"商媛发现，只要周民夸奖的事情，一定是零成本，否则他就反对。原本说好了要回老家去过年的，周民也是一直拖着不抢票，说大年三十那天票便宜，还让商媛求她的同学中午开车到高铁站来接站，结果拖到武汉封城。商媛本来自己要上网抢票的，周民自告奋勇承担了抢票的任务，商媛上网就头晕，周民整天吊在网上，那就由他吧，结果呢，困在北京过年。两人为此也没少吵架。

商媛穿着新裙子在周民面前走来走去，周民却视而不见，他还在对着手机高声咒骂。他骂那些入了外国籍又跑回来蹭医疗费的华人是猪，哪个食槽有猪食，就往哪里挤。他骂楼下那个不戴口罩遛狗的老头子话痨似的"满嘴喷粪"，还骂那些凑热闹的抗疫诗歌"狗屎不如"。每次骂到文学界的时候，周民就特起劲，还一边骂，一边乜斜眼看商媛的表情。为此，商媛跟他吵过很多次。周民尽管不再直接讽刺商媛，但也经常是"搂草打兔子"，活儿（话）中带活儿（话）。商媛说："周民，你能不能厚道一点啊？有你这样不积口德的吗？诗写得好不好是水平问题，人家的心是好的，是善的，他们在为我们老家湖北和武汉祈祷。"

周民说："你怎么突然变得宽容起来了？既然写得不好，那还写它干什么？那不就是在制造垃圾吗？这个世界还缺垃圾吗？做事情，只靠心好心善是不行的。比如我编程吧，不是靠心好心善，而是靠逻辑，靠技术。逻辑能力不过关，技术不好，编出来的程序里面全都是漏洞，有 Bug，那怎么行呢？谁还会给你活儿干呢？有什么本事去挣外快呢？还有，你那位女神作家袁瑛，每天都在写，哪有那么多写的啊？常言道，言多就必败，忙中就出错，就会留下漏洞，就会有Bug。这不，人家北京的教授都指出了她的错误。"

周民所受的教育使得他思维严谨，但他的秉性或者说他的文化背景，却让他趣味低俗。两者结合在一起，如无敌金刚，所向披靡，这让商媛感到既无奈又厌烦。平常各自忙着上班，晚上回来还要加班，所以没有什么强烈的感觉。现在，五六十天关在一起，大家都原形毕露。更可恶的是，周民一旦进入某种所谓逻辑，他的思维和语言就像脱缰的野马，放肆地奔跑，漫无边际，不管不顾。周民越说越来劲儿，竟然开始批评商媛的偶像袁瑛！

4

商媛的硕士毕业论文题目，就是《论袁瑛小说的新现实主义风格》。不要说这一次疫情期间，袁瑛每天都在微博上写自己的见闻感受，就是没有这件事，商媛也是袁瑛的铁杆粉丝。这些天，商媛除了看电视剧，就是追着袁瑛的微博看，每天上午，她都把袁瑛的微博文章打印出来认真阅读，碰到喜欢的段落和句子，她还要大声朗读一遍。商媛一朗诵，周民就开始皱眉头。

商媛跟周民是校友，同届的硕士，一个学计算机，一个学中文。商媛毕业后在一家大型国企做文秘工作，业余也写诗和小说。商媛的理想，就是要成为袁瑛那样的作家，文学水平高，又有人文情怀，还有很多读者。但这个理想，却经常遭到周民的嘲笑，尤其是结婚之后。周民说商媛整天写写写，一点长进都没有。周民还劝商媛："既然你忍不住硬要写，那就写吧，但不要写让人看不懂的东西。受过高等教育的人都看不懂，那就有问题。写点雅俗共赏的吧，比如人民群众喜闻乐见的网络小说。"商媛认为，懂不懂文学，跟学历高低没有必然的关系，她把自己的诗歌贴在博客上，后面有很多跟帖赞赏的人，他们也不一定有多高的学历。文学是一种心灵需求，它跟灵魂相关。说到"灵魂"二字，周民仿佛有些心虚，几天之后还试探着问商媛，他有没有灵魂。灵魂的事谁说得清楚？看不见摸不着的。商媛想起两人刚谈恋爱的时候，周民说很喜欢商媛的诗，还当面背了几句。周民甚至说过，男人嘛，就是要做一些硬朗的事情，比如编程。女人嘛，就应该做一些柔软的事情，比如写诗。他哄着商媛说："以后你就放心写你的诗歌玩儿吧，我只要从一大堆编程的专利中匀出一点儿来，就可以养着你。"商媛尽管将信将疑，但年轻的时候总爱把事情往好里想。等到商媛感到可疑的时候，已经晚了，他们成了夫妻。

听到周民开始攻击文学和偶像袁瑛，商媛不想再忍了，她厉声说："周民，你给我闭嘴，你这个感情冷漠的'程序猿'。你价值混乱，是非不分，你脑子里装的全是道听途说的街边路口捡来的垃圾货。我多次扪心自问，你像是没心没肺的人吗？不像啊！所以我一直在忍受你那不过大脑的信口开河和盲目亢奋。现在，竟敢对你不懂的文学说三道四。刚开始，你不懂装懂，说如何喜欢文学，骗取我的共情，其实你就是在网上读些垃圾小说。结婚后你原形毕露，开始排斥文学，理由是不懂。现在你懂了，却在假装不懂，几篇日记有什么难懂呢？因为你的脑子已经坏了，听不得半点不同的声音。你竟然说日记中有 Bug。文学是编程吗？文学就是对你那个所谓程序的偏离和抵制，就是要把你那个貌似严密的程序打乱、拆散。遗憾的是你永远也不会知道，有一点你说对了，用你的话来说，文学就是一个漏洞，就是一个 Bug，就是你最害怕的、想删除的、一辈子都在避之不及的那个东西。"

商媛的话，像连珠炮一样射向周民，把周民的脑子弄晕了。周民原本想用 Bug 这样一个商媛半懂不懂的术语，来否定袁瑛的文章，来否定文学，也就是刺激商媛，就像商媛用出钱来刺激周民一样。让周民没有想到的是，商媛竟然承认了，说文学就是一个 Bug，还洋洋得意。可是，Bug 有什么意义呢？难道不是需要改写和消除掉的东西吗？如果 Bug 的存在是合理的，有价值的，有意义的，那么，自己这个优秀计算机工程师的存在，还有什么理由呢？逻辑的严密性和科学的严谨性，还有什么意义呢？问题在于，"编写程序"和"文学创作"，这两个东西，难道只能是你死我活的吗？它们一定要势不两立吗？不是我周民把她商媛改写掉或者消除掉，就是她商媛把我周民改写掉或者消除掉？这有点残忍，这有点不合理，这有点不能接受！它们不能够和平共处吗？周民缓和了一下情绪，打算暂时向商媛投降。

客厅里弥漫着令人窒息的寂静。商媛也知道这样吵下去没有意思，但似乎箭已上弦，不得不发了。从前吵架，总是周民先缴械投降。最近周民好像变了，每次吵完之后，不但不主动来和解，还故意僵持着，最长一次有三天，他们互相不理睬，互相折磨。今天又是这样，长时间僵在那里，令人窒息的沉默。就在周民打算缴械，但还没来得及缴械的那一瞬间，商媛提前爆发了。商媛突然站起来，将周民送给她的红色羊毛呢裙子褪下来，直接朝周民身上扔过去，高声说道："你跟你的厉害锅、程序、金钱、老乡群过去吧！"说完，转身走进卧室，猛地将门一摔，砰的一声，像打了周民一记耳光似的。

5

玻璃茶几上传来"吱吱吱"的振动声，是商媛的手机响了。商媛出来接电话，快递员让她到小区门口的货架上取快递。往常，快递的电话还没讲完，周民就已经将口罩和手套戴好准备出门。此刻，周民僵在那里，两眼盯着商媛发呆。商媛侧身对着周民，长发披散在肩上，遮住了她半边脸，紧身的裤袜让修长的双腿显得更长，臀大肌和股二头肌微微凸起，上身裹着一件米色薄羊毛衫，衬着她高耸的乳房，整个身体静中有动。周民突然有拥抱她的冲动。一种从肉体最深层涌出来的久违的感觉，让周民想起多年前第一次见到商媛时的情景。

暮春时节，校园里的花儿和人儿，都在蠢蠢欲动。商媛也是穿着紧身裤袜和紧身毛衣，和同学一起在校园里大笑着飘过。周民的目光跟着商媛的身子而动，直到她消失在视野之外。周民认为，校园里的女孩子，就像萝卜地里的萝卜一样，除了外形稍有差异，其他都差不多，用不着细挑。所以他欣赏女孩子的时候，只看外形，比如脸蛋、嘴唇和曲线。周民像选萝卜一样，选中了嘴唇长得有点像姚晨的商媛。直到第一次拥抱商媛时被打了一记耳光，他才知道，萝卜们不仅外形有差别，内在也是有差别的。商媛跟他第一个恋人就天差地别。这所学校的男女比例严重失调，差不多一比十几。女孩子能遇见一个"公猴儿"，甭管他德行如何，已算是万幸。

按照商嫒妈妈的说法，这是女儿的命。

商嫒见周民纹丝不动，打算自己去取快递。周民突然站起来，快步走向商嫒，伸出双臂从背后环抱着商嫒，双手交叉在商嫒前胸，按住她的双乳，鼻子和嘴巴贴近她的后颈。商嫒冷冷地站在那里，木偶似的，既不阻止，也没有反应。周民的呼吸弄得商嫒痒痒的，她扭动着颈项，用力缓慢地掰开周民的手。在一起生活了这么多年，商嫒对这套更多是源自肉体而不是源自精神的把戏，已经产生了抗体，包括性爱，只要不过于频繁，商嫒并不完全反感，但也不会太过当真。真正的热情早就耗尽，偶尔有被强行唤起的热情，那也是一种浅层次的转瞬即逝的热情。有时候，商嫒还会恶毒地设想，换个人应该也差不多。想到这里，一股凉飕飕的气息从脚底蹿到头顶。商嫒平静地说："放开，我要去取快递。"周民仿佛也感觉到了那股凉飕飕的气息，正在传向他的全身。周民松开手说："还是我去拿吧。"

腊月二十九日那天，商嫒知道回老家过年的事情泡了汤，当天晚上她就上网去抢购物资，买了一批防护用品。接下来是日日盼夜夜盼，却一直见不到货。本来还盘算着怎么援助父母，没想到自己也成了援助对象。商嫒在朋友圈里诉了几句苦，一位好心的文友，闪送来两打医用口罩和几瓶消毒液，眼看储备物资快要用完了，她心里有些着急，所幸疫情开始缓解，在路上跑了一个多月的快递也到了。

周民当时就试图阻止商嫒抢购物资，他认为商嫒反应过激，纯属添乱。周民还想用国外经验来打压商嫒，说欧洲人和美国人都不戴口罩，更不会去抢购物资。商嫒反唇相讥："你不是经常说美国人这也不行，那也不对吗？他们不戴口罩是对还是不对呢？我到底是要向美国人学习不戴口罩，还是反其道而行之呢？"商媛见周民被问着了，趁机继续发起进攻："美国人不抢购吗？我在旧金山留学的同学就说，那边超市里的东西都被抢光了。"周民正理屈词穷，突然想起在网上看过的一部电视剧，讲述的是美国西部大开发时期华人的故事，名字好像叫《血泪旧金山》吧？周民说："旧金山！三藩市！那是什么破地方？那是华人淘金的地方，灾民心理和灾民性格由来已久，遇到事情就惊慌失措，当然会去抢购。"商媛继续在网上下单抢购，一边反击周民："你是在说晚清的19世纪吗？你是西部片看多了吧？"周民还不死心，继续劝阻道："不要抢购那么多口罩嘛，买那么多手套鞋套消毒液，囤积在家里，一时又用不上，需要的人却买不到！"商媛反问："用不上吗？我爸爸妈妈那边还缺呢！我没指望过你，我自己买还不行吗？"

提起老家和父母，商媛更是气不打一处来。眼睁睁地看着老家变成了重灾区，物资也开始短缺。商媛一直在跟那边的同学和好友联络，想帮父母弄点口罩、手套、消毒水。后来就突然封城了，父母被禁足在家，食品都不能出去买，只能靠社区胡乱地送一些，配给什么就吃什么。哥哥也不在父母身边，跟着他老婆回四川过年去了。商媛急得夜不能寐。周民呢？漠不关心，电话都没有打一个。周民辩白，说商媛也没给自己的母亲打过电话，大家都差不多，所以都不要计较。商媛说周民老家鄂西是低风险区，几乎没有什么疫情。两人就这样你来我往地较劲儿。商媛一直在盼着那批物资快来，等它一到就给父母寄过去，就算父母现在用不上，她也要寄，以缓释内心的愧疚之情。

6

周民出门取快递的时候，在小区后面的花园里溜达了一圈。紫红色的海棠和白色的山桃花已经开始怒放。假装枯死的灰色灌木，也开始悄悄地吐出绿芽。中午的阳光直射在头顶上，暖烘烘的。周民扯下口罩，对着天空深呼吸了几下。树杪上站着两只斑鸠，在咕咕咕地叫唤。这让他想起自己儿时走在山路上的情景。

穿过健身区，拐弯就见到同一单元的女邻居，正蹲在地上对着野花左拍右拍。商媛也喜欢给花拍照，年年都重复拍摄路边那几种野花，在朋友圈里晒出来的图也差不多，所有的女人都扑上来点赞。周民突然觉得，跟男人相比，女人应该属于另一个物种。不只是商媛，这位女邻居也一样。她正弯腰给地上的野花拍照，姿势不雅，大屁股正对着周民的脸。周民笑起来，一半是笑自己，一半是笑女人。女邻居起身发现了周民，被周民笑得有点不好意思，连忙伸手遮挡凸起的胸脯，用手抓住敞开着的薄羽绒服里毛衣的 V 领，把周民的目光引向了她试图遮挡的部位。尽管开始微微发福，但她比商媛更丰满、更性感、更妖艳。

周民控制住自己的眼睛和情绪，朝女邻居点头打了个招呼，匆匆朝大门走去。他把扛回来的两个纸箱放在客厅中间，拆开包装：250 毫升装 75% 的酒精、一次性消毒湿巾、免洗消毒凝胶、橡胶医用手套、塑料鞋套、医用口罩、防护镜、防护头套，把客厅都塞满了。原本放松了的心情，被这些冗余物刺激得烦躁起来。周民想：为什么买这么多？不要钱吗？囤积货物瞎起哄。周民只是在用表情表达他的意见，见商媛还板着面孔，只好将表情微调到若有若无之间。

商媛将物资分成一大一小两堆，大堆的要寄给父母，小堆的留给自己用。老家货物的质量不可靠，父母又不会网购。等到快递恢复了就好了，可以直接从网上给父母下单。周民见商媛提都不提一下自己的母亲，心里有气，冷冷地说："北京情况也不容乐观，眼下国内的情况好像稳定了一些，但潜在风险依然很大。更可怕的是国外反向传输的病例会越来越多，不能掉以轻心，听说要封闭国际航路，所以，物资也要留一些。"商媛心里冷笑，这个整天反对她抢购物资的人，怎么突然提醒自己要储存物质呢？看来他并不是反对抢购物资，而是不想让我把物资寄给父母。商媛突然把两堆物资并为一堆，大声喊叫："我偏不留。我偏要寄走。我偏要把这些东西全部都寄给我爸爸妈妈。"

商媛故意示威。周民无可奈何。按照往常，时间一长也就过去了。今天，周民突然被一股强烈的不安情绪所包围。其实困扰周民的并不是那些具体的琐事，而是一个巨大的行为矛盾和道德陷阱：挣得不多的商媛总是大手大脚，一掷千金。挣得不少的周民总是缩手缩脚，寒碜猥琐，这是为什么？整天叫嚷着个人权利和个人自由的商媛成了孝顺女儿，整天家国天下道德理想的周民，却是一个自私自利忘恩负义的不肖子孙，这又是为什么？周民越想越不安。

父亲病逝之后，母亲养大了周民和妹妹周花，还把周民送上了大学。坐落在三峡库区的村庄，迁移到山坡上之后，村里人不再以耕种为生。在政府支持下，村里开了几家文具厂和工艺品厂，妈妈和妹妹在家里制作圆珠笔、日记本、工艺品。成品由镇上统一收购，发往城里，有的甚至销到国外。周民从来也没有接济过妈妈和妹妹，相反，妈妈和妹妹一直在支持周民，读书的时候自不待言，毕业之后，甚至结婚之后也一直如此。周民的大脑里像放映一样，将自己这些年来的经历播放了一遍。周民发现自己其实只做了一件事情，就是为自己在北京安了一个家，其中还有一半钱是从银行贷的款。可是，这跟别人有什么关系？跟家国天下有什么关系？跟父老乡亲有什么关系？跟妈妈和妹妹有什么关系？

7

当天晚上，周民睡在客房兼书房的小床上，夜不能寐，直到凌晨才睡着。周民梦见母亲牵着他和妹妹的手，出现在搬迁之前的老村的村口。寒风将衣着单薄的母亲的头发吹散，透过凌乱的头发，母亲的脸突然又变成了商媛的脸。周民惊呆了，冲着她们大喊起来，接着从梦中惊醒。周民爬起来，先用手机给妈妈转了一笔钱，接着拨通了妈妈的电话：

周民：妈妈，你好啵？

妈妈：好好好。儿啊，北京的肺炎也很凶吧？昨天晚上我还梦见了你啊，你不戴口罩到处跑，我喊破了喉咙你也不听，还往泥巴里滚呢。

周民：妈妈放心，我最近不出门，出门都会戴口罩的。妈妈戴口罩啵？

妈妈：我们这里没有人戴口罩，只有村长一个人戴，丑死了。

周民：妈妈，钱够花啵？我给你转了一点钱，让周花去银行帮你查一下账。

妈妈：你不要给我转钱啊，儿，你自己都不够花。前几天给你爸烧纸上香，我还跟他说，要他保佑你多挣点钱，早一点还清欠银行的钱。你也不小了，虽说是成了家，还没有孩子，跟单身的时候也差不多。

周民：不着急，慢慢来。贷款分二十年还呢。

妈妈：欠人家钱不好受。你爸走的时候也欠了债，那时候我总是急得睡不着觉。

周民：现在好了啊。妈妈不要记挂我，自己该花的也要花。

妈妈：我到哪里去花？我没地方花。有多就给我儿攒着还款。儿吃饭不要省啊。

周民：妈妈不要给我攒钱，自己多保重。妈妈身体好，我才有心情挣钱。

妈妈：妈妈身体没事。就是两三个月都没有人来收货，只好停工，都闲在家里。

周民：那正好，少做些，歇一歇，不要累着。

妈妈：我少做，我儿就要吃累了。唉，想让周花出去打工。

周民：妹妹要留在家里陪妈妈，不必出门打工，有难处跟我说。

妈妈：周花也二十岁了，不能老跟着妈妈在一起，她要有自己的生活。

周民：嗯，妈妈安心在家待着，等疫情结束了我再来安排。

周民放下电话，揉了揉疲乏的眼睛，靠在沙发上闭目养神，妈妈和妹妹在作坊劳作的身影浮现在眼前，空中飘浮着妈妈和妹妹的笑脸。周民做出决定，要在近期重新启动被疫情搁置了的家庭议案。

其实搁置在疫情之中的家庭议案有两个。第一个议案是周民提出来的，就是要把妈妈和妹妹从鄂西山区接出来，让她们到北京来生活一段时间。商嫒当即就表示了不同意见。商嫒说，她自己的父母想来，她都没有同意。周民说，让妈妈和妹妹来住一段时间试试，她们如果不适应这里的生活，那就再回去也不迟，自己也算尽了一回孝心。商嫒说，如果适应呢？就长住下来吗？周民说，试试再说嘛，不试怎么知道？商嫒说，她需要想一想。过了几天，商嫒说想好了，便提出了第二个议案。商嫒说两个人在一起生活这些年，没有热情，更没有激情，都在情感疲乏中熬着，两个人性格中不适合的一面，越来越暴露出来，好在还没有孩子，所以提出分手的议案，等疫情结束之后，就可以去街道办理协议离婚的手续。商嫒说这番话的时候很安静，好像深思熟虑过似的，但是周民依然不能判断商嫒是真是假。周民口头上表示反对，心里也有几分犹豫不决。两人心平气和地商量了很久，也没商量出什么结果。当时就约定，等疫情过后再说。

8

疫情比想象的要漫长，比疫情更长的是情绪情感和疑问，它们被并置在一个密闭的空间里发酵。周民起身到主卧室衣柜里拿衣服，商嫒还在睡。周民屏住呼吸，盯着商嫒看了一阵，柔软的长发散落在淡蓝色枕套上，像一幅水墨画，两条白皙修长的胳膊在头顶部位交叉着，像是她自己在拥抱着自己。周围的一切都在静穆之中，空气都凝固了。商媛长着一张冻龄脸，似乎并没有什么岁月的痕迹，好像还是跟刚认识的时候差不多。这就是那个当年在校园里邂逅的女孩？如果是往常，周民会俯下身去，亲吻这张脸，她的面颊、嘴唇、睫毛。可是此刻，这张曾经让周民神魂颠倒的脸，却变成了一个大疑问，变成了审视的对象，变成了一个深渊似的谜！变化真可怕，不变就好了。周民发现，商媛的睫毛好像在微微地颤抖。难道她是醒着的？她在想什么？她在期待着什么？周民连忙转身离开了。

周民反感商媛的观点和做派，但周民至今没有反感商媛本人，以及商媛的声音和身姿，包括她的眼睛、嘴唇、手指，即使在吵架的时候，只要看着商媛，周民也掩饰不住有触手之情。商媛则更极端一些，她厌恶周民的价值观和审美趣味，连带周民的声音和动作，恨不能他从眼前立刻消失。这种极端反应，究竟是商媛有意识所为，还是无意识的反应？如果是后者，周民和商媛的婚姻，也就真的要寿终正寝了。

情绪和情感，理智和疑问，都封存在这个密闭的空间，暂时无法解冻。日子还得过下去。周民走进厨房，像往常一样，烤面包、煎鸡蛋、热牛奶、冲速溶咖啡、洗水果，准备喊商媛起床吃早餐。周民在心里尝试着喊叫："商媛媛媛。"周民突然觉得，好像有什么东西堵在喉头，把他的喊叫压了下去。周民又在心里默默地喊叫"商媛商媛"，声音是那么僵化生硬。以往每一次呼喊商媛的名字，总是那么自然流畅，充满了柔情。如今却觉得气流不畅，阻力重重，整个呼吸道都是粗糙的，仿佛感染发炎了似的！周民的嗓子突然发痒，接着便咳嗽起来，呼喊商媛的声音，转瞬间变成了一阵激烈的干咳。

此时此刻，商媛或许还在梦中，梦见了甜蜜的爱情和亲吻；或许她也是醒着，在思考两个人情感无望的前程。周民这边已经暗下决心：等到疫情结束之后，自己无论如何也要把妈妈和妹妹接到北京来，即使跟商媛离婚，也在所不惜！

现在是农历庚子年的早春二月，窗外刮着凛冽的风，灌木边缘早开的野花在风中战栗。周民点开手机上的疫情通报页面，全世界的新型冠状病毒感染者已经超过60万，死亡人数超过3万！

有消息称，这种新型冠状病毒世所罕见，其传播面之广，其致命性之高，其变异性之多，其隐蔽性之强，都是前所未有的。还有专家称，这种病毒很可能难以彻底消除，它可能在人体这个新的宿主身上安顿下来，永远伴随着我们。

如果是这样，那么商媛和周民所谓"疫情结束之后"的说法，就成了一句空话。"疫情"有可能成为我们生活的程序之中，一个永远也无法消除的 Bug。商媛和周民那些因疫情而搁置的家庭议案，就有可能永远搁置在那里。这是一次漫长而无边的试炼还是上天恩赐的福音？都需要商媛和周民自己去体验。

2020 年 3 月 30 日

二 巴金英来电

1

午夜时分，小区门口来了一辆警车，车顶上的警灯忽闪忽闪地转，还有几位全身穿防护服的人在忙活，气氛有些紧张。小区业主微信群里开始"叮咚叮咚"地响。有人上传了很多照片：警车和警察、拖拉杆箱的人、小区保安队员，大家议论纷纷。入驻微信群的社区工作人员说，大家不必惊慌，这是护送第一位返京的湖北籍业主回家隔离。很快，那位业主的家庭住址也公布在群里。消息传开后，小区里一连几天鸦雀无声，总在树上咕咕叫的那几只斑鸠，也不见了踪影。我闷在家里几天没出门，但架不住百花盛开春招摇啊！这一天，趁着早晨行人稀少，准备到门前护城河边溜达几圈。我戴上口罩和手套，还有防风帽和护眼镜，全副武装准备出门。刚要离开，座机电话就响了。

现在大家都习惯用手机联络，为什么还要留个座机呢？而且大部分座机电话都是骗子打进来的。有一次，我正在跟儿子联机打《王者荣耀》，座机电话响了，拿起电话，只听到一声撕心裂肺的喊叫声："爸爸，快救我！"紧接着，一个南方口音的男子恶狠狠地叫嚣："你听着，儿子和钱只能选一个，要儿子的话，就赶紧打钱过来！"我觉得骗子也太他妈心狠手辣了，儿子和钱，要哪一样都是要命啊！

我早就想把家里这个座机撤销掉，但总是犹豫不决。我在小区业主微信群里向邻居们咨询，他们七嘴八舌的，一半支持，理由十分充足，另一半反对，也是言之凿凿。那个网名叫"大明白"的发言了："依我看，还是留着好，万一第三次世界大战爆发了呢？万一通信卫星掉下来了呢？还不是要回到最原始的有线电话时代？那些个无根的东西，总是不大牢靠，天上飞的小鸟你管得住吗？放风筝手里还要攥着一根绳儿呢。再说了，信息在天上飞来飞去，就不怕美国佬半道儿上截走啊？你们真是心大呀！依我看，还是留着吧，每月也就二十几块钱，少吃一碗炸酱面的事儿。"我不认可"大明白"的观点，但我喜欢他的说话方式，一套一套的，把废话说成了艺术。所以就听"大明白"的，留着。

其实，留着也是长期闲在那里。只有我老娘喜欢打座机，她经常是东方才泛出鱼肚白的时候来电话。她说手机通话效果不稳定，她说我打手机的时候喜欢走来走去，弄得声音时断时续，跟乡下公路上的拖拉机一样，颠簸得厉害，还是座机稳妥。后来，又多了一个喜欢打座机的人，我们家的钟点工巴金英。她也说打座机更稳妥，看看我是否在家，如果没人接电话就是不在家，她就不过来。为了她们的稳妥，我只好保留了座机，骗子和电信部门都应该感谢她们俩。

座机电话一直在嘟嘟地响。这回不知道是骗子的电话，还是老娘的电话，还是巴金英的电话。为什么不早几分钟打过来呢？我一边猜测，一边埋怨，一边匆忙除去鞋帽口罩手套和防护镜。走近座机一看，是巴金英来电。她离开北京回四川乡下过年去了，被新冠肺炎疫情所困，耽搁在老家一时回不来，但经常惦记着我们，隔三岔五会打电话过来，嘘寒问暖，令人感动。

2

　　我好像跟四川人有缘。第一个钟点工是绵阳江油的谢玉贞，帮助了我们家十几年。谢玉贞回老家去做奶奶的时候，把绵阳梓潼人黄菊花介绍过来。漂亮风骚的黄菊花，不堪老板骚扰，愤然辞职，到南方儿子那里去了。黄菊花又介绍广元剑阁人巴金英过来。巴金英原本一直在广东打工，这两年才北上京城。巴金英的性格跟黄菊花差不多，快嘴快舌人来熟，很快就跟我们聊得火热。我问巴金英，为什么离开广东跑到北京来，不是说"东南西北中，发财到广东"吗？巴金英说，那都是老黄历了，现在的"北上广深"都差不多，都能赚到钱，而且广东还不　定有优势。关键是南方人勤快，想干活的人多，机会就少；北方人懒，愿意干活的人少，机会就多。巴金英的话，尽管不能说完全正确，但也有一定道理。比如我们就很懒，家庭卫生不愿搞，饭也不愿做，总想依赖别人，养成了一股资产阶级老爷作风。

　　巴金英说，本来去年过完春节，她就想跟老乡一起来北京。可是广东那边还有一些事情要交接，一些朋友要话别，就先回广东去了。老乡说好了帮她留意，北京这边一有机会就通知她。果然，巴金英刚到广东，在北京打工的老乡就打电话让她赶紧到北京来，说有公司在招人，是一家涉外酒店，工资很高，会英语的优先，老乡微信群里的人没有一个敢去应聘。她们就想到了巴金英，便通知她火速进京。

巴金英赶到北京，招聘还在进行。这是一家正准备开张的民营旅舍，俗称"民宿"。老板夫妇祖籍是北京的，移民美国多年，看中了国内的商机，回来开了这家旅舍，设计的主要接待对象是外国游客，事先还在国外网站投了不少广告。巴金英去应聘，见到两个主考官，就是老板和老板娘。男的留着板寸头，两边腮帮子上的咬肌凸起，是二十世纪八十年代那种特爷们儿的风格，属于巴金英喜欢的类型。女的外表温柔，正襟危坐，半低着头以显示出小脸，眉宇间隐隐约约地透露出一股北方娘们儿的硬朗。他们"哇啦哇啦"地用英语提问，巴金英一句也没听懂，原本会的那几句应酬语，早就吓得跑到九霄云外去了。板寸头老板用普通话问巴金英，看到招聘广告上的招聘条件没有？巴金英嘴上说看到了，心里想完蛋了，但也不想多做解释，不成就拉倒，临走的时候说："不懂英语也有好处啊，你们用英语骂我，我也听不懂，我只管卖力干活呗。"老板一听乐了，让巴金英留下来试用，岗位就是客房的清洁工。

巴金英好强，想把丢掉的英语捡起来。尽管高考失败了，但英语基础还有一点。她一有空就对着手机上的 APP 软件学英语。在我们家搞卫生，她也念念有词背诵学英语的儿歌："英语不怕多，常用 yes、no，来是 come 去是 go，打开门来 open the door，大是 big 小是 small，三叫 three 四叫 four，袜叫

socks 鞋叫 shoes，饿是 hungry 饱是 full，谢谢就说 thank you，见面问候说 hello……"

凭着有限的几个单词，外加手之舞之比画，还有勤劳、微笑和热情，巴金英在客房清洁工的岗位上干得非常出色。老板说，除了不懂英语，巴金英什么都好，手脚麻利，有责任心，还是个乐天派。巴金英在我们家这边干活的时候说笑："要是英语好，还会去他们私人的旅舍打工？我早就去外交部工作啰。"巴金英任劳任怨，干活不计较，关键是把旅舍的事当自己的事，老板娘也很喜欢她，说要是巴金英会英语就好了，给她个主管当。这次春节回家，巴金英是带薪休假 15 天，外加 5 天年假。

巴金英到我们家帮忙，也有八九个月了。她没事就过来了，收拾、打扫、做饭，什么都做，还跟我们摆"龙门阵"。我们很快就成了好朋友，准确地说，她成了我们家的生活顾问，日常生活里的事情，我们都要征求一下她的意见。回家之前，巴金英把我们家里里外外彻底清扫了一遍。临走时又叮嘱我们，只要把表面上的灰尘扫一扫就行，其他的地方不用管，等她回来，也就十几二十天的事。没想到，这一走就是两个月，还不知道啥时候能回来。所以每一次跟她通话，我们的第一句话就是："你啥时候回来啊？"

3

我抓起电话说："巴金英呀，你啥时候回来啊？我们家里已经脏乱得不成样子了。"

电话里传来巴金英的大嗓门："哈哈哈哈，张老师啊，吵醒你了吧？哎哟哟，又脏又乱你们都能睡得着觉？真行啊！你们自己动手扫一扫嘛，收拾收拾，不要偷懒。我妹她还在睡懒觉吧？"在家里待了一段时间，巴金英的家乡口音就更加重了，舌头在口腔里肆无忌惮地乱滚一气，至少有百分之十的话要靠猜。但她的声音元气十足，充满生气和活力。

"你早几分钟不打过来，我刚刚穿戴好了防护装备准备出门，你就来捣乱。我正准备到河边去溜达几圈呢，关在家里憋屈得很。"

巴金英说："没事不要出门哈，危险啊。有啥好溜达的？在阳台上走几步得了。我从朋友圈里看到，四面八方复工的人都往北京跑呢，还有国外回来的。谁知道谁有毒啊。据说这个病毒狡猾得很呢，小心啊！"

"是啊。阳光很好，花也要开了，护城河边有人在钓鱼，还有游泳的。我也忍不住想出门啊。你那边没什么事吧？"

"我们这边乡下没有病毒肺炎。就是过年之后地震了一下，现在没事。"

看她说得那么轻松，"地震了一下"，真不愧是汶川人的邻居啊！

巴金英接着说："我想回北京，不知工作好不好找。但我又有些害怕，怕一下火车就被他们抓住，那种全身罩着玻璃罩的人，把我抓起来，送到小汤山去。"

"那不会，你又不发烧，自我隔离是要的。你说要找工作？打算跳槽啊？"

"不是我要跳槽，是我们老板夫妻两个，年前回美国去了，现在回不来了。我的 20 天假期满了之后，工资也停了。我一直在盼他们回国。这两天看电视才知道，意大利啊，西班牙啊，美国啊，我的妈呀，他们都染上了啊，这可怎么办啊！我在家也混了两个月，心里有些着急呢。"

"再等等吧，等他们回国再说吧。"

"昨天，老板娘给我发来短信，说他们也拿不准，也有可能不回来了，怕耽搁我，让我另谋出路。他们租来做旅舍的四合院，也要退还给房东。我还在算我的小账，他们的损失就太大了，那么豪华的装修，只用了一年，一百多万打了水漂。"

"这样的话，你就更不要着急了，在乡下好好待着吧。一年到头在外面，一家人分开几个地方。现在老天爷留你跟家里人在一起多待些日子呢。"

"老伍也是这么说。我刚才还在骂他呢。悔不该当初听了他的。要是早些回北京，隔离审查也审完了。现在回，那得隔离审查到啥时候啊？半年时间一混就没了。跟我一起租住地下室的那个英姐，你们知道吧？哦，对对对，你们不认识她，陕西汉中人，跟我们广元是挨着的，口音也差不多。她在鼓动我先回去，说北京现在正缺人手，估计我们这个行业找工作比往年更容易。"

"北京最近的确管得严，小区出入要查证件，连汽车后备厢都要检查。我们小区前几天回来一个，门都给钉死了，每四天派人上门一次，送食品和收垃圾。"

"英姐说，她帮我弄了一张小区出入证，她说到时候她会到门卫那里帮我打掩护，我悄悄溜进去就行了。我说不好不好，堂堂正正的人不做，像做贼一样干什么啊？"

"做贼？你想做也做不了啊。你在那边用身份证买票，这边立马就知道了。让你那个英姐少出馊主意吧，哈哈哈哈。你呢，就踏踏实实在家里待着。"

我爱人听到我跟巴金英聊得火热，也闻声赶来说："巴姐，赶紧回来吧。"

巴金英说："你个懒虫，才起床啊，都几点了？真知道享福啊。我一大早起床，把家里的化粪池都清了一遍呢。你不是要看我们家的房子吗？来吧，来吧。你等一下哈……"说着，巴金英挂断电话，拨通我爱人微信里的视频通话。

4

我们只知道巴金英的老家在蜀道剑门关附近的一个小山村，至于她的家究竟是什么样子，我们一无所知，想象中就是一个偏远破旧的乡村。其实，我们对她老家究竟如何，并没有太大兴趣。每次提到她老家，我们就说："知道，知道，蜀道难难于上青天，使人听此凋朱颜嘛，剑阁峥嵘又崔嵬，一夫当关万夫莫开嘛，好可怕的地方啊。"巴金英说："你们文人就是夸张，哪有那么可怕啊，热闹得很呢，5A 风景区呢，就是门票贵！"

此刻，巴金英用自拍杆夹着手机，站在自己家大院门前的水泥晒谷场上，从镜头里对着我们微笑。我爱人说："巴姐啊，春节在家里过得开心啊，人也白了，皮肤也嫩了，脸色也好了，更漂亮了啊。"夸得巴金英有些不好意思了，她笑着说："漂亮啥啊，都老太婆了，你才漂亮呢，哈哈哈哈。"巴金英把自拍杆举起来，身子转了一圈。我们看到一幢高大的白色楼房，矗立在山间的农田和菜地中间。等巴金英停下来，我们看到了镜头后面的背景，正对着她家三层楼房的正门。楼房的外墙贴了白色瓷砖，间或有咖啡色瓷砖拼出来的各种几何图案。阔大的正门足有三四米高，门两边贴着我帮她撰写的十七字春联，红纸又宽又长，显得特别醒目。巴金英说，张老师啊，看到对联了吧？村里人都说我们家的对联最有气派，谢谢你啊！

门前有几位坐在矮凳上的女子，围着一只热气腾腾的大盆，不知在忙什么。她们也朝我们挥手。巴金英说，她们是在杀鸡脱毛择菜，今天外孙女过生日。那些女子是巴金英的姐妹和女儿，她们都被困在了老家，不能出门打工。全家只有巴金英的小儿子一个人出了门，刚过完年就去了江苏的江阴。他在那边打工，年前才爱上一个当地女子，所以在家待不住。巴金英说，妈妈的怀抱已经失灵了，他要到外面去找野女人了。只有大女儿，尽管出嫁了，还整天围着家里转，这两年她也出去打工了，小外孙女留在外公身边。

巴金英又把镜头转了一下，远处水井边上站着一个男子。巴金英说："那就是老伍，正在往屋顶上的蓄水塔里抽水。"我们已经猜到了那是巴金英的丈夫老伍。我大声喊道："老伍，你好啊！"老伍一惊，连忙伸手去取叼在嘴巴上的香烟，慌忙中半截香烟头掉到地上去了。老伍又赶紧弯腰去捡烟头，抬头歪着脸笑起来，还挥手向我们致意。

尽管是第一次见到，但对于巴金英的丈夫老伍，我们一点也不陌生，因为他经常出现在巴金英的口头。我们还知道巴金英的第一个恋人不是老伍，是镇上邮电所的邮递员，从部队退伍下来的程某某。眼前的老伍，形象稍嫌猥琐，不是很舒展，跟走南闯北的巴金英相比，反差强烈。估计是长期生活在封闭的乡村环境，整天下地干活、照料小外孙女、做家务，把人磨得有点蔫儿。

老伍原本也是走南闯北的人，二十世纪九十年代末就到广东打工，巴金英一直在家里料理家务、照顾儿女。最近这十几年，两个人才调换过来的。按照巴金英的说法，是她把老伍的"外交"职务给撤了，命令他回家吃老米。巴金英曾经感叹道，经历了那么多曲折磨难，她总结出了人生经验：千万不能让一个男人，在成家立业之后，孤单一人长时间在外流浪。他们很快就会变得心神不宁、心烦意乱、失魂落魄、灵魂出窍。他们会交结狐朋狗党，互相怂恿和鼓励彼此去干坏事，做出各种出人意料的事来：酗酒、抽烟、吸毒、嫖赌逍遥。他们会变得不顾廉耻，没有脸皮。他们还会像公狗一样，到处去追逐母狗，不管那条母狗多么脏、多么差，只要她一抬尾巴，一翘屁股，那些公狗一样的男人，就会不管不顾地扑了上去。巴金英说，她敏锐地觉察到，老伍正面临变成"公狗"的危险。她便当机立断，立刻换防，把老伍从南部战区的广东，调回了西部战区的四川，让他赶紧回家务农，自己亲自挂帅出征。巴金英凭着自己的勤劳和聪明，赚来了这栋楼房。不远处的破败的老屋还在那里，现在只用于养猪和堆放农具。巴金英说也没有拆的打算，留下来作个纪念。两相比较，可以清晰地看到巴金英的创业史。

5

巴金英带我们去参观室内。走进一楼的主厅，里面光线不好，看不清。巴金英一摸开关，没电，便大声喊叫起来："老伍啊，电呢？"老伍在外面回答说，等一等，电马上就来。巴金英说，家里有两套电力系统，国家电网送的和自家发电机和蓄电池送的。昨天晚上线路切换到了自家系统，不用公家的电，自家的电便宜。自来水也有公私两套系统。自来水厂的水贵，还有一股漂白粉味，自家水井里抽出来的水，又便宜又干净。排污系统也是双轨制，一般都是我们自己清理化粪池，请镇上环卫所的话人工太贵，用不起。

我说巴金英啊，你真的很牛，两套系统，这是什么概念啊？首都北京的市民战备疏散区，才配置双系统啊。元大都城垣遗址公园的地底下，就有另外一套战备系统，用水、照明、排污，跟地上不相干。你们家也配置了双系统，"战备系统"和"日常系统"。巴金英哈哈大笑起来，说这不是牛，恰恰是不牛，才搞两套系统，因为省钱嘛，牛的人不会这么麻烦去另搞一套的。供水供电和排污系统，都是老伍自己弄的。老伍当年在广东打工的时候，跟人学过水电工。

巴金英用手机视频领着我们穿过大客厅，只见沙发、电视、冰柜、空调样样齐全，而且都是国产名牌。接着参观厨房、餐厅、浴室和厕所，还有二楼的主卧室区，三楼的次卧室区。巴金英说："除了厨房之外，三个楼层都有浴室和厕所，水是整天'哗啦哗啦'地流，十几个房间都开灯，看电视的看电视，开空调的开空调，如果全部都用镇上那套水电系统，我们怎么花得起哟?!动一下就是现金啊!自己抽水和发电就便宜多了。老伍有战备意识，年前备了一大桶柴油，还有两个蓄电池。不过柴油也快用完了。"

我突然发现，巴金英家里的这两套系统，更准确地说，应该叫"城市系统"和"乡村系统"。楼里面一切都符合城市系统的标准，包括屋子里的摆设和陈列风格。楼外面的一切都符合乡村系统的标准。丈夫老伍，干的是乡村系统的活儿。巴金英自己，做的是城市系统的事情。老伍的老板是村长和镇长。巴金英的老板是美籍华人。还有并存的两套供电供水排污系统，同样符合"城市系统"和"乡村系统"的两种标准。镇上提供了城市系统的服务，唯一的要求就是支付现金。老伍自建的那套，是自给自足的乡村系统，只需要花费力气和时间就够了。老伍没别的，有的是力气和时间。

巴金英领着我们登上房顶，玻璃顶棚是新加的，花了七千多元。她把周边的风景展示给我们：庄稼、蔬菜、田埂上的野花、山坡上茂密的灌木丛。我们惊叫起来："风景真好啊!巴金英啊，你是住在伊甸园里啊!"巴金英的外孙女也跟着爬到了楼顶，一跤摔在楼顶的水泥地面上，大哭起来，抱住巴金英的腿使劲地摇晃，弄得镜头摇摇晃晃。巴金英一手举着自拍杆，一手抱着外孙女，喊老伍赶紧过来帮忙。

巴金英调整了一下手机视角接着说："你们刚才说什么?说我住在花园里?以前可不是这样的，以前像猪圈，到处臭烘烘的，现在好了。可是再好我一年也住不了几天，还是跟你们在一起的时间更长啊。老天爷把我20天的假期拉长到了2个月。"巴金英指着楼房边上的田地说，"我们家的六亩地都在这儿。右手边是小麦地，今年的小麦收成可能不好，都到麦子灌浆的季节了，天气还是这么冷。左手边是油菜地，开花的时候很漂亮，现在花期已经过了，等着收菜籽。菜籽油烟大，也没有超市里的油好看，但绝对是绿色环保的。等这两块地收割完之后，就开始种水稻，也会种一点自己吃的花生和芝麻。西边是一块蔬菜地，那个是温室大棚，四季蔬菜都有。谷子和蔬菜，够我们自己吃。庄稼和经济作物也不敢多种，多了也没人买，人家自己也在种。老伍又不会开网店，他在这块地里干一年，一分钱现金都没有。"巴金英转过身来，让我们看远处油菜地边上的田埂，说那里有一排十几只木箱。太远了，我们看不清楚。巴金英说那是蜂箱，说老伍也想搞些多种经营，想弄几个现金，结果，采的蜜还不够外孙女一个人吃。

6

手机上的画面突然消失了。是巴金英的手机出了问题。我们把巴金英的家里里外外看了个遍，开始是高兴，接着是羡慕，最后还不免心生嫉妒。我说，这个巴金英真是的，住着花园别墅，享受着新鲜空气，没有噪声和雾霾，喝的是天然地下泉水，吃的是绿色环保食品。屋子里面的陈设也很奢华，比我们家还要好。她不在家里享福，却要跑到外面来打工。长年累月一人在外，跟老公两地分居，住在没有暖气的地下室，吃盒饭泡面，真的是自找苦吃，不可理喻。

我爱人不同意我的看法。她认为是我们缺少细致的体察。

巴金英有她自己的苦衷。我们不能体会她离家别子的苦楚，更没有感同身受地体味她夜晚的孤独。"就好比巴金英也不懂得我的苦衷一样。她总说我睡懒觉，说我在享福。她不理解我为什么天天晚上失眠，要靠服用安定来支撑。她还说睡觉前用热水泡个脚就不会失眠，有那么简单？但我不能苛求她，不要求她对失眠有所了解。就好比你很少做梦，无法理解梦魇一样……"

手机响了，是巴金英用老伍的手机打电话过来的，她说她的手机没电了，说还有一些地方没有来得及看，下次再看。如果我们有兴趣的话，巴金英说还想带我们到镇上去，看看乡村的街市，看看她上学的地方和她的朋友。我们表示有兴趣，很期待。

巴金英说，她打算尽快回北京，早回早隔离早开工。巴金英还特别提醒我，让我帮她留意一下，有没有好的工作机会。巴金英说，她最近脾气特别大，在家里待不住了，再待下去的话老伍就惨了，她会天天拿老伍撒气。巴金英说，估计老伍也想让她赶紧走，只是不敢说出来而已。巴金英说，你们想想啊，且不说还欠亲戚一笔钱，就说我这幢楼吧，水费电费排污费，柴米油盐酱醋茶，靠什么养？粪池只能养土地，力气只能种庄稼，这些都养不了楼房。只有城里才能养楼房，要不然，为什么城里那么多高楼大厦呢？为什么乡下只有庄稼和鸡鸭牛羊猪呢？我要是没有这幢楼，那也就无所谓，现在有了就不一样，就有拖累。我要是再不出门去赚钱，我的这幢楼房，恐怕跟我那美国老板的旅舍一样，要"倒闭"啰，我的老天爷哎！

我们约好下次再聊，就挂了电话。巴金英家的楼房、庄稼、田园，还有她和老伍的样子，犹在目前。我仿佛觉得，疫情已经结束，巴金英已经回到了北京，此刻，她戴着口罩站在我们家的客厅里，浑身带着泥土和稻草的气息，叽叽喳喳的乡音里，夹杂着京腔和英文，手忙脚乱地打扫卫生。在巴金英身上，"乡村系统"和"城市系统"同时并存，但还处于分裂状态，就像两条道上的车，各跑各的路。巴金英本人，仿佛被撕成了两半：一半在城里，一半在乡村；一半在泥土里生长，一半在石头上漂泊。

分成两半的农妇巴金英，就像一只不停地扑腾的麻雀，一会儿落在地面，一会儿飞在半空。

写于 2020 年 4 月 4 日全国哀悼日

三　把尿结石击碎

1

　　三通快递公司北京西北片分公司快递员叶胜竟，自我隔离了 14 天之后，从地下室里钻出来，狠狠地吸了几口外面的空气，然后兴高采烈地驾驶着电动三轮摩托上了路，朝分公司货物仓库奔去。罕见地安静，离京的回不来，在京的不敢出门。大街上空空荡荡，偶尔见到几辆车呼啸而过。叶胜竟的女友，同村乡亲叶美思，坐在右边副驾驶座上，左手拎着装煎饼果子的塑料袋，右手拿着一盒牛奶往嘴边送。叶胜竟突然一个急刹车，吓得叶美思一哆嗦，盒子里的牛奶喷了叶美思一脸，把假睫毛和胭脂都冲下来了。叶美思气得哇哇大叫起来："叶胜竟，说好了开车不唱歌，唱歌不开车，你偏不听，想死啊？"

　　叶胜竟没什么爱好，就是喜欢唱歌，除了吃饭睡觉之外，他都在唱。他的梦想就是上央视《星光大道》节目，像那个喜欢穿草绿色军大衣的山东农民歌手一样有名有钱，让叶家堡的鸟人知道我叶胜竟是谁，我可一分钱都不会借给他们！叶胜竟一边开摩托一边唱："农民老大哥，朴实笑呵呵，埋头又苦干，唱着喜悦的歌。"迎面一辆送外卖的两轮摩托呼啸着向他直冲过来，要不是叶胜竟反应快，那真就撞上了。

叶美思骂叶胜竟，叶胜竟骂两轮摩托。叶胜竟把车停在路边，扭转身去，冲着刚从他左手边擦肩而过的两轮摩托大喊起来："要钱不要命啊？我草，逆行还开那么快！王八蛋！公司老板更是王八蛋，迟送到一分钟都要扣钱。这样搞迟早要出人命的。"

叶美思一边掏出纸巾来擦脸，一边教训着叶胜竟："我让你做事情要沉稳，不要慌慌张张。不长记性啊！……怪不得我爹不认你呢。"提起叶美思她爹，叶胜竟急了，说，你爹那啥，不认我，我还不想认你爹呢。说着，叶胜竟一扭扶手上的电门儿，电动三轮摩托呼的一声往前蹿去，叶美思的头往后面一仰，碰到身后的铁杆子上。

叶美思说，你又开这么快！慢点开！你敢不认我爹我就不认你！叶胜竟腾出握着三轮摩托车把的右手，在叶美思的乳房上狠狠地抓了一把说："你敢，你敢不认我！"叶美思一掌打开叶胜竟的手，把剩下的小半盒牛奶泼到叶胜竟的脸上，说："我让你当众耍流氓！"牛奶直往叶胜竟眼睛里流，摩托车好像失去了方向，朝马路牙子上冲去……

2

两年前的除夕那天，在北京混了三四年的叶胜竟突然回到了老家，穿一条满是破洞的牛仔裤，哼着流行歌曲，在村里晃来晃去。村里人说，瞧那小子德行，混得裤子都没的穿。叶美思却觉得叶胜竟很潮，很酷，很时髦。没考上高中在家里正感到无聊透顶的叶美思，被叶胜竟的行为举止所吸引，天天往叶胜竟的家里跑。叶美思她娘，早几年跟一个内蒙古贩羊皮的男人跑了。她爹一人把她拉扯大，娇生惯养得不成样子。书没的读，活不会干，嫁人又不到年龄，在家里晃荡着，天天跟父亲吵架。叶得显骂道："这么大的闺女，不知道害臊。再往樊丽花家里跑，当心俺打断你的狗腿。"为了不让爹打断自己的狗腿，过完春节叶美思就跟着叶胜竟跑了，留下一张字条："爹，我到北京转钱去了，回头给你买好酒喝。思思。"赚钱的赚字写错了。别看叶美思长得人高马大、丰乳肥臀，其实她才刚满16岁，而叶胜竟都快满24了。叶美思她爹叶得显想报警，要告叶胜竟拐卖妇女儿童。村长叶得彪受叶胜竟母亲樊丽花的委托，上门来调解。叶得彪端着饭碗过来，蹲在门槛上说，得显啊，做事要讲究点，明明是叶美思自己跑的，怎么能赖到人家叶胜竟头上呢？

叶胜竟的寡母樊丽花，是村长的老相好，这不是什么秘密，除了村长老婆，全村人都知道。村长欺男霸女一手遮天惹不起，这个叶得显也心知肚明。但屎盆子已经扣上头了，不能装聋卖哑啊。叶得显到叶胜竟家去理论，被叶胜竟的娘樊丽花奚落了一顿。樊丽花说："你找我要人？我找谁要人？自家的女儿不看紧点，叫猪婆走了栏，还想怪我的儿子不成？"樊丽花嘴皮子利索，笨嘴笨舌的叶得显说不赢她，只好咽下一口怨气，一个人进京去追捕逃跑的女儿。到北京一看，傻了眼，我的个娘啊，比洛阳还大。开始两天，叶得显满世界乱转，先是去了天安门广场，希望在那里能碰上叶美思，还顺便参观了毛主席纪念堂，第二天接着逛王府井逛西单，叶美思的影子都没见着。三天之后，叶得显逛不动了，躺在红墙外边的一张椅子上睡着了。民警把他喊醒，见他形迹可疑，要查他的身份证。摸身份证的时候，叶得显眼神恍惚，双手发抖，就显得更加可疑了。民警将他带到派出所讯问。他说是来北京找女儿的。民警问他女儿的身份证号码是多少，他说女儿还没办过证。民警又问他女儿的手机号码是多少，他说女儿没有手机。民警说你骗谁呢？哪儿来哪儿去吧，别让我再见到你！叶得显只好灰溜溜地回到老家，洛阳下面一个叫叶家堡的村庄。

3

叶得显又气又急，加上在北京的派出所里受了惊吓，回到村里就病倒了。叶得显躺在家里也不安静，日夜哭闹不已，自虐、诅咒、号叫。那声音，白天听着还勉强能忍受，晚上听着就特别瘆人。樊丽花很害怕，非要让叶得彪来陪她。叶得彪经常是趁黑偷偷溜进樊丽花的家，但很快就会离开。要陪她到天亮？那是不可能的。叶得彪只好自告奋勇到叶得显那里去解决问题。他劝叶得显说，孩子那么大了，出门见识一下也很正常，又不是一个人，迟早会回来的。风筝飞了，血亲这根线拽你手上呢。大呼小叫不合适呢。

叶得显闹腾了一阵，有点坚持不下去，不想再折腾，他顺杆子就溜了下来，事情就这样臭屁一样慢慢地烟消云散了。但叶得显还是放心不下女儿，他试图通过观察樊丽花的情绪和行为，来判断叶胜竟在外面过得怎么样，从而间接判断女儿过得怎么样。为了更准确地掌握女儿的信息，叶得显白天晚上都在樊丽花家的附近转悠，还到镇里的地摊上买了一架俄罗斯军用望远镜，没事就瞄准樊丽花的家。叶得彪却很紧张，不知叶得显葫芦里卖的什么药，吓得很久都不敢上门去找樊丽花。见到叶得显，叶得彪也不再盛气凌人地摆村长架子，而是主动地打招呼。叶得显还在生气，爱搭不理的，叶得彪就更不踏实了，甚至有点想跟叶得显点头哈腰的意思。

这边叶美思跟着叶胜竟，顺顺当当地在北京安顿下来了。叶美思个子高，有朝气，脸蛋儿也中看，红扑扑两坨高原红，所以很快就找到了工作，在元大都城垣遗址公园附近的一家潮州餐馆，当上了服务生。餐馆经理叮嘱叶美思，没事不要到处乱跑，身份证都没有，逮住了我们不负责。叶美思吓着了，打算住进餐馆提供的集体宿舍，十几位来自四面八方的姐妹住在一起，又安全又热闹。叶美思的决定遭到叶胜竟的强烈反对，说傻不傻啊？不管吃住的人每月还可以多拿1000块钱呢。我的住处离餐馆很近，又宽敞又安静，那么大一张床，空一半在那里不浪费吗？叶美思只好住进了叶胜竟租住的那间地下室。安静倒是很安静，说"大床"就夸张了，两人就差没叠着睡，而且没有暖气，盖着很厚的棉被，白天也黑乎乎的要开灯，空气里一股霉味儿。不久，叶胜竟跳槽到了收入更高的三通快递公司。叶胜竟哄叶美思，说等赚到了钱，就搬到地面上去住。

后来钱倒是挣了一些，但他们一直租住在那个地下室里。叶胜竟又哄叶美思，说地下室里冬暖夏凉，又便宜又安静，每次想到换租，都有些舍不得，扯开嗓子唱歌也没人听见，多自在啊。叶美思说，别人是听不见，我听得见，这间鬼屋子像个扩音器呢！你到底啥时候上《星光大道》啊？叶胜竟说，还要再练一练，不要打无准备之仗。

叶美思倒没说一定要搬家，地下室条件是差了点，不就睡觉嘛，睡着了啥也不知道。平日里在餐馆跑堂，腿都跑断了，回来倒头便睡，半梦半醒中还要应付叶胜竟。如果不是两次进医院，叶美思都已经是两个孩子的娘了。叶美思给两个消失的孩子取名安安和乐乐。叶胜竟说，那是大熊猫的名字。叶胜竟不喜欢用避孕套，说隔着一层不亲，叶美思好像默许了叶胜竟要赖无耻的冒险行为。但每次完事之后，叶美思都胆战心惊，惴惴不安。好在叶美思青春年少，身体像一朵蓬勃生长的野花，在地下出租屋里怒放着，不可遏制。

4

转眼间叶美思离家已经两年。今年春节前夕，叶胜竟和叶美思结伴回到了叶家堡，两个人打扮得像城里人一样，拖着拉杆箱，大摇大摆走在通往叶家堡的大路上。叶美思鼻梁上架着一副无镜片黑色眼镜框，脖子上挂着一个大耳机，牛仔裤的破洞口上挂满了棉线长须。叶胜竟跟叶美思个头儿差不多高，看上去却好像矮了一大截，跟在后面像个保镖。一群孩子和狗子，围着他们俩狂喊乱吠，搅得半个村子都鸡飞狗跳的。

叶美思走进家门的时候，叶得显正躺在靠椅上装病。叶美思喊爹，叶得显也不搭理，别扭了好一阵才开口。他赌气说："你是谁？俺不认识你，俺没有女儿，俺女儿死了。"叶美思觉得爹真是又可恶又可笑，没辙，只好往父亲怀里一扑，撒起娇来。叶得显防线顿失，抱住女儿老泪纵横。叶美思说，她赚到钱了，还买了父亲喜欢又舍不得买的杜康酒。她从双肩包里拿出一瓶酒递给爹。叶得显说，你这个死丫头啊，竟敢跟人家私奔，让俺这老脸往哪里搁啊？那个混蛋叶胜竟，他怎么配得上俺女儿？不要以为生米煮成了熟饭俺就认了，让他死了这条心！

这边的樊丽花母子，也在家里议论这桩"问题婚恋"。樊丽花问叶胜竟，是不是过完年还打算跟她玩？我看还是拉倒吧！她家穷得叮当响，她那个爹，又懒又贪，脾气古怪，当时还想去镇上告你，说你拐卖妇女儿童呢。村长说，这两年有一个什么严打行动，专门整治跟妇女儿童有关的案子。村长说，叶胜竟跟这个没关系，只是担心，怕撞到人家枪口上，最好避避风头。村长这么一说，我就着了慌，求他出面去把叶得显摆平了。

叶胜竟说，人家这不是没有去告吗？过完年我还要带她去北京，我答应过要娶她。

樊丽花骂叶胜竟眼皮子浅，没出息，兔子不吃窝边草，找来找去找个村里的。

叶胜竟说，村里的怎么啦？别人看不起我，我自己要看得起自己。外面人谁看得上我一个送快递的？那些人嘴巴上说"快递哥""快递哥"，叫得很亲热，包括电视上那个笑眯眯的女主持，真的要让她嫁给你，跑得比狗还要快啊。

樊丽花说，那你要想好啊，要跟叶美思好，咱就正正经经地好，不要偷鸡摸狗的，让人背后说闲话。要不我请村长去帮你提亲？

父亲病逝之后，叶胜竟和樊丽花孤儿寡母在村里生活不易，偏偏樊丽花是一个多嘴多舌的不安分之人，母子俩没少被人欺负。叶胜竟从小就有离家的冲动，他甚至暗暗发誓，一旦离开，永不返乡。自从有了樊丽花跟村长的传闻，母子俩的处境稍有改观。后来叶胜竟也长大了，高考失败后去了北京工作，村里人似乎有点怵他，也不知道樊丽花在村里是怎么吹牛的。也有细心的人发现，叶胜竟似乎并没有发达的迹象，但是前途难量，以后的事情谁说得准？所以也没有人敢公开欺负他们，流言蜚语却没有减少。听了母亲的那番话，叶胜竟眉头一皱，心里想，谁让别人说闲话了？我就是懒得听人闲话，才离家出走。叶胜竟不耐烦地说，什么他妈的混蛋组长村长镇长的，我叶胜竟没长脚啊？没长嘴啊？

第二天中午，叶胜竟拎着一个手提包，里面装着两条精品黄金叶牌香烟，还有他的全部积蓄3万元现金，瞒着樊丽花，上了叶美思的家门。他把香烟和现金往桌子上一拍，瓮声瓮气地冲叶得显喊了一声"爹"，一是赔礼道歉，二是想跟叶美思定亲。叶得显愣住了，半晌才回过神来说："谁是你爹，俺不认识你，你赶紧走。"叶胜竟看着叶美思，叶美思朝他使眼色。叶胜竟接着背书，说叶美思还小，暂时不结婚，等几年他们挣够了钱再结婚也不迟。叶得显说，你安排得挺好啊，挺美啊，你是我爹是吧？谁答应让叶美思嫁给你了？你有种去找叶得彪的女儿嘛。这话把叶胜竟惹急了，他转身就走，叶美思拉也拉不住，临走的时候还撂下话说，你同意也罢，不同意也罢，叶美思都是我的人！叶得显也不示弱，大声喊道：那就走着瞧，你要是成了，我叶字倒着写！

5

叶字倒着写和顺着写都一样，叶美思依然是跟着叶胜竟跑了，临走的时候又留下了一张字条："爹，我到北京转钱去了，回头给你买好酒喝。思思。"赚钱的赚字还是错的。不过这回跟上回还真有不一样的地方，就是叶美思留下了自己的身份证号码和手机号码。叶得彪所说的那根风筝的线，真的拽在叶得显手里了。

叶胜竟和叶美思一回到北京，社区管理人员就通知他们要居家隔离，小区物业也叮嘱他们不得随便外出，房东说革命靠自觉我就不亲自过来监视了。两个人吃光了从家里带来的所有食品，还有年前买的两箱方便面，接着就只能叫外卖了。他们躲在地下出租屋里，也不开灯，过着暗无天日的日子。他们只干两件事，白天联机打网络游戏，晚上疯狂地做爱。两个人把自己弄得像鬼似的，又丧气又颓废的样子。有时候，他们斜躺在床上，开始怀念平日里忙碌劳累的生活，希望赶紧结束隔离，可以出门去奔跑，去劳动，去出汗。

叶得显也跟着凑热闹、瞎掺和，白天晚上给叶美思打电话，拿起电话又没话可说，只知道骂叶胜竟。有一次，叶胜竟正压在叶美思身上，电话响了。叶美思接通电话说，爹啊，你又咋的了，不要再闹腾了，俺要睡觉呢。叶得显不管，又开始大骂叶胜竟，说他那个狗杂种小野种，拐跑了俺闺女，俺跟他没完。叶胜竟听了火冒三丈，对着电话大声喊叫："我老婆在我怀里，你老婆跟别人跑了，气死你！"吓得叶美思赶紧挂了电话，使劲儿把叶胜竟从身上掀了下来，一脚踹到床下去了。接着，她又把她爹的号码拉进了黑名单。叶得显打不通女儿的电话，就不停地发短信，说叶胜竟不是他爹的儿子，说叶胜竟出生的时候他爹已经去世了，时间根本对不上，说叶胜竟是叶得彪的儿子。叶美思不敢把这些短信给叶胜竟看。叶胜竟是谁的儿子有啥关系？他是外国人的儿子又咋了？只要他天天黏着我就行了。

公司每天都在催命，说快件已经堆积如山。叶胜竟结束居家隔离就开始上班。叶美思打工的那家潮州餐馆的门上，还锁着一根粗大的铁链。叶美思一时半会儿也找不到工作。她不想一个人待在黑乎乎的地下室，就跟着叶胜竟去上班……

6

三轮摩托撞在水泥路坎上停住了。叶美思一个趔趄摔了下来。叶胜竟紧闭着右边这只眼睛，叶美思泼在他脸上的牛奶还在顺流而下，流到挂在下巴上的口罩里去了。待清理完脸部之后才发现，自己那只刚刚还在袭胸的右手，被两轮摩托车的把手划破了，鲜血直流。叶美思帮叶胜竟用纸巾按住伤口，再用扎头发的橡皮筋儿缠住，说你看看，不怪我吧？老天爷在惩罚你这只"咸猪手"。

复工的第一天就差点出事，而且是两次，一次是外来危机，一次是内部危机，可谓内忧外患啊！好在有惊无险。叶胜竟整装待发，准备继续向前冲。叶美思却在马路牙子上坐了下来。叶胜竟说，咦，不走了？活儿还没开始干，就歇晌啊？说完，也挨着叶美思坐下来。叶美思说，早晨出门有点手忙脚乱，还有点得意忘形，我们先歇一歇，沉一下气。叶胜竟掏出烟来吸。十字路口戴红袖章的老太太，嘴巴里的口哨嘟嘟嘟地响，举着小红旗指着这边，呜啦呜啦不知说什么，是让他俩不要坐在路边？还是说他们没戴口罩？

叶美思站起来，把挂在下巴上的口罩扯到嘴巴上，说真是倒霉，到处都碰到对头，坐一会儿都有人捣乱，我们回去吧，明天再出来。刚出门的时候还好好的，此刻叶美思突然情绪低沉，劝叶胜竟不要去上班。叶胜竟以为叶美思还在说气话，便扔掉香烟屁股，站起来贴近叶美思，说遇到一点小波折就打退堂鼓啊？说着，在叶美思腮帮子上亲了一下，亲得叶美思又高兴起来，但她还是不主张继续上班。

叶胜竟说，新年开张，半途而废，很不吉利。正说着，叶美思的右眼皮又狂跳起来，跳得她心里发慌。她想到老家有"左眼跳财，右眼跳灾"的说法，心里越发惴惴不安，坚持让叶胜竟开着摩托掉头回家。

叶胜竟把摩托车向前开了一百多米，在红袖章老太太见不着的地方停了下来。他问叶美思到底怎么了，回家过年，回来隔离，我们已经歇不起了。我的所有积蓄，这一次全上缴给了你爹，也就是给了你。我现在几乎是一穷二白了，再不开工就要饿肚子。

叶美思很想说自己的右眼皮在狂跳的事。但因为眼皮跳了几下，就成了停工的理由，似乎很可笑，她有点说不出口。可是谁知道呢？前面两次不成气候的小事故，是不是在暗示和警告呢？叶美思有些拿不准，但心里不安的感觉却很真实。

电话响了，是叶胜竞的组长来的，问怎么还没到，叶胜竞说马上就到。叶胜竞不由分说地拽着叶美思的手上了车，叶美思也不好再坚持，在叶胜竞的右边坐定。红色外壳上印着"三通"两个油漆大字的三轮摩托，呼啦一声蹿出了几米远，沿着元大都城垣公园东边的大路一路朝北狂奔，到了知春路口转西，一溜烟钻进小区里面去了。

7

叶美思的预感，也就是她眼皮的预感，或者说因眼皮诱发的心灵预感，实在是灵验。但叶美思的化解方法并不一定正确，躲是躲不掉的。因为即将要出现的灾难业已存在，甚至已经远远来临，只是时候未到，该来的时候它就会如期而至。

灾难准确来临的时间是凌晨四点。叶胜竞突然从剧烈的疼痛中醒来，接着就是翻肠倒胃地想吐。他冲到厕所里，关上门，哇哇地呕吐起来，一直吐到呕黄水才停下来。叶胜竞回到床上，叶美思还在呼呼大睡。过了一阵，剧烈的疼痛又从后腰开始向腹部进攻，进而袭击小腹和大腿根部。强烈的呕吐感再一次袭来，叶胜竞又冲向厕所，能吐出来的已经吐尽，只剩干呕。巨大的呕吐声把叶美思惊醒，跑过来问怎么回事。叶胜竟说，他猜是急性胃肠炎，大概是吃坏了什么东西。叶美思摸了摸叶胜竟的额头，也没发烧。两个人一直关在家里，吃一模一样的东西，怎么可能有胃肠炎呢？

剧烈疼痛一直持续不断，他们只好打车去附近一家三甲医院看急诊。医生瞅了一眼就说是泌尿系结石，接着拍CT片，证实了医生的判断，尿道见直径三毫米左右的结石阴影。处理方法是打一种叫"杜冷丁"的镇痛药，开一堆碎石散之类的药回家。医生说要拼命多喝水，把尿道里的结石拉出来。如果还疼，就建议去西郊的一家民营专科医院，说着，摸出一张名片递给叶胜竟，让打电话预约。

回到家两三个小时，杜冷丁药效消失，又开始剧烈疼痛，不停地呕吐，吃下去的碎石散全部吐出来了。叶胜竟忍无可忍，按照医生的吩咐，给那家民营医院打电话预约。医生说，赶紧过来，我们正在等着你呢。两人打上的士往西郊狂奔。

值班医生是位东北女子，一看CT片，就大叫起来：哟，六毫米的结石啊，卡在尿道的半道上呢，知道啵。麻烦就在于，它是鹿角状的，靠尿是冲不下来的，知道啵。靠药物？那也不行，因为你等不及啊，知道啵。结石已经堵住了你的一边尿道，导致肾脏严重积水，你要是再不来就麻烦了，现在要赶紧把尿道里的结石拿掉。

叶胜竟在痛苦地呻吟。叶美思也着急，她恳求医生，请医生赶紧把结石拿掉。

那东北女人说：你们打算怎么拿掉呢？把尿结石击碎的方法很多，有药物击碎法，这种方法已经说过了，不合适。还有机械击碎、激光击碎、超声波击碎、电磁石击碎、气压弹道击碎;还有体外击碎、体内击碎;还有直接将结石取出来的,医学上叫作"经膀胱镜输尿管支架置入取石术"。不同方式不同价格,你们自己选。

叶美思说,我选体外击碎。

东北女人说:可以,价格是三千元一次,击碎之后,尿结石的碎渣会随着尿液排出,不敢保证一次成功,有可能要进行多次,一般都是一次成功,但不怕一万只怕万一。

叶美思说,那我选体内击碎。

东北女人说:可以,价格是六千元一次,击碎之后,尿结石的碎渣会随着尿液排出,不敢保证一次成功,也有可能要进行多次,一般都是一次成功,但不怕一万只怕万一。

叶美思说,我选直接取出呢?

东北女人说:可以,现在立马就给你取,干净利索,完事儿了马上就能回家,价格是九千元,外加术后治疗,一共一万二千元,缴费去吧。

这么大一笔钱,把叶美思吓哭了。叶美思搀扶着疼得脸色刷白的叶胜竟来到走廊上,两个人召开了一个紧急会诊的临时会议。

叶胜竟说,体外击碎恐怕不行,隔着一层肚皮,自己平时吃得太油腻,肚子提前进入了老年状态,肚腩特别肥厚,那得要多大力气的超声波和激光啊?如果尿结石没有被击碎,把我的五脏六腑击碎了怎么办?再说了,如果一次不成第二次,二次不成第三次,说不定花的钱更多呢。第三种方法倒是省事,但价格太高,承受不起。我主张选第二种方法,比第一种把握性大,比第三种价格便宜。

叶美思说,第二种是用金属探针伸进尿道去,然后再放电放光，击碎里面的尿结石。完了之后，还得靠自己的尿，把尿结石渣滓排出来。那得排到啥时候才能排完啊？万一排不干净怎么办？你有那么多闲工夫躺在家里慢慢地排吗？叶美思突然像个大人似的，当即拍板决定，选用第三种方式，直接用探针穿越叶胜竟的阴茎和膀胱，然后深入尿道，抓住那个梅花鹿角形状的尿结石，直接拖出来！

叶胜竟说，现在就要交钱，到哪里去弄那么多钱？

叶美思说，想办法啊，活人还会被尿憋死？

叶胜竟说，尿是憋不死人啊，尿结石会憋死人啊！

8

叶美思让叶胜竟不要急，肯求他再忍耐一下，自己去想办法筹钱。

叶美思先是给几位在餐厅一起打工的姐妹发微信求助，她们都说，亲妹妹啊，几个月都没有收入，钱都花光了，哪里有多余的钱啊！自己正厚着脸皮在家里揩爹妈的油水呢！

叶美思没有办法，只好给她爹打电话，希望她爹从那三万元钱里借出一万元来。叶得显在电话里大发雷霆，说叶美思和叶胜竟合伙来骗他，几万块还没焐热，就想拿回去，一个女儿养那么大，就只值三万元吗？还想骗回去呢！叶美思只好把真相告诉她爹。一听事情涉及叶胜竟，叶得显就更不答应了，说：忽悠，忽悠，接着忽悠。叶美思挂断了电话，改打微信视频电话，把镜头远远对着叶胜竟，他坐在医院走廊靠椅上耷拉着脑袋，眼神和表情很无助。叶得显说，好好好，报应，拐卖妇女儿童的骗子也有今天，死了才好！说着就把电话挂了。

叶美思拿叶胜竟的手机，拨通了樊丽花的视频电话。响了好一阵，樊丽花的那张烧饼大脸出现了。她大声说，你这死妮子，怎么用我叶胜竟的电话乱打？叶美思就没接话，把镜头转向了叶胜竟。叶胜竟有气无力地喊了一声"妈"。樊丽花惊叫起来，儿啊，你怎么啦？你在哪里？你在医院里？你犯了啥病？你在哪个医院？妈妈这就赶过去！叶胜竟说，也不是什么了不起的大病。你千万别过来，一来就要隔离14天啊！叶美思说，人就不用过来了，一万块钱过来就行。樊丽花说，死丫头，我哪有这么多钱？钱都给了你那贪心的爹。

樊丽花很快就通过微信转给叶胜竟五千块钱。她在短信里说，是从村长叶得彪那里借来的。问叶胜竟现在怎么样。叶胜竟给樊丽花回短信说，钱够了，公司同事那边也借到了一些，合在一起够做手术了。樊丽花说，手术？啥手术？叶胜竟说，是一个微创手术，做起来很简单，不做就要命，只要花钱就行，妈放心。

叶美思交完钱，那位值班的东北女人，就开始用电话调兵遣将。叶美思听到她在电话里对那边的医生说，赶紧过来，有取石手术。医生不在医院？那要等到啥时候？好在这一阵路上不堵，"走穴"医生很快就赶到了。叶胜竟觉得这位医生很面熟。叶美思说，就是今天凌晨在三甲医院急诊室里值班的那位医生啊！

手术只花了半小时就结束了。取出来一块完整的结石，直径的确是三四毫米，不是东北女人所说的六毫米。形状的确是不规则的，但不是东北女人所说的梅花鹿角状的。叶美思从叶胜竟手里接过那一小块结石亲吻了一下，用纸巾包好，塞进了贴身的口袋里，又转身在叶胜竟的额头上亲了一下。

东北女人说，你们俩回家黏糊去，还没完呢，连续三天过来打消炎针，十四天之后过来取管子。啥？取管子？什么管子？叶胜竟惊呼起来。

东北女人说，你的尿道里还放着一根金属管子，在取结石的时候，尿道有可能划伤，有可能发炎，有可能黏连，我是说有可能，金属管子就是撑住尿道的，要撑十四天，等确定尿道里没有炎症，再取出来。叶美思问，那会不会很疼啊？

东北女人说，取管子也很简单，二十分钟的事，哗啦一抽就完了。东北女子说得那么轻松，"哗啦一抽"，叶胜竟却吓得阴茎直哆嗦，一阵剧烈的疼痛掠过脑海。

9

尿结石没有被击碎，差一点把叶胜竟击碎。好在有惊无险，吃了些苦头而已。

叶胜竟又要第二次躺在地下室里"隔离"十四天。第一次是因新型冠状病毒肺炎。第二次是因泌尿系统结石。十四天之后，叶胜竟尿道里的管子也取出来了。除了欠下一万多元债务之外，其他一切都恢复到了从前的状态。

这天早晨，叶胜竟的身体状态和精神状态都不错。他从地下室里钻出来，狠狠地吸了几口外面的空气，然后兴高采烈地驾驶着电动三轮摩托上了路，朝分公司货物仓库奔去。罕见地安静，离京的回不来，在京的不敢出门。大街上空空荡荡，偶尔见到几辆车呼啸而过。他情不自禁想高声唱歌，正要开口，小腹部隐隐地抽搐了一下，吓得他赶紧闭了嘴。

叶美思坐在右边副驾驶座上，左手拎着装煎饼果子的塑料袋，右手拿着一盒牛奶往嘴边送。叶美思用手碰了一下假睫毛，它还在。叶美思依然不放心，眼珠向上一翻，看到了翘起的假睫毛。她心里默默地念叨，睫毛，你千万不要再掉下来啊！上次就是因为假睫毛被牛奶冲掉之后，眼皮才开始猛跳的，才引发了一系列的次生灾害。

叶美思心里想，灾害的根源就在叶胜竟身上，他太急躁、太轻佻。如果叶胜竟不那么急躁，性格沉稳一点，开车开得慢一点，就用不着紧急刹车，也就不会让牛奶喷我一脸，我的假睫毛也就不会被冲下来，眼皮也就不会猛跳起来，后面的事情也许就不会有的。……如果他性格再沉稳一点，就不会跟我爹闹翻，就不会跟全村的人结怨，就不会让我一次二次去医院做人流啊！……

叶美思得出一个重要的人生教训，她决计告诉叶胜竟，并让他记住。

叶美思对着叶胜竟的耳朵高声喊叫起来：做事情要沉稳！不要急躁！

高分贝的喊声，差点把叶胜竟的耳膜震破了。叶胜竟肩膀向上一缩，车把子一摇晃，电动三轮摩托又撞到马路牙子上去了。

2020 年 4 月 10 日

四　梦之书

　　我梦见自己在环城绿化带的林荫道上散步。夕阳余晖把河边的垂柳照得金黄。路旁的紫丁香怒放，香气扑面而来，令我迷醉。我双脚有飘浮感，像喝醉了酒似的。

　　街道上疾驰而过的公共汽车，排着长蛇阵，一眼望不到尽头，车厢里却空空如也，连司机都没有。路上行人稀少，偶尔遇见一两个，也是蒙着面迅速交臂而过。我突然发现，前面的男子没戴口罩，他走起路来腰部扭动，风摆杨柳，跟女人似的。他的装扮很老派，留着板寸头，穿一件长袖海魂衫，灰色卡其布九分裤，过窄的裤子绷在身上，脚穿一双上海牌白色回力鞋，看上去跟我的年龄相仿。让我大吃一惊的是，他的海魂衫和裤子，跟我年轻时代穿的，竟然一模一样，尤其是那双白色回力鞋，不只是像，甚至就是我的。我清楚地记得，我的白色回力鞋也是左边有商标，右边的商标脱落了。

　　微风悠悠地吹着，从男子那个方向朝我这边吹过来。倘若他是病毒携带者，那么，他身上的病毒就被风全部吹到我身上来了。我下意识整理了一下口罩，捏紧鼻梁上口罩里面的铁丝，打算尽快越过他走到前面去。没想到我快他也快，我慢他也慢，我停他也停。我要是往回走呢？他会不会也转身跟过来？可是我为什么要屈服于他？我突然提速，眼看就要从他的右边超过去，没想到他往右边横移两步，挡在了我的前面。

我有点恼火，冲着他的背影，发出攻击性的咳嗽声。他突然转过脸来看我一眼，还张开嘴巴想说什么。我发现此人面熟，但想不起在哪里见过。他牙齿漆黑，门牙缝里还有一根白线，拖出很长一截。我浑身不自在，摸出一根牙签朝他走去，我必须将那根白线剔出来，否则决不罢休！他见势便转身逃跑。我紧随其后拼命追赶，直到他被什么东西绊倒，仰面朝天躺着。我一个箭步扑到了他的跟前，从屁股兜里摸出一支消毒喷雾，朝他的眼耳鼻舌身猛喷一通，接着又用戴手套的手捏开他的嘴巴，朝他漆黑的牙齿喷了三下。

我：为什么不戴口罩？

他：戴了的，你色盲。

我：想把病毒传给我吗？

他：传病毒的只能是风。

我：为什么挡我的路？

他：没想挡路，都是巧合。

我：为什么逃跑？

他：你拿着尖刀，咄咄逼人，我给你面子。

我明明拿着牙签，他却说我拿着尖刀，看来他是有病。我正要用牙签帮他剔牙。

他：不要对大难不死的人有非分之举。

我：为什么门牙缝里有一截白线？

他：秘密就是不需要很多人知道的事情。

我并不理会男子神经兮兮的语言，直接将牙签插进他的门牙缝里，用力将那根白线剔出来。我拽住线头往外扯，白线从黑牙齿的缝隙里源源不断地出来，愈拉愈长，没完没了，我感到惊恐，想停下来。男子坐起来，伸出胳膊朝左上方有力地挥动，像乐队指挥一样。我情不自禁地跟着男子手臂挥动的节奏，不停地往外扯。白色线条渐渐变成几厘米宽的纸条，接着又变成一帧长长的字幅，上面写满蝇头小楷，抬头用大篆写着总题目：梦之书。我匆匆浏览了部分内容，感觉就是这位男子的自叙传。当白纸条的尾巴上出现"完"字的时候，男子头一歪，倒毙在我身边。下面就是《梦之书》的全文——

1

就叫我赵钱孙吧。我出生在长江流域的一个乡村，靠近大湖东岸。我打小没见过爷爷和爹爹，也没有哥哥和弟弟，家里只有奶奶和妈妈，还有四个姐姐。我在一种阴气十足的家庭氛围中长大，性格有些古怪，而且很不稳定，有时候阳刚十足脾气暴躁，有时候却优柔寡断扭扭捏捏。我对村里所有的人都心怀柔情，总是想对他们微笑示好，但经常被他们粗暴地中断，以至于我的温情总是在心底翻涌，脸上却冷若冰霜。

我不喜欢别人看我走路，尤其是盯着我的腰部看。我对那些盯着我的腰部打量的人报之以怒目，心存怨恨，甚至很久之后都还有寻仇的冲动。我知道这不好，但我不能自控。我也想挺起腰杆来走路，但再怎么努力，腰部还是有些摇晃，我的腰跟我的心一样柔软。其实这不能怪我，我在我母亲的肚子里，只待了八个月就被生了下来。事后我奶奶告诉我，当时我母亲患上了一种怪病，吃不下饭，爱上了生米，将米缸放在门背后，进门吃一把，出门吃一把，把自己吃得骨瘦如柴。所以，我对母乳的记忆就是零。我还赶上了饥荒年代，从小营养不良，三病四灾，浑身毛病，除了腰部无力而摇晃之外，还有哮喘病、罗圈腿、鸭公嗓、习惯性腹泻和疑心病。

我母亲把她骨瘦如柴这个基因遗传给了我。她对我没有什么要求，说只要我活着，她就侥幸万幸。我的小名儿叫"狗仍"，就是北方话里的"狗剩"。我不喜欢这个名字，一度哭着闹着要改名。我奶奶对我说，名字越贱越好，邪灵以为你真的是狗，就不会老惦记着你。尽管理由充分，但我还是不能接受这个卑贱的名字。村里人坚持喊，我坚持不回答。但是时间一长，习惯成自然，听到喊"狗仍"我也答应。村里人说我是一个命贱的人。我一直苟活到今天还安然无恙。谁又能说我不是一个命贵的人呢！

我在我们赵家坳的村小学里读了八年书，读到五年级又退回四年级重读，一直赖着不肯离开。学校真是一个充满欢乐的好地方。那哪里是学校，简直就是游乐场，没有教材，没有作业，没有考试，打打闹闹，没事就往湖里钻，摸鱼捞虾，打鸟捕雀。给我们十几个人上课的只有一个老师，就是我的族姐赵钱英。从一年级到五年级，从语文到算术到音乐，全由她一个人教。她总是用脸贴着我的脸，轻声地批评我。她丰满的嘴唇和突起的乳房离我近在咫尺。我闻到了她的头发味和体香，她浓重的汗味儿令我陶醉。在她面前，我顽劣又捣蛋，一副混世魔王的样子。

我奶奶说，不要再赖在小学里了，读成了一个老童生！奶奶把我送到另一个村庄去读初中，就是离家八里路远的梁家庄。那是我新的灾难的起点。我内心渴望到陌生的地方去，没有人认识我，也没有人知道我姓甚名谁。可是，真正到了陌生的环境，我却惊恐不安。我提醒自己要低调、低调、再低调，以免引起别人的注意。我战战兢兢地挨过了一年时光，接着是第二年，我内心却始终有在劫难逃的预感。果然事不过三，高一的班主任换成了周朗斌。开学第一周他就盯上我了，我感觉到他看我不顺眼。有一天，他大声喊道："赵钱孙！给我站起来，把你那篇狗屁作文念一遍！"

我哆嗦着站起来，用发抖的声音念我写的作文："《远飞的大雁》，大雁是北方鸟，尽管个子很大，却跟南方鸟一样怕冷，每年冬天它都要飞到南方来，在我们村的麦地里拉屎，拉完屎之后，又飞到北方去了，除了黑白相间的雁屎，什么也没留下。……"周朗斌说这是放屁，只有肚子里全是狗屎的人，才会写出这种狗屁文章来。全班的人都哈哈大笑。

下课之后，他们的目光全都盯在我身上，还盯着我柔软的腰部。我预感不妙，我看见灾难正在远远来临。果不其然，很快就有了结果，他们给了我一个新的污名："扭娘"，翻译过来就是"腰部扭动的女人"。我觉得"扭娘"这个名字比"狗仔"还要难听。我愤然离开了学校。我觉得周朗斌没什么了不起，他教我们读毛主席诗词，张嘴就读错，"百舸争流"读成"百科争流"，"怅寥廓"读成"张寥廓"。这书不读也罢。

我回到村里，主动要求参加农耕劳动。我已经是满十五，叫十六的人了，我不同意将我分在妇女组里劳动，我要求跟男人们一起劳动，耕田犁地样样干。我模仿老黄牛耕地时的姿势，是想让自己的腰变结实些。强制性的重体力活儿，使得我身上所有的毛病都吓得躲藏起来。两年之后，我结实得跟黄牯牛似的，负重能力不能说全村第一，那也是名列前茅。扳手腕比赛就不提了，有一天早晨跟人赛吃，我一顿吃了十个二两的大馒头，两海碗白粥，还有一大碗酸菜炒螺蛳肉。消息传遍四乡八村，令我威名远扬，再有人说我力气大，他们一点都不怀疑。没人敢再叫我"扭娘"了，除了我奶奶和少数几位老长辈还叫我"狗仍"外，更多的人都是尊称我赵钱孙。队长赵法德还让我当记工员。

我为自己的努力和收获而暗暗地欣喜。其实我也心知肚明，人们敬佩的目光中还残存着疑问。因为即使我变得力大如牛，也没有消除我的腰在行路时的摇摆，我甚至感觉到，这该死的腰比以前摇晃得更厉害了，即使在负重的时候也如此，越是重量大，我的腰部越有一种扭动舞蹈的冲动。这让我沮丧又绝望，进而有些愤怒。我想在腰部绑上一块铁板或木棍。最终又不得不放弃这个念头，因为这会严重影响我行路和劳动。我除了下死力气干活之外，能做什么？如何证明？

唯一能够证明的，就是让一个女人跟我生儿育女。这个想法令我既羞涩又惆怅。我的族姐赵钱英，已经远嫁他乡。我独自站在村后小山坡上，朝着赵钱英的夫君那个村庄的方向哭了一场。邻村的陈雀花替代赵钱英，成了小学教员。她诱人的地方不是身体的气息，而是丰乳肥臀的外形。每次遇见陈雀花，我都忍不住要多看她几眼。她看上去静若处子，其实动若脱兔。我为自己的性幻想感到羞愧难当。如果陈雀花不反对的话，我愿意让她为我生一大串儿子，像一群鸡鸭那样跟在我身后，排着队在村中央的晒谷场上招摇。同时，我又把这个愿望变成了一个秘密，深深地埋藏在我的心底，使之变成一股强劲的力量迸发出来，随着我的汗水一起流进泥土里。

村里的女子，还有周边几个村庄的女子，总是找借口往我这边蹭。我觉得她们有点心怀鬼胎。她们还想引诱我跟她们一起笑，一起绣花，一起扭动腰肢。其实，她们不过是想提醒所有的人，我赵钱孙跟她们是同类。对此我很警惕，我不想让我流血流汗得来的成果毁于一旦。我迅速识破她们的诡计，及时闪开，让她们的计谋落空。

有一天，陈雀花突然来到我家，跟我母亲讨论我大姐儿子的学习，眼睛不停地朝我这边瞟。我很感激陈雀花的眼睛。我母亲借故离开。我趁机往陈雀花身边凑过去。隔着衬衫，我们胳膊挨胳膊。我想用我带电的手臂拥抱她。陈雀花从她的黄书包里掏出一块白布，那是她正在绣的枕套，上面有一朵没有绣完的花。她问我，她绣的月季花好看不好看，叶子的形状有没有绣错。我很吃惊，没想到陈雀花也是她们一伙的。我失望极了，我觉得陈雀花在侮辱我。我生气地说："我只知道耕地。我不懂花。"说完，转身朝自己屋里走去。陈雀花受了委屈似的，流着眼泪跑了。

我不认为是陈雀花毁坏了我唯一的希望，我觉得是命运故意在捉弄我。好在我浑身是劲意志坚定。我决定放弃任何非分之想，将成功的经验发扬光大，继续靠力量来为我作证。我恢复到以前的状态，沉默寡言，像牛一样劳作，除了耕种之外，我还学会了享受孤独，有空还读些书。村里人都不敢惹我，大家彼此不买账。我那病恹恹的母亲对此一概不知，她觉得自己很幸运，原以为这个儿子长不大，没想到不但长大了，还越来越健康，甚至成了四乡八村有名的作田能手和大力士，唯一的遗憾就是至今还没讨老婆。

生产队长族叔赵法德是我的恩主。从我回村的那天开始，他就对我另眼相待。他说他从不认为我是命贱之人，他觉得我前途无量。他还公开说他喜欢我，说他要是有女儿，就会嫁给我，因为我没有多余的话，只有多余的力。这不仅给了我莫大鼓舞，也让我对未来充满了信念。在我最消沉的时候，队长赵法德突然对我说，钱孙啊，你不用通过耕田种地来证明自己，更不用在村里人面前证明自己。依我看，你倒是需要干点别的，来向我证明，你跟我对你的猜想是不是对榫。接着，队长赵法德向我宣布了一条改变我命运的消息：你明天就到公社去报到，我已经为你谋到了一个新的职位，社办工厂采购员。

我跟着要退休的老采购员跑了一段，很快就一个人单独行动了。我走在城市街道上，不禁有点飘飘然，腰部情不自禁地放松起来。但我连忙提醒自己：不要忘乎所以！可是周围没有任何人注意到我。大街上人头攒动，那么多人挤在一起，都昂首挺胸，目不斜视，都希望别人看自己。有些人耐不住寂寞，故意扭动腰肢，以便引人注目，效果却很一般。满大街的人都在搔首弄姿，都在扭着腰，已成常态。我突然放肆起来，故意扭动腰肢，尽管我的腰部因为长期控制而无法自如地扭动，但我的心里是轻松的。

我又想到了命运的捉弄。我费尽力气，流血流汗，像老黄牛一样耕田劳作，目的就是让自己的腰硬起来，不要摇摆。

可是在这座城市里，一切都变了，一切都自然而然，用不着掩饰，你想扭就扭，不想扭就不要扭，你硬挺着腰走也行，在地上滚动也没人管，鬼都不会看你一眼。早知道这样，何必去吃那些苦头，把自己弄得像一条牯牛一样呢？早点进城不就行了吗？尺度和标准的天壤之别，其实就是挪了个地方，如此而已。我突然对老一辈人崇拜得五体投地。他们的伟大格言是："树挪死，人挪活。"你要是不想挪动，而又想活着，那你就只能扛着压力，像老黄牛一样。现在我再也用不着像老黄牛一样负重，用不着将大量粗纤维食物塞进胃里，用不着起早贪黑地劳作，用不着面朝黄土背朝天。我用公款坐汽车、火车、轮船，住在旅社里，有人灌水打扫，过上了资产阶级老爷式的生活。

日子过得太顺，我就有一种危机意识，总觉得有什么灾难要降临，好像死神正远远向我走来。我又想到了老一辈的教导："树挪死，人挪活。"必须挪动，我把"动"当作我的座右铭和护身符。我像走南闯北的老江湖，把整个长江流域的大码头都跑遍，其实我还是个十几岁的小伙子。我打算将活动半径向南北两个方向扩展。那是一个炎热的夏天，我带着公社的介绍信出发了，计划第一站是天津，然后再经北京返回。可是我并没有在天津下火车，而是在唐山被乘务员赶了下来。

火车停靠保定的时候，上来了一位年轻女子，安排在我上面的中铺。她把大提包塞进床底下，把一只蓝底黑圆点花布手提袋塞到自己枕头底下，爬上铺位躺下，安静了好一阵。突然，她呼啦一声爬了下来，在车厢过道上来回踱步，把空气搅动得热烘烘的，伴随着她诱人的体味。电风扇好像转不动似的。她烦躁不安，不停地用手掌当扇子，对着脸部扇风。她身上散发出很重的汗味儿，让我想起我的族姐赵钱英。她的嘴唇像赵钱英，上唇人中的尽头微微翘起，但似乎高得稍微多了一点点，就像她的胸和臀。我很想伸手把她的嘴唇往下按一点点，那样的话就臻于完美。她的眼睛跟赵钱英完全不一样。赵钱英的眼睛像清水。这女子的眼睛与其说是眼睛，不如说是一只小手，不停地伸出来抓人。

女子走到过道的窗边朝外观望，华北平原金黄的麦田在眼前掠过。她背朝着我，透过浅鹅蛋绿的确良衬衫，现出她胸罩的轮廓，柔软而轻薄的蓝色绵绸裤子，紧紧地裹着她浑圆的臀。我盯着她看得出神，她突然转过身来，我连忙扭转脸去，我们都有些不自在。她朝车厢尽头的厕所那边踱步，一会儿又折回来。我俩的眼神对峙了至少有两秒钟，我仿佛看到她眼里燃起的火苗。结果还是我的目光先投降。她微笑着站在车厢门口，一条腿在门里，一条腿在门外，朝我投来意义含混的眼神。我四肢冰凉，不敢动弹。

我对过铺位上的湖南籍采购员老魏，开始跟女子搭讪。我很佩服老魏，他不要说跟陌生人，跟陌生石头都能说上话。我不行，除了村里人，我遇见陌生人一般都很矜持，要酝酿很久，慢慢地熟悉了才会开口。老魏不是这样，老魏张开臭嘴就搭腔。他指着自己的床铺对女子说，别站着啊，这里可以坐啊。

女子微微一笑，采纳了老魏的提议，在老魏的铺位上坐了下来。突然，她像弹簧一样弹起来，屁股转身挪到我的铺位上来了。我还没来得及把脚往里面移，她的屁股就紧贴在我的脚上。我的血液瞬间凝固，脚僵持在那里一动不动。老魏像户籍民警一样开了腔，女子好像是在接受民警的讯问。我没有放过她话中的任何细节。我得知她是秦皇岛人，到保定姑姑家做客，今天回秦皇岛。这些年她一直在家待业，街道天天催她办下乡手续，她采取了一拖二躲三耍赖的办法，躲在姑姑家有好些日子了。现在终于有了转机，给了她一个留城指标，很快就要去上班了。她还问老魏，玻璃厂和轴承厂应该选哪一个。老魏说当然是轴承厂啊。说着，老魏又使出惯用伎俩，要为女子看手相。

我想提醒女子不要上老魏的当，但没说出口。我的五根脚指头已经麻木。我悄悄地将脚往里面移了一点。但我也不愿意完全离开，就让脚趾跟她的臀部保持若即若离的距离。我紧张得浑身冒汗，女子却浑然不觉。女子对老魏说，她父亲也是采购员，她父亲也喜欢给女人看手相，她母亲就让他父亲不要回家，给女人看手相去。她父亲就长年在外面跑，她都不记得父亲长什么样了。说完，她笑得浑身颤抖，臀部随着笑声又压在我的脚上……

这时候乘务员和乘警来了，冲车厢里喊道，天津上车没买票的，赶紧补票。我大脑嗡的一声，完蛋了，啥时候过了天津？乘务员看了我的票说，睡着了吧？麻痹大意了吧？天津早就过了！赶紧补一张天津到唐山的票，马上给我从下一站唐山下车！乘警刚走出去几步，又折回来教训我，说怎么一点警惕性都没有？哪天帝国主义打进来了你都不知道。女子冲我一笑说，跟我去秦皇岛得了。

我就这样被抛弃在唐山火车站。天色已黄昏。我入住站前旅社506室。我梦见了火车上遇见的那位女子，她站在硬卧车厢门前向我招手，拉着我一起上了她的中铺……我从梦遗中惊醒。我的腰部酸疼得厉害。我想起身喝水。突然，整个楼剧烈摇晃起来，只听到一声巨响。我被摔倒在地上。等我爬起来时，五楼的窗台正好对着地面。我从窗户爬到地面，我站起来又摔倒。我的腰肢僵硬如铁，双脚却像踩在棉花上一样。我随着惊呼哭喊的人群奔跑起来。我不记得我是怎么逃离唐山的，也不知道是坐什么车到的北京。那是1976年7月28日凌晨，我遇到了唐山大地震。

我死里逃生回到了家乡。我对谁都没有提起过这件事。我不知道怎么说。我是到天津去出差，为什么跑到唐山去了呢？我跟人说，我被一位女子的屁股勾引到唐山去了？这怎么说得出口呢。还有更重要的，死神已经设计好了，安排我去唐山赴死，我竟然逃脱了。我到处声张，岂不是给死神通风报信？死神还不得重新设局取我性命？所以，我决定，让这件事情成为永久的秘密，跟随我进棺材。

2

我因受到惊吓而大病一场，请了长假在家里养病。社办工厂也不打算养我，但每月给我发10元生活费。突然传来恢复高考的消息，不知道这是什么神秘力量带给我的补偿。我重新回学校读了两年高中，结果考上了本地区的医学院医疗系。对于一位浑身都是毛病的人而言，学医应该是个不错的选择。赵法德队长说，他是不会看错人的。队长见我妈为我上学的钱犯愁，他便从生产队里挪了一笔钱借给我，我就到城里上学去了。

我的生活轨道又出现一个急转弯，把原来熟悉的人都甩到了弯道外面。如今我混迹于一个全新的群体之中，大家年龄相仿，风格相近，吃一样的食物，想一样的问题，看一样的风景，同时睡觉，同时起床，大家越长越像，连死神也真假难辨。这让我有了安全感。我极力装扮成跟大家一模一样，包括服装款式和发型。我拼命练习说普通话，试图隐藏乡音，尽管这很难。我把自己藏起来，尽量不引人注目。我希望同学和这个世界把我遗忘。孤独难当的时候，我会一个人在街上游逛，有时候我还会步行到城市的另一头，到兄弟院校去参加同乡会。我有一个不便透露的秘密，就是我的鸭公嗓子，我尽量少说，让问题暂时搁置起来，以便集中精力处理腰部问题。我的沉默寡言得到了大家的认可，所以很少有人注意到我暗哑的声音。让我没想到的是，最早给我带来伤害的不是嗓子，而是腰。我曾经花费那么多的精力去处理腰部问题，它至今依然问题重重。

　　学校是一个封闭的环境，就像一个大村庄，跟城市开放的大街有区别。林荫道上的行人也各式各样，城乡风格混搭在一起。我有些拿不准，担心我的腰又摇摆起来。但很快我就发现，校园里的人都不同程度地在扭腰，走路如风摆杨柳，男男女女都这样。那么我为什么要绷着腰呢？我想让我的腰放松一下，扭动摇摆起来。可是我的腰好像不怎么会动似的，感觉十分滞涩，扭起来嘎嘎作响。我有些着急，越急腰部越僵硬。我行走的姿态已经开始引人注目了。我暗下决心，要让自己的腰部恢复最初的灵活。

　　我很害怕上体育课，倒不完全是因为我没有像样的运动服，而是在众目睽睽之下，我的弱项暴露无遗。体育老师姬亚铃说，赵钱孙的腰像牛腰一样僵硬，柔软度不够，跳木箱的时候让她捏把汗。姬老师的话让我羞愧难当。下课后我咨询姬老师，问怎样才能够使我的腰部柔软起来。姬老师在体育馆的地板上翻了一个跟头，接着又抓住一副约50公斤的杠铃，举起又放下，气都没喘一下。姬老师说，正常人的腰部可硬可软，你的腰部却只硬不软，这跟你长期干重体力活儿导致的腰椎劳损有关。体育锻炼，就是让你的身体恢复到正常状态，能屈能伸，软硬兼施，刚柔并济。姬老师刚从师范学院毕业分配过来，比我大不了两岁，身材像个小女孩，乳房太小，分不出前胸后背，但她的身子却像一根弹簧，的确是刚柔并济，关键是目光亲切坚定，说话很有水平。

我接受姬老师的建议，开始体育锻炼，长跑、单双杠、举重、篮球、羽毛球，还参加了交谊舞培训班。我希望我的腰，能尽快恢复到刚柔并济的状态。除了上课、吃饭、到图书馆查资料，其余时间我全都耗在体育馆里。一年一度的校运会，有腰部坚硬度和柔软度比赛项目。我拿到了腰部坚硬度56公斤级的第三名。但在腰部柔软度比赛中我一无所获。我为自己的腰椎劳损而悲哀，那是强大的乡村意识形态挤压而导致的创伤，估计很难恢复到最初的刚柔并济状态。姬亚铃老师却认为我恢复得很不错，要继续努力。姬老师建议我参加由她主持的竞走课外兴趣班。竞走运动就是专门扭腰的运动，扭的幅度越大越好。姬亚铃老师给我们做示范，她不但大幅度地扭动她那纤细的小蛮腰，而且还甩起结实的臀部，带动着髋部左右旋转。她的髋部像安装了轴承似的旋转自如，身子像小旋风一样向前移动，速度非常快。我觉得她步伐很漂亮，但也有些担心，怕她的腰扭成麻花弹不回来。

姬亚铃老师说，腰部特别是腰椎恢复了弹性，其他的器官也会慢慢跟着恢复弹性，比如颈项和颈椎、四肢和关节、腹部和肺部。腰椎的僵硬，会导致其他器官和肢体的僵硬，严重的还会波及一些次要器官，比如嗓子和声带。

姬老师这么一说，我心里咯噔一下。姬老师是不是听出了什么破绽？我的乡音？我嗓子的发音方式？平时我很少说话，跟姬老师说这么多话，完全是出于对她的信任和企慕。即便如此，我也特别小心，不但注意咬字吐音的准确性，而且在不断地调整声带的发声部位。结果还是被她听出来了？我正在处理腰部问题，姬老师怎么突然注意到嗓子问题呢？这让我顿时崩溃。真是造化弄人，一波未平一波又起。我一直不想提这件事，用沉默寡言来暂时搁置它，以便全力对付我的腰。因为腰无法掩饰，嗓音至少可以伪装，大不了不作声。没想到在姬亚铃老师的诱惑下我得意忘形，放肆地发声，暴露了真面目。

我想起自己少年时代的发育换声期，我的嗓音突然变得像鸭子叫一样，吓得我既不敢说话，也不敢出门。我奶奶说，小时候男孩子和女孩子说话都是一个调子，像小母鸡叫，长大的时候就会变，男孩子先变鸭子，再变成公鸡，女孩子是直接从小母鸡变成大母鸡。对奶奶的话我将信将疑，我一个人躲在猪圈旁边练习发声。我的声音冲到喉咙一半之处的时候，就往下掉，伴随着沙哑的响声。我想，鸭和鹅叫起来喑哑滞涩那很正常，因为它们的脖子那么长，声音能冲出来就很侥幸了，沙哑一点不算什么。可我的脖子并不长啊，怎么会喑哑滞涩呢？我下意识地将脖子往双肩中间缩，但发出来的声音更暗哑更难听。我们家的大公鸡突然飞到猪圈顶上的草棚上，冲着天空伸长脖子大声喊叫起来，声音嘹亮而雄厚，音柱浑圆而集中，一直冲到天边才返回来，旁边的母鸡都震惊得目瞪口呆，咯咯咯地欢呼示好。那时候我每天都在偷偷地期盼，内心充满甜蜜的渴望，渴望自己的鸭公嗓子变成大公鸡的嗓子，向世界发出雄浑嘹亮的声响。遗憾的是，我从少年盼到青年，我那暗哑的声音一直停留在进化的中途，真是我心伤悲！

给我们讲授医学史的，是班主任史文本副教授。他正讲得唾沫纷飞，发出暗哑的声音。我断定他也属于嗓子进化有问题的人。不仅如此，他的腰部也扭得厉害。在黑板上板书的时候，他用三根手指抓住粉笔，无名指和小指翘起如兰花瓣，娟秀有力的魏碑字体随着他手腕的扭动出现：绪论：医学和医生前史。有同学在小声议论，说史文本老师都三十好几了还没有女朋友，说史老师正在追求姬亚铃老师，说史老师的性格像女孩子，姬亚铃老师性格像男孩子，同学们担心自己的班主任史文本，会被体育老师姬亚铃揍扁。听到这些议论，我特别痛苦，特别心疼。我很害怕史文本老师听到这些议论，那他该有多么伤心啊！史文本老师被嬉笑的声音打扰了，他转过身来，对着发出声响的方向看了一阵，微笑着说，抱歉，抱歉，同学们，请下课再商量其他事宜。

史文本老师继续讲课，他说世界是不完满的，所以有痛苦，所以有摆脱痛苦的愿望，幸福就是这个愿望的暂时满足。医学随着人类的痛苦感和减轻痛苦的愿望而诞生，医学的根本目的，就是减少人类的痛苦和恐惧，并使其更加坚强有力，更加完美而有尊严！

史文本教授停了一下，突然提高嗓门，尖声地问道：那么我要问你们了，侏罗纪的角鼻龙和白垩纪的肿头龙幸福吗？可是古生物学家发现，它们同时患有多种疾病：牙槽脓肿、关节炎、骨膜炎和骨髓炎。50万年前的爪哇猿人幸福吗？科学家竟然发现它们患有血管瘤和骨瘤病，也就是癌症。北京周口店的猿人身体状况稍好一些，因为它们开始用火和吃熟食。

史文本教授又停了片刻，微微一笑，接着替我们回答了他自己提出的问题：你们一定会说，它们不幸福，因为它们没有医生帮助它减轻痛苦，是吗？我告诉你们：错！老虎受伤后会舔舐伤口以减轻疼痛，因为它的唾液在伤口表面阻隔了空气，还可能有消毒作用。狗的一条腿受伤后，它们会用三条腿行走，让受伤的腿得以休息而恢复健康。这是一种本能，所有的动物，包括人类，首先都是本能的医生，然后才由"本能医生"进化为"经验医生"或者"巫术医生"，最后才成为"科学医生"。不同类型的医生，针对人类的痛苦和希望，有不同处理方式。这就是我的医学史课程的主要内容。至于中医的性质，也是我要讲的重要内容之一。因为科学并不能涵盖一切，人类经验的神秘性和不可知性，导致疾病发生学并不是一个完全明了的领域，所以，"医学史"也伴随着"哲学史"甚至"艺术史"。

我被史文本老师的讲课风采迷住了，那是智慧、力量和艺术的综合。我甚至觉得，只有那尖细而暗哑的声音，翘起的兰花手指和板书的节奏，还有讲台上风摆杨柳式的踱步，才配得上史文本老师精彩纷呈的讲课内容。我守候在林荫道上，等待史文本老师。我想向他请教学习方法。我想象着他身上的风采能够转移到我的身上。

史文本老师远远地走来，端着一个大硬纸板讲义夹，身子柔软如风，带着一股侠气。我的问题是，我如何能像史老师那样，具备思想和语言的力量。史文本老师鼓励我多读书，他说，首先要有治病救人的人道主义情怀和宏愿，然后才有治病救人的实践行为。思想观念只有跟实践的目的结合在一起，才能产生力量。史老师还给我讲了大半天的希波克拉底，雅典大瘟疫，液体病理学说，希波克拉底誓词。史老师说，他给我讲的只是思想方法，不能替代医学专业的学习。史老师叮嘱我一定要学好医学，要掌握治病救人的精湛本领，要具备减轻他人痛苦的能力。

我知道，思想和语言的力量，要超过腰椎和手臂的坚硬度，而且具有强大的穿透力。我减少了去体育馆的时间，增加了泡图书馆的时间，如饥似渴地阅读各类书籍，内心开始尝试着表达自我。我想象自己跟史文本老师一样博学多才，姬亚铃老师只配站在一旁当听众。我在林荫道上来回踱步，口中念念有词。那些娇小幼稚的女生也在踱步，口中也嘀嘀咕咕念念有词，她们是在背外语单词。我不是，我在演讲，我在表达思想。

我的第一个听众，是医学院新开设的护理专业护士长实验班的褚红。我们在老乡聚会的时候相识了。褚红的长相也属于我的族姐赵钱英那种类型，这就是缘分。我把褚红领到那个叫"风月苑"的小树林，那是学校的恋爱圣地。我模仿史文本老师的口气，用普通话向褚红演讲。刚开始褚红很崇拜我，慢慢地就有些不耐烦了。相处了一年多之后，褚红开始经常找借口推脱。我给褚红写了一封措辞优雅的长信，直截了当地表达了我对她的企慕之情。褚红过了很久才回复，说她学习很忙，没有那么多的时间出来玩。后来，我从另一位老乡也是同班同学的姚立春那里得知，褚红不喜欢我的演讲风格。姚立春还把褚红的原话学给我听："我对他走路的姿势和说话的嗓音都不挑剔，他演讲的内容本身也没什么问题。可是两者搅在一起就不一样了，那么刚硬干枯的内容，搭配着那么柔软的手势和腰身，还有尖细的声音，令人无法忍受。"

我想，既然是搭配问题，而不是原料本身的问题，那就好办。我的姿势、手势、嗓音一时很难改变，能够快速改变的，就是演说词了。我重新琢磨一套演说词，改"刚硬干枯"的风格为"柔软滋润"的风格。我多次用我喑哑的声音说着我精心设置的台词，但一直没有机会向褚红展示。几次老乡聚会的时候都没见到她。直到毕业前夕，我们马上就要离校去毕业实习，她都没有给我任何机会。我给她写过几封信，她都没回复。我只有回忆，想起我们俩在树林里散步的时光，心里很温暖。

毕业季临近，我将要由一位懵懂无知的乡村青年，变成一位救死扶伤的医生了，只等毕业实习结束，就各奔东西。我读书的这座地区级的城市，离省城约100公里。我们学院的任务就是培养乡村医生。学院领导为了让我们这些未来的乡村医生学到更多的本领，把我们的实习地点全部安排在省城的医院。记得那一天，两辆停在宿舍楼前的解放牌卡车，装满了去省城医院实习的同学。班主任史文本老师，还有姬亚铃老师都来为我们送行。同学们突然鼓起掌来，为他们祝福，弄得他们脸都红了，一边频频朝我们挥手。

我突然发现，褚红站在远处的香樟树下，一边朝我这边张望，一边用手绢擦眼泪。我的心一软，血液突然沸腾起来。我不顾一切地跨过后缘的挡板，从车厢里跳了下来，朝褚红飞奔过去，紧紧抓住她冰凉滑腻的小手。我用喑哑的声音说，褚红，不要哭，我很快就会回来的。我问她在哪里实习，她说就在学校附属医院。我说我会给她写信。我乘坐的那辆车突然启动了，我不理会，乘坐后面那辆也行。我还握住褚红的手，千言万语不知道说什么好。可是褚红的眼睛，却一直朝着我的身后看，她举起手绢朝启动的车子挥动着，眼泪哗啦哗啦地流。我回头一看，只见姚立春也在流着眼泪朝褚红挥手。我发现自己在众目睽睽之下自作多情。好在褚红并没有给我难堪。

　　后面这辆车眼看也要启动。班主任史老师和亲爱的姬老师，都在催促我赶紧登车。卡车穿过城市朝郊外狂奔。等我们赶上前面那辆车的时候，发现它已经侧翻在路边的沟里，一车人都躺在地上。校附属医院的救护车匆匆赶来，褚红也来了。我们加入了救护队，把伤员抬上救护车。姚立春躺在担架上，紧紧抓住褚红和我的手不放。

　　几个月之后，姚立春坐着轮椅去市残联康复中心报到，推轮椅的是褚红，她跟姚立春分配在同一个单位。我陪他们一起去办理入职手续。我不敢跟褚红多说什么，担心触动她内心深处更复杂的心绪，也担心她误会我幸灾乐祸。我觉得现在这样很好，褚红对姚立春的爱情还在，姚立春将来也有个依靠。生活留给他们，我只带走一段回忆。

3

我被分配到老家那个县里工作。赵法德队长说，他可以托他那当乡长的弟弟到县卫生局为我跑关系，争取留在县医院。我谢绝了队长的好意，一个人背着铺盖到卫生局报到。人事科的人说，除了县城的医院之外，其他乡镇医院随便挑。我挑了官庄镇医院。官庄镇是全县四大区域中心之一，地处县道跟省道交会的十字路口，南距县城三十多公里，北距我们赵家坳十几公里。镇中央有一条几百米长的街道，逢五逢十都有集市，是个热闹去处，也是我童年时代仰慕的地方。

长江中游的八月天，热得人头顶冒烟、脸蛋通红，像喝了酒似的。临近中午，我赶到了官庄镇，正是一个赶集的日子，街上人挤得水泄不通。熟悉的场景和熟悉的乡音让我感到亲切。医院坐落在镇北一块高地平台上，离镇中街市有一段距离。门诊部、住院部、职工宿舍、食堂、厕所，几栋房屋围成四方形小院，像个独立王国。

我找到了医院办公室。院办主任魏起宏接待了我。他把我带到院长魏庆彪上班的外科手术室。魏院长正在给一位左腿胫骨和腓骨双骨折的人诊疗。他一边检查一边骂：什么狗屁省级专科医院，什么狗屁科班出身，什么鸡巴希波克拉底臼床，全是他妈的扯蛋！都六七个月了！两根骨头没有对齐，错位的地方有骨节，腿部肌肉已经开始萎缩，再不处理这条腿就废了！他站起来脱掉外衣，抓住那条骨折的腿，命令站在身边的两位壮汉，都是他的徒弟，把长歪了的腿骨折断，重接。我赶紧退出来，只听见里面鬼哭狼嚎。

走廊上有人议论说，魏院长多么厉害，从小习武，力大过人，能吃能睡，一顿吃好几大碗，好几天不吃也有得事。骨头碎成了渣渣他都不怕，越碎他越起劲，伸手捏几下，骨头渣渣就排得整整齐齐，跟当兵的一样听话。找他接骨要提前很长时间预约。

魏庆彪院长出来了，五短身材，步履矫健，白多黑少的眼睛往上翻。他快步往自己办公室里走，魏起宏领着我跟进，只见墙上挂满锦旗，都是"妙手回春""华佗再世"那种。魏院长瞄一眼我的介绍信，往桌上一扔，又盯着我看了几眼，神经质似的耸着左边鼻翼，右眼快速眨巴了一阵，说上面又派科班出身的来了，那好啊，我们正等人用，今天晚上开始值夜班，连续一周。起宏啊，给他安排个住处，就住穆医生和康医生原来住的那间平房吧。

魏起宏领着我往一排低矮的平房走去，背后还传来魏院长的声音，说卫生局他妈的专门跟我魏庆彪作对，我说要一位妇产科女医生，又派一个男的来，走路扭腰有什么用？长着鸡巴是真的。魏起宏有些尴尬，开始打圆场，说魏院长是个大好人，没什么心计，最近心情不好，没有评上职称。魏院长医术高超，省里的人都知道。吃亏就吃在文化太低，没有办法参加评职称考试。这也是没有办法的事。

位于食堂和厕所之间的平房，西头是太平间，中间是药材仓库和消毒室，我入住东头一个巨大的空房间，里面可以跑步打拳。我第一次有了自己的独立住处，而且这么宽敞，我很满意。魏起宏说，赵医生，你先住着，以后再想办法换。我说不用换啊，这里很好啊。魏起宏说，你不要计较魏院长，过些日子就好了。我说没事、没事，谢谢你。

我跟魏庆彪院长素昧平生，我又是本地人，照理他不会欺负我。我觉得这不是我跟魏院长的矛盾，用史文本老师的术语说，这是"经验医生"跟"科学医生"的矛盾。当"经验医生"获得权威，"科学医生"还没有获得权威，而社会评价又倾向于"科学医生"时，这两种医生就成了天敌。我预感接下来的日子不好过。我提醒自己，除了低调忍耐，暂时还没有更好的办法。

到岗的当天我就开始上晚班，坐在值班室等到了凌晨两点，一个病人都没有。我刚刚入睡，就有人梆梆梆地敲门，大嗓门喊叫，一看手表，凌晨三点半。我挣扎着爬起来。两个壮汉用自制的简易担架抬着生病男子来了。病男子翘起屁股趴在担架上大声号叫。扒下他的裤子一看，急性绞窄性痔疮。清洗、消毒、复位、纱布垫塞、开外用药和内服药，一直忙到天亮。我说为了让伤口愈合这两天尽量少上厕所，病男子说看来活人真要被屎撑死啊！我说大便时不要太使劲，病男子说那你帮我开些泻药吧。我说每次便后都要用水冲洗，病男子说那样会把自己搞得像女人。你说什么他都反驳，这就是顺从农民的不顺从。

接下来一周，我遇到了各种病人，鱼刺卡喉咙、胃肠炎腹泻脱水、急性尿路感染、打哈欠下巴脱臼。后面这个病我没见过。小护士蒋芸珍把魏院长喊来。魏庆彪端着病人的下巴看了一眼，只见他右手一抖，眨眼间就把脱臼的下巴安上了。

我体会到老师所说的"全科医生"的感觉。乡镇医院的医生都必须是全科医生。内科外科，男科女科，眼耳鼻舌身意，碰到什么是什么。在省人民医院实习的那半年时间里，我也是各个科室轮流转，蜻蜓点水，点到为止，什么都懂什么都不精。乡镇医院需要的就是这种万金油式的"全科医生"。重症病人一般都往县里或地区医院转。至于跌打损伤，我真的没有认真学，认为那是江湖郎中的活儿。我注意到，魏庆彪接骨的时候心狠手辣不含糊，一次到位，而且从不用石膏固定，他用杉树皮夹板，外敷内服的中药材配方特殊，他一般都亲自去药房配置，捣成糊状，再交给徒弟。

护士蒋芸珍很快就跟我熟悉起来。蒋芸珍说她大哥跟我是校友，76级工农兵学员，考上北京的研究生，现在国外留学。蒋芸珍说，魏起宏是魏庆彪同村的堂侄，他们总是把新来的大学生安排在太平间隔壁住。蒋芸珍自己是县卫校毕业的，她说官庄镇医院三四十位医护人员，一大半是她的校友。还有一部分就是跟魏院长那样，从乡村赤脚医生转过来的。这几年也分配了一些大学生过来，但很快就走了。去年就走了两个，康医生托关系调到县医院去了，穆医生考研究生走了。蒋芸珍说，他们之所以走，首先就是不能忍受魏庆彪的霸道，还有就是不愿住在太平间隔壁听死人家属号哭。

蒋芸珍有叙事才能，事情从她嘴巴里出来显得活灵活现。蒋芸珍说，魏庆彪院长小学都没毕业，见到大学生心里就发毛。魏院长说，读那么多的书干什么？实践出真知嘛。我不是反对你们读书，关键是你们要把病治好啊。就拿接骨来说吧，什么伤筋动骨一百天？我只要三十天，最多六十天，信不信？魏庆彪敢说这样的话，是因为他治跌打损伤真有绝招，他的经验介绍文章发表在北京的权威杂志上。

还有更好玩的事呢，穆医生要考研究生，让魏庆彪盖个章，魏庆彪坚决不同意，说大学毕业治不好病就去读硕士，硕士毕业治不好病就去读博士，还有完没完啊？这叫逃跑主义和投降主义。魏庆彪对穆医生说，你治一个病给我看看，治个小感冒吧，两天之内治好了，我就放你。穆医生哭笑不得，但他不跟魏院长打赌治病，要跟魏院长打赌喝酒。魏庆彪说赌写字我搞不过你，赌喝酒你算撞到我枪口上了。魏庆彪自小习武，兼顾跌打损伤，喝酒不过是附加的功课。魏起宏准备好酒菜。魏庆彪跟穆医生两个，在太平间隔壁的大房间里摆开了阵势，没想到结果竟然是穆医生赢。魏院长不服输，接二连三地比拼，喝一次醉一次，不服再喝，还是醉。有一次，魏院长醉得不省人事胃出血，魏起宏又到县药材公司进药去了，只有卫生保健科的苏喜眉照顾他。

蒋芸珍压低嗓门说，你可不要得罪苏喜眉啊，她是魏院长的人。苏喜眉的老公劳德民不喜欢苏喜眉，嫌她身材肥胖。有一次，苏喜眉在院子里晾晒衣服，几个看病的村民在一旁小声议论，说快看她的正方形裤子。劳德民刚好路过，听到议论，就把苏喜眉大骂一顿，说她丢人现眼，骂得苏喜眉哇哇大哭起来。魏庆彪院长过来哄苏喜眉，说别哭别哭，劳德民不喜欢你，我们喜欢你，医院的人都喜欢你，哄得苏喜眉破涕为笑。魏院长尽管粗暴，但对女人还有三分怜惜之心，加上至今单身一人，见女人腿就有点发软。苏喜眉的身材的确罕见，但脸部还是能看的。不过，魏院长只是说"我们喜欢你"，苏喜眉就自作主张地理解为"我喜欢你"，没事就往魏庆彪身上蹭，魏庆彪坐在哪里，苏喜眉就往哪里挤。魏庆彪发现，只要一碰苏喜眉，她就发出"咯咯咯"的笑声，像母鸡叫似的。魏庆彪试着用手指头轻轻戳一下苏喜眉的腰，苏喜眉随即爆发出一大串"咯咯咯"的声音。魏庆彪兴奋了，没事就碰一下苏喜眉，脸蛋、胳膊、腰部、腿部，无论什么地方，只要轻轻一碰，苏喜眉就咯咯地叫唤。后来，魏庆彪房间半夜里经常传出母鸡的叫声。

蒋芸珍直到把自己说累了，才摇晃着臀部离开诊室。她的臀部不是左右摇晃，而是上下颤抖，也很迷人。我突然发现男女可以通过肉体碰撞直接结合在一起，像魏庆彪和苏喜眉那样，不一定要眉来眼去折腾半天。"肉身接触法"直接、明白、简单，省去了不少的时间和精力。苏喜眉和劳德民彼此厌恶对方的肉体，那么他们的缘分也就终结了。

我想起跟褚红相处一年的日子，那的确是一种灵魂的交流。将两个人的灵魂连接在一起的，是眼神和气息那些极不稳定的元素。这些元素经常会开小差，半路上改弦易辙，跑到别处去，跟另一个眼神和气息相会。褚红就是这样，中途开小差偷偷地去跟姚立春相会。我因此对"灵魂相交法"产生了怀疑。"肉身接触法"产生的肉体的碰撞，不仅直截了当，而且高速快捷。多年前，我在火车上遇见一位秦皇岛女子，她本能地采用"肉身接触法"，一屁股坐在我的脚上。可惜当时我年幼无知，不解风月，不但没有很好地领略她的惠泽，还险些因此丢了小命。

我和蒋芸珍采用了"肉身接触法"，迅速成为了密友。可是，蒋芸珍并没有像苏喜眉那样，发出母鸡般的咯咯叫声，而是突然终止她平日里叽叽喳喳的声音，沉默得一点动静都没有。这让我感到诧异。我想，肉体大概跟灵魂一样，也是五花八门，各不相同的，也有它自身的不确定性。

转眼两三年过去了。魏庆彪见我跟蒋芸珍整天混在一起，就认为我会死心塌地在这里待下去，因而开始改变对我的态度，让我当上了门诊部的负责人。我也跟官庄镇医院的同事们打得火热，每天晚上一起打麻将，隔三岔五聚餐酗酒。其实我不过随大流依惯性过日子，生活乏味而无聊，包括一度着迷的"肉身接触法"，慢慢地也变得越来越乏味无聊。蒋芸珍仗着自己年轻，对变化听之任之。苏喜眉主张我跟蒋芸珍结婚，在我耳边不停地聒噪，魏庆彪也跟着帮腔。我假装没听见。一天晚上，蒋芸珍突然一改往日寂静无声的习惯，像苏喜眉那样，发出母鸡般咯咯的叫声。苏喜眉正方形的身子浮现在我脑海里。我决定就此终止我跟蒋芸珍的"肉身接触法"。蒋芸珍大概也腻味了，笑着回答我说，这也是她的想法。我们分手不到一个月，蒋芸珍就跟去年分配过来的蔡斌圣混到一起了，而且他们很快就结了婚。从那以后，官庄镇医院的职工宿舍，晚上会传出两种类型的母鸡叫声。

我一度热衷"肉身接触法"，怀疑"灵魂相交法"。其实，肉体记忆是一种浅层记忆。蒋芸珍整天在我眼皮底下晃来晃去，还故意挽着蔡斌圣的手在我面前招摇。我却视而不见，我甚至出现了记忆盲区，突然想不起蒋芸珍的样子。刚跟蒋芸珍分开的时候，我有一种说不出的轻松感，就像脱下了紧身衣似的，肉体轻松无比，甚至有一种飞翔的感觉，腰肢又开始想扭动起来。我开始沉浸在对过去的回忆中。褚红的眼神和气息，像一双悠长无尽的小手，越过山水的间隔，伸向我的内心，使我魂牵梦绕。我又给褚红写信，但没有得到回音。其实我内心并不想得到什么回音，我希望一切实在的事物都消失，我迷恋上了梦一般的虚幻。这种迷恋，既不是爱，也不是欲，而是对另一个自我的幻觉。

时间长了，我的肉体又开始浮躁不安，但镇医院乃至整个官庄镇，没有人搭理我，对我避之不及，仿佛是说我被蒋芸珍抛弃了，我成了被遗弃的废物。我孤单一人，蒋芸珍成双成对，还生下了一对双胞胎。官庄镇的人议论纷纷，说赵钱孙医生没用，只有一只卵子，废物一个。作为废物，自然不配有爱情、友情、同情。这是官庄镇人的想法，不是我的想法。他们一厢情愿自作主张地审判了我。他们觉得，我只配跟疾病、细菌、病毒、烟酒、太平间在一起。那些年轻的女子，甚至不愿意到我这里来看病。医学院毕业的赵钱孙医生，就这样被他的病人宣判为病人。

我的失眠症更加严重了，烟酒的分量和频率也不断增加。我开始脱发，头也秃了，有位看病的小朋友，居然喊我爷爷。一个周末，我跟几个后分配到医院来的学弟聚餐，在我的屋子里喝酒。酒过三巡后他们开始吐露真言，劝我小心点，魏院长可能要对我下手，说有人告我半夜潜入药房偷吗啡。我一听就知道是蒋芸珍告的密。我因生活没有规律，经常熬夜失眠酗酒，导致胃黏膜慢性炎症性病变，平时好像没事，一旦发作也是疼痛难忍。是蒋芸珍首先想到用吗啡镇痛，也是她第一次给我弄来了吗啡。后来我尝到了甜头，就经常独自去药房偷用，已经上了瘾。我有些害怕，正想戒掉它，但很难。

我拿起酒瓶仰起脖子狂饮，学弟们试图将酒瓶从我手上夺下来。我对着屋子外面大声喊道：太平间一样的屋子、坟墓一样的医院、无谓地喧闹的官庄镇，我赵某人在这里救死扶伤治病救人这么多年，我丝毫也不亏欠你们，是你们亏欠我！我的头发呢？我健康的胃呢？我矫健的腰肢呢？我的青春呢？我想跟爱赵家坳一样爱官庄镇，我想跟爱褚红一样爱这里的女人，但我做不到！病人、病毒、病菌都比你们可爱！喊完，酒瓶从我手中滑落，我人也溜到桌子底下去了。
我醉得呕胆汁，第二天不能上班。魏院长说，酒量抵不上考
研离开的穆医生一半，喝什么酒啊。

几天后，魏庆彪院长找我谈话，说药剂师发现少了药，
本来要报警的，是他魏庆彪保了我，现在只是报给了县卫生
局，会有一个行政记过和全县通报批评的处分，门诊部主任
的职务要撤掉，而且已经决定把我调离，安排到离官庄镇十
几里地的崖山卫生所工作。

崖山卫生所只有五个医生，有病看病，没病就去种菜砍
柴，过着半农半医生活。我们不仅是"全科医生"，而且还是
"全天候医生"，白天黑夜随时都可能有病人来。崖山村没有
公共汽车，交通靠拖拉机和自行车。也没有通电，夜晚点煤
油灯。几位医生的家都在附近村庄里。夜晚除了我鬼都没有。
我沉浸在小阁楼的黑暗里，偷偷地注射杜冷丁，让灵魂冻结
在时间的幻觉里。我用伤害自己的方式，保全了我弱者形象
的完整性。

我在崖山卫生所，又浑浑噩噩地过了几年，感觉自己半
截子已经入土了。有一天，我突然从那个土坑儿里爬了出来，
不知所终。

4

我去市里找到褚红，康复中心的人说，褚红离开这里已
经好几年了。我又去学校找史文本老师和姬亚铃老师。他们
很惊讶，说没想到我的变化这么大。姬老师说差点认不出我，

说着，她眼睛都湿润了。我忍着不向他们诉说这些年来的遭遇，只向他们打听褚红的下落。姬老师说，姚立春跟褚红结婚之后，生活安逸平静。但姚立春一直不开心。他是品学兼优有抱负的人，残联康复中心不能发挥他的长处。还有就是坐在轮椅上行动不便，他觉得拖累了褚红。有时候他故意发脾气，想把两个人的关系弄糟。他越是这样，褚红越觉得责任在肩。结果，姚立春还是自杀了。后来，褚红带着他们的独生女去了南都，现在是一家大医院的护士长。说着，姬老师把褚红的电话给了我。

我到邮电局给褚红打长途电话。褚红全力支持我离开家乡南下。她让我两天后再给她电话。我入住学校招待所，顺便探访了几位在市里工作的同学，他们都很诧异，说我这个出土文物终于公开亮相了。两天后我再给褚红打电话，褚红说，你现在就去赶晚上的火车，我明天中午去火车东站接你。第二天中午在火车站颇费周折，一是人太多，二是我没有手机，最后通过民警才找到褚红。

毕业离开学校那么多年，我像埋在老家的泥巴里一样，不见天日，如今突然暴露在公众视野里，弄得大家一惊一乍的。我以为褚红见到我，也会跟其他的同学和老师一样诧异，然后对我说很多同情和安慰的话。没想到褚红盯着我看了几眼，然后说：嗯，这样就对了，跟我想象的差不多。

我低头看看自己，觉得自己跟空气中的一切都不般配。这么多年过去了，除了自己这几十斤，外加一颗受伤的心，我一无所有，孑然一身。褚红这样说，大概是在安慰我。我不打算深究，只觉得褚红的说法跟别人不一样，这意味着她对我的想象和期待跟别人不一样。她大概希望我更老一些、更旧一些，才配得上那么久远的记忆。

褚红打的士把我送到一个叫"石箕"的城中村，房子已经定好了，一室一厅，月租一千元。我们在路边餐馆吃了个便餐。褚红说医院就在附近，很方便，她让我休息两天，熟悉一下周边环境，下周二下午院长要面试我。褚红特别叮嘱我要赶紧配手机。说完，她匆匆赶回家去了。我知道褚红有一个女儿，估计还在读小学或者初中。

收拾好屋子，已近黄昏。我走出城中村的小巷上了大街，沿街向西走去。灯光闪烁，叫卖声震天，这么多人挤在一起。与其说是我在走路，不如说是被人推着前行。我突然头晕目眩起来，感觉大街在急剧地摇晃。我的双脚像踩在棉花上似的，这是一种令我恐惧又熟悉的感觉。我的嗓子、肠胃、腰肢全都变得僵硬起来，双脚不听使唤地飘移。

人流把我挤进了路边一座电器城，一进门我就被两个年轻人抓住了，他们从两边架着我的胳膊，把我带到了一个出售二手电器的摊档旁边。店主说，老板，你想买什么？电脑、手机、影碟机，青菜价大甩卖。见我眼睛盯着玻璃柜看，店主就搬出一大堆手机：诺基亚、爱立信、西门子。我看中了一部带翻盖儿的二手摩托罗拉手机，店主开出 1000 元的价，我觉得太贵。店主说，你去二楼专卖店看看，三四千呢。我犹豫着还是想离开，他马上就打了五折。我拥有了人生第一部手机。

我给褚红打了个电话，通知她自己的新手机号码。褚红说有手机就方便多了，说我开始跟这座城市接上头了，否则就像瞎眼猫。褚红说我头发太乱，胡子太长，牙齿太黑，面试之前要先收拾一下自己。她说明天晚上她要过来陪我吃饭，然后再去给我当参谋买面试穿的服装。褚红还特别叮嘱我，要看紧自己的钱包，提防小偷和骗子，花不花和怎么花，都要自己做主，不要听别人哄。

说话间，人流已经把我送出了电器城。我跟着继续往西边移动。路对面有一座大型体育馆，让我想起了医学院的体育馆和姬亚铃老师。我正盘算着要不要朝那边去看看，突然又被人抓住了。这回是两个穿旗袍的袒胸露臂的年轻女子，说她们如花似玉一点也不过分，她们一人一边凑近我，睁大圆眼盯着我用"灵魂相交法"，接着又用"肉身接触法"，用胳膊直接架着我往她们酒楼里去。她们边走边哄我，说老板啊，不要只赚钱不花钱嘛，自己的身体也要紧啊，钱在人没了，有什么意思啊？说着，她们两个都伸出小拳头帮我捶腰。我突然被感动了。我这该死的不争气的腰，开始是摇晃着不稳定，后来又变得僵硬滞涩，这么多年来，有谁安抚过它？此刻，除了顺着往里去，我还能做什么？

更重要的是，她们温柔的声音令我感动。回顾这半辈子，除了我奶奶和妈妈，还有赵钱英，有谁对我柔情似水？你可以说她们是在哄我花钱。但是，哄我花钱跟我自己掏钱，有什么区别呢？当然有区别，那就是，一个用温柔的声音把钱呼唤出来，一个用坚硬的爪子把钱掏出来。共同之处就是掏钱购物和吃饭，不同之处就是美女哄我吃饭和我一个人独吞。我决定大摇大摆地坐下来，让一位丰乳肥臀的美女，微笑着为我递送热毛巾、斟茶倒水、点餐送菜。最后一结算，花了300多，相当于我在官庄镇医院月收入的一半。

路过一家叫"人生料理店"的地方，几个年轻女子在门口大声吆喝："香港美容师外形设计，四十进去二十出来。"我又被她们请了进去，先是剪头发刮胡子，接着是洗牙齿掏耳朵，再后来是沐浴加松筋骨，花了200多元。

在这座城市里，我的价值观完全被颠覆。什么"灵魂相交法"，什么"肉身接触法"，都少不了一个重要的前提，就是"伸手掏钱法"。内地人至今奉行的古老法则和深度模式，那些花前月下和山盟海誓，那种试探折磨和苦苦相思，那种目送秋波和犹抱琵琶，那种将灵魂和肉体都搭进去的交往方式，在这座发达的前卫的城市里被化繁为简，化深为浅，化折磨为享乐，就像照相机和电脑一样，进入一种"方便"模式和"傻瓜"模式。前提是你得有钱，有钱不一定能使鬼推磨，但有钱肯定能使人推磨。有钱才能用"伸手掏钱法"。今天一天我就掏了四次钱，第一次是房租，押一付三交了4000元，接着是手机500元，吃饭300元，"人生料理店"200元。接下来还要买服装、电脑、居家用品。我必须赶紧去上班去挣钱。

周二下午4时，面试在医院会议室进行，面试小组由呼吸内科专家周易院长和几位科室主任组成，褚红也在其中。我将学历证、学士证、主治医师证摆在他们面前，我向他们亮出了自己的半辈子，跟脱了个光屁股差不多。周易院长问我擅长哪一科，有没有进修深造的经历。我说，我在乡村医院十几年，一直是"全科全日"双料医生，正骨、接生、割阑尾、排结石、补牙齿、化验、拍片、灌肠、值夜班，样样都懂，样样不精。周易院长听完哈哈大笑起来，说他读博士之前，也在乡镇医院待过多年，有时候连护工的活儿都要干。他把我安排在急诊科，值夜班，试用期三个月，按中级职称开工资。

为了庆祝应聘成功，我请褚红到石箕村附近一家菜馆吃家乡菜。我说我还不习惯粤菜的味道，太清淡，吃了跟没吃似的，还是喜欢家乡菜。我隐瞒了腹泻的细节。褚红说，把菜当美食欣赏，跟把菜当下饭的工具，两者差别太大，是农村跟城市的区别，需要有一个适应过程。褚红说自己现在完全适应了粤菜，而且觉得家乡菜太咸，对心血管不利。我点着头，但心里却不认可褚红。我这个"故乡牌肠胃"，今生今世恐怕也难以改变。

　　褚红每周都会陪我吃一次饭，我们闲聊，不提往事，怕引起不必要的尴尬乃至伤痛。褚红自始至终没有跟我透露过半点她的私人生活，我也不便打听。人到中年，好奇心没有那么重，说话行事也稳重起来。我感觉到了褚红的热情和无私，也感觉到了她的分寸，控制在老同学和老朋友的尺度里。我对她也是一样，尊重加敬重。她作为医院的管理层之一，还有一份威严在那里，加上生活细节上的差异，使我们之间也只能保持一定的距离。离开官庄镇和崖山村的时候，我第一时间就想到褚红，那的确是一种本能的思念和精神性的依恋，没想到会转眼间变得如此实在实际实用。我们只能任其自然地沿着这个轨道滑行。

　　城中村鱼龙混杂，住着各色人等，报社记者、流浪艺术家、发明狂（自称能人工合成大米）、迫害狂（见人就散发申诉书）、工作单位尚未落实的、刚刚被炒鱿鱼的、从事地下职业的、上夜班的，甚至流窜犯。有两位跟我同时招聘到医院的同事，很快就搬离了。我不能跟他们比，他们来自内地城市，卖掉老家的房子就能付首付。我这辈子唯一的福利，就是官庄镇医院太平间隔壁的那间宿舍，还有崖山卫生所当宿舍的那个黑暗小阁楼。我一无所有，没有积蓄，只能继续租住在城中村。在官庄镇的那么多年，我没有领略过金钱的好处，对金钱缺少应有的理解。今天才知道，钱到用时方恨少。

这是一座忙碌的城市，城中村的人更加忙碌，走路几乎都是小跑。我也在尽量跟这座城市的节奏和生活方式接轨。慢慢地，刚来的时候那种摇摆感和晕眩感没有了。唯一让我难以适应的是它的空气。我觉得这座城市的空气很重似的，吸进去之后，一个劲儿往我的腹部底下沉，导致我的呼吸节奏沉重且急促。在官庄镇和崖山村的时候不会这样。我多年没有发作的哮喘又发作了。有时候，我不得不放慢脚步来调整气息。只有想着老家的稻田、麦地和山水，我的呼吸才会自然而然地缓慢下来。

我经常光顾小巷口那个家乡菜馆，坐下来跟那位老乡老板用家乡话聊聊天。每次吃饭我都必点豆豉炒辣椒和炸泥鳅。想起儿时在泥田里抓青蛙、捞田螺、摸泥鳅的场景，想起奶奶的笑容，我内心有温暖的感觉。这恐怕是我在这座城市里 k 唯一的精神生活。路过"人生料理店"的时候，我顺脚就走进去。我是黑金卡贵宾，每次都由女老板亲自服务，其实她一点也不老，正当青春盛年，说很嗲的潮汕普通话。慢慢地她摸清了我的底细，便开始发出苏喜眉一样的笑声，咯咯咯像母鸡叫。

我提醒自己要稳重，什么年龄做什么事，当务之急是摆脱贫困，实现小康。为了迅速脱贫，我除了值夜班，有时候白天也去顶班。我勤奋工作，不但提前转了正，年底还得到了院长基金的奖励。周易院长说，刚来的人都一样，觉得自己穷，恨不得挖到金矿。医院有一个援藏名额，周易院长问我愿不愿去，说这边的工资和奖金一分不少，那边另发工资补助，回来还有可能晋级。我说谢谢院长，我很乐意去。

我去了后藏日喀则下面一个贫困县的医院。大城市大医院来的医生，享受贵宾待遇。格桑曲珍院长特别看重我，觉得我内科外科、男科妇科，哪科都行，关键是还吃苦耐劳。格桑曲珍院长说，她那里就缺我这样的"全科医生"，她说专治眼球的或者专治眼睑的专家型医生，在边疆不大合适。她说让我留下来当然不大可能，但希望我多待一两年，带一带年轻医生。我也觉得可以考虑，但褚红在电话里提醒我说，人到中年要注意心脏。检查后发现我心脏果然有肥大的征兆。我对格桑曲珍说，我回去把家安顿一下，再找机会过来。格桑曲珍院长说好的好的，我们等你回来，你的屋子给你留着。

回来后我被评为全省援藏标兵，长了两级工资。刚好急诊科主任移民温哥华，医院就让我顶了上去。我第一次因专业精神和勤奋作风，受到了物质和精神的双重奖励。至于我个人的行事风格，走路姿势，说话嗓音，兴趣嗜好，他们根本就不关心。我觉得这是我应该待下去的地方。我用这些年的积蓄外加部分贷款，在城市边缘供了一套房子，打算在这里长住下去。我正当盛年，还可以打拼一番。最应该感激的人是褚红，我请她到我的新居来做客。她说还要带一个人来。我说欢迎、欢迎。结果来的人是她的男友，褚红称他老曹。他们一起生活，但不打算结婚，各自都有自己的儿女，大家做朋友很好。

我的危机感与生俱来，自知小人禄薄，难免福过灾生，太顺了总会出点什么事，所以我内心不安，言行特别小心。医院门前立交桥底下，有一位穿唐装蓄长须瘦骨嶙峋的男子，长年坐在那里算命打卦看相。我每天路过的时候，都会朝他点点头。这一天他突然喊住我，叮嘱我近期不要近女色，以免灾祸。他说不吃饭不行，不近女色无所谓的，忍一忍，等明年五月之后再说。我觉得算命男子的说法很不靠谱。

我正在打医务科蔡小芙的主意。蔡小芙是康复医疗学专业的，专长是心理治疗。医院暂时还没有这个科室，安排在医务科做行政。周易院长预测，未来这个专业会很吃香，属于储备型人才。蔡小芙的鼻子挺直，有点像族姐赵钱英的鼻子。我对她抛过几次媚眼，她的态度尚不明朗。所以我正处于纯粹的精神恋阶段，还谈不上近女色。假如像算命男子所说的，明年五月之后有结果，那也算是意外惊喜。

不惑之年的我，还在做而立之年的事，没有紧迫感是假的。但缘分这种东西跟紧迫感无关。摆在我面前的有三条道路：一、望穿秋水漫长无期的"灵魂相交法"，二、充满险情急功近利的"肉身接触法"，三、简洁便捷成本高昂的"伸手掏钱法"。如果在官庄镇，三条道路中的随便一条都行得通。大城市的人不一样，哪一条道路都很艰难。经过认真谋划，我决定暂停单纯的"灵魂相交法"，启动第二步的"1+3"法，再伺机启动第三步的"2"法。三种方法组合在一起灵活运用，有灵有肉有钱，效果肯定不差。我把蔡小芙约到江边那家著名五星级宾馆喝下午茶。少妇蔡小芙带着少女的表情款款而至。蔡小芙离异之后带着女儿了了南下，目前还是单身。我们一拍即合，很快就同居了，并约定明年结婚。

春节过后，灾难如约而至，一场叫"非典"的瘟疫席卷这座城市，迅速向全国蔓延，有的说是从非洲传来的，有的说是从动物身上传来。刚开始不知道厉害，大家都不怎么在意。我还去石家庄参加了一个"急诊与时疫"的研讨会。我在会上说，什么叫时疫，我们那里刚刚出现的"非典"就是时疫，你们这里有吗？北方的医生都羞愧地摇头。等我回到南都，情况急转直下。我们急诊科首当其冲，每天接待大量发热患者，然后转传染科。我不敢懈怠，吃住都在科里。我要保证发热病人及时准确地分流到应该去的地方。蔡小芙他们医务科更是没日没夜地加班加点，上通下达，向社会公布疫情，填各种表格。她说她几乎就是死亡通知书的填写者。褚红他们护理部，更是首当其冲，全力以赴支援感染科。护士长褚红，也是没日没夜地守候在医院。结果，我这个命贱的"赵狗仔"又躲过了一劫。褚红却中招了。

记得是那一年五月，医院召开表彰大会，我和褚红都在表彰之列。我上台去领奖状，腰部有些摇晃，腰椎骨僵硬滞涩，呼吸也有些滞涩。褚红的男友老曹，用轮椅推着褚红，从会堂的过道上走过来。我想起当年褚红推着姚立春的样子，我的心里在滴血。

5

太阳落下又升起来，月亮也是这样，花草树木枯荣交替，人类也有悲喜祸福。经历了一场瘟疫，生活还在继续着，但有的家庭幸福依旧，有的家庭却从此暗无天日。人在不可预知的灾害面前，在不测风云和旦夕祸福面前，显得多么软弱无力！

我和蔡小芙的婚事，被"非典"疫情耽搁了，直到第二年春天，我们都没有举办婚礼的冲动。蔡小芙吓坏了，觉得我们能够活下来已经是侥幸，还奢求什么？有时候她抱着女儿无端地哭泣，祈祷上帝保佑女儿孖孖平安无事。清明节期间，蔡小芙带着孖孖回了一趟福建老家。她自己打小就跟着母亲和外婆受过洗，这一次她又带着孖孖去接受了洗礼。她妈妈和外婆劝她不要回单位，忙死忙活也挣不了多少，在家待着，饿不着你和孖孖。蔡小芙在电话里对我说，她打算留在老家不回来，不想出来卖命。我说，你丢下我一个人在这里？我怎么办啊？蔡小芙呜呜地哭，三天后她就带着孖孖飞了回来。蔡小芙告诉我，她外婆对她说，女人就是命如风筝，好像在天上飞，一根线永远都拽在男人手里。蔡小芙希望我把风筝线紧紧地拽住，不要三心二意，更不要松手。蔡小芙说，她的前夫，孖孖的爸爸，试图腾出手去拽另一根线，致使风筝断线，她就飞到了我手里。蔡小芙盯住我看，看得我手心冒汗。

　　我再也不敢轻视立交桥下那位算命打卦的人了，而且还跟他成了朋友。路过他摊档的时候，我会蹲下来跟他相互递烟，天南地北地聊着。他说他是罗浮人，姓葛，是葛洪仙人的后裔。我叫他葛半仙。我问他我跟蔡小芙的婚礼推到什么时间比较好。葛半仙捋着胡须说，明年十月比较好，接下来还有事。我回来跟蔡小芙商量。蔡小芙惊呼：什么？还有事？还有什么事啊？等那个事过去再说吧，说着又动了回福建老家的念头。我又到葛半仙那里去讨问口讯。葛半仙说，在合适的时机和合适的地点，做自己认为合适的事情，我们只能这样，其他的事情都不好说。我把葛半仙的话到蔡小芙那里转述了一遍。我说，谁能担保下一次事情出在什么地方呢？

　　我跟蔡小芙举行婚礼的时候，她已经怀上了我的孩子，肚子都凸起来了。彩超室的同事悄悄地告诉她说是个儿子。几个月之后，我刚过四十五岁生日，我儿子就来到这个世界，加上女儿了了，我是儿女双全，死而无憾了。因为先怀孕后领准生证，我们要交一笔不小的罚款。周易院长出面，打电话到区长那里说情，讨价还价后还得交一万元。我去户口所在地的街道交了罚款，给儿子上了户口。儿子乳名小狗，大号赵岛。我告诉蔡小芙，"小狗"他爹的乳名叫"狗伢"，字和音不同，意思完全相同，接着又把我奶奶的理论对她说了一遍。蔡小芙懂得了卑贱称谓的作用。但她觉得这个乳名尽管也很可爱，不过实在难听。她规定只能在家里叫，不得外传。

小狗的乳名跟我一样，命却跟我大相径庭。小狗吃了十二个月的母乳，我却一点母乳都没有吃上。小狗断奶后吃S26高级奶粉和惠氏营养米粉，平时还要煲去火的龙凤汤或者龟蛇汤。我却是吃米汤、红薯粉羹、芋头长大。小狗穿著名卡特牌宝宝装，用花王牌纸尿裤，我大部分时间是光屁股。只要是给小狗买东西，无论是吃的还是用的，我们都倾囊而为。我不想让小狗重复狗伢的生活。我还测量了小狗的体力，发现他的手臂有力，腰部健壮，声音洪亮如牛哞，身高和体重都超出同龄宝宝的平均值。蔡小芙说，你把小时候世界欠你的，全部偿还到小狗身上，这种"报复性养儿"心理很不健康。我认为，我在身心健康方面，可能的确有问题，但为小狗创造最好的生活条件却没有错。

小狗满三岁的时候，我跟蔡小芙商量，是送小狗上卫生局机关幼儿园，还是上私营的双语幼儿园。就在这时，我们世界的另一场大灾难又出现了：汶川大地震！我心里想，难道葛半仙"后面还有事"的说法又灵验了？不是瞎蒙的吗？医院派出了一支应急医疗队，清一色年轻姑娘和小伙子，他们第一时间奔赴汶川灾区救援。周易院长对我说，老赵啊，你也要做好准备，去替换第一批医疗队员。作为急诊科主任，同时又有一定的伤骨科经验的人，我当仁不让。我想起了当年在唐山遇到大地震时的情景，我想象着四川灾区哀鸿遍野的样子，我觉得应该尽一份力。我跟周易院长请假，说要回老家一趟。

我和蔡小芙带着了了和小狗回到老家。先在市里住了一晚，去学校看望了史文本老师和姬亚铃老师，告诉他们褚红的情况，姬亚铃老师又哭了一场。我接着回赵家坳，看望我高寿的奶奶，还有我那头发已经花白的妈妈，以及我的几位姐姐。她们围着小狗看不够，大声惊呼道，这哪里是我们赵家人啊？这不是外国洋娃娃吗？他的名字也叫"狗仔"？好好好，爷崽两个叫一样的名字啊。耳聋目眩的奶奶，一手抱着小狗，一手抚摸着我的头发，流下浑浊的眼泪。妈妈对我说，狗仔你现在有模有样，像个人，在官庄镇医院的时候像鬼，在崖山卫生所的时候不是像鬼，就是个鬼。赵法德队长年纪也大了，把位子让给了年轻人，无所事事就容易老，跟我聊天的时候好像昏昏欲睡似的。

第二天，我去官庄镇医院拜访魏庆彪院长。第一个遇见的却是护士蒋芸珍。她说魏院长生病提前退休了，现在是她丈夫蔡斌圣当院长。学弟蔡斌圣把我当贵宾接待，指派医院的吉普车跟着我。我先去崖山村转了一圈，崖山卫生院的老房子被一幢新楼房所取代，那个曾经安顿过我灵魂的黑暗小阁楼，也消失无踪。我接着去了魏家湾，拜访魏庆彪院长。魏院长中风治愈后，腿脚不便，嘴巴和眼睛也有些歪斜。苏喜眉在照顾他。苏喜眉离开了不爱她的劳德民，跟喜欢听她咯咯咯叫唤的魏庆彪生活在一起。魏庆彪见到我就问，取档案来了？档案都不拿就跑掉？我知道你还会回来求我放档案。我说魏院长，我不是来取档案，我们那边只要专业，不要档案。我说我是来看你的。魏庆彪不信，说你不恨我就不错，还来看我？我说我的确是来看你，我摸出两瓶酒和两条烟递给他。我告诉魏院长我在南方医院的情况。我说我现在是医院急诊科主任，我马上就要带队去支援四川地震灾区。

魏庆彪说，嗯，大医院的科室主任，不简单。嗯，那么大的地震，听都没听说过啊！那要死多少人啊？那得有多少双腿、多少条胳膊、多少颈脖断掉了啊？

我说魏院长，你要是身体好就好了，你就带队去四川救援。

魏庆彪说，那也轮不到我这粗人，去的都是你们那些大城市大医院科班出身的人。

我说再大的城市，再大的医院，要论跌打损伤，那还得数你魏院长！

魏庆彪说，你这个说法对头！可是我已经走不动了。要不我教你几招，你替我去吧。

我说你那几下蛮劲就不用教了，我早就学会了，你把内服外敷的药方告诉我就行了。

魏庆彪说，你偷着学我的，我早就发现了。你说得没错，不能心慈手软，关键是要心狠手辣一步到位，其他的都是障眼法。不过，稳准狠，说起来容易，要花多少功夫练啊！还有更关键的，就是我的师父传给我的药方了，内服外敷，不同部位，三十天到六十天就见效。其他的你都见过，我再强调一遍，千万不要用石膏，没有鬼用。一定要用两头翘起的杉树皮或弯曲的杉木夹板，绷带扎住两头，弹性很大，不容易松动，骨头也就不会位移。你做我的徒弟服不服？科班出身的拜没文化的为师服不服？

我说魏院长，你这样说我担当不起，我要是不服，就不会千里路远跑过来啊！

魏庆彪院长让苏喜眉扶着他，坐到一只圆形的大蒲团上，又让我坐在他对面的地上，开始教我一种特殊的调息法，就是传说中的"龟息法"。其实就是让肺叶暂时休息，直接用丹田运动的一种特殊呼吸方法。魏院长说，每天晚上练习几十分钟，既可以调和阴阳，强身健体，又可以增强内力，还可以调节你的呼吸系统。我问魏院长，怎么知道我的呼吸系统有问题？魏院长说，我不知道你呼吸系统有问题，这年头谁没问题？尤其是大城市污染厉害，城里人的肺叶像风箱一样呼噜呼噜响，用药物很难根治，只有通过吐纳调息才能缓解。

我带着魏庆彪院长传授给我的跌打秘方，还有一种特殊的调息方法回到南方医院，立即就带队去了汶川震区。我入驻跟我们医院对口的一家镇医院。我将所有骨折者的 X 光片都调出来。凡是接骨不准确的，或者接好又位移的，统统折断重接。我每天晚上都在用调息法锻炼我的呼吸和臂力。我提醒自己，出手要快，用力要狠，接骨要准。我大脑里不时地出现魏院长的形象。我对那些杀猪般嚎叫的声音充耳不闻。凹凸形的杉木夹板和杉树皮，还有内服外敷的秘方起了作用，患者的骨头迅速生长合拢。

这一次汶川地震，我作为第二批救援者，没有见到大地震的惨烈场景，没有感受到当年唐山地震时所经历过的大恐惧，也没有见到像"非典"时期那种死神的咄咄逼人。我在手术室忙乎了两个多月，接好了一根又一根断了的胳膊、手臂、大腿、小腿、腰椎。其实也跟在自己医院上班差不多，只不过把手术室移到了前线而已。其间也经历过几次小余震，都不碍事。同事里的年轻护士吓得哇哇地哭起来，但见到我就笃定了。作为一位身经百战的老兵，我觉得死神、伤害、意外，都绕着我走似的。我顺利地完成了任务，将自己和我的队员完好无损地带回了我们医院。

让我感慨的是，跟魏庆彪院长重新建立了联系，让我的职业生涯有了连续的记忆。回想起在官庄镇和崖山村的日子，我用自虐的方式消极对抗魏院长，既保全了魏院长的面子，也保全了我弱者形象的完整性。多年之后，魏院长给了我回报，既传授给我秘方，又教给我调息护生之法，还收我做徒弟，对于魏院长而言，这是他唯一的财富和遗产。当年我又抽烟又酗酒，甚至注射毒品，一切都乱糟糟，岂止乱糟糟，简直是一塌糊涂、破碎不堪。但我的形象、我的精神、我的灵魂，是完整的，它没有分裂，它一以贯之。我感到庆幸，自己没有选择某种"完整"生活。那貌似"完整"的背后，掩盖的是精神的破碎和灵魂的撕裂。

周易院长对我好，那真的是缘分，罕见的缘分。我从来就没有对他有什么奢望，更没有给他送过什么礼物。能够说得出的理由，就是我们都当过乡村医生，都经受过穷乡僻壤孤独的考验，都忍受过没有电灯只有油灯的暗夜。周易院长约我喝酒，他感叹道，你一直在急诊科，尽管是个主任，但依然是个普通医生，你从来也没有过什么要求。你这种人，要是还在乡下，被活埋在泥巴里都杳无声息，像一只消失的鸟。你跟我一样，我要是没有考上博士，也就消失在泥巴里了。周易院长把我调离急诊科，让我当外科主任。我将我师父魏庆彪的方法进行改良，走中西医相结合之路。有些骨折用魏庆彪的方法是不灵的，如腰椎骨、股骨头等大型骨折，还得吸收西方先进经验，用石膏固定，用牵引固定术，用钢钉钢板固定。但手臂或者小腿等部位的小型骨折，我用魏庆彪的方法，的确是手到擒来，立刻见效。我终于由一位"全科医生"变成了一位专科医生，成了骨科专家，找我看病需要挂专家门诊，有时候还要到别的医院坐诊，或者到医学院去做专题讲座。

6

尽管我有先天不足的缺憾，但身体的整体状况一直不错。我将这个，归功于我的妈妈和我的村庄，归功于我青少年时代强制性体力劳动锤炼的结果。体育老师姬亚铃就说过：赵钱孙的腰跟牛腰似的强硬。现在想想，她那与其说是在批评我，还不如说是在夸奖我。我原本一直在担心自己的腰部和嗓子会出问题，现在想想，那种担心完全是没有必要的。因为那种担心，并不是出自健康的角度，而是缘于风格的角度。年轻的时候很在意自己的风格，生怕跟别人不一样，会遭到嘲笑。随着年龄的增长，风格问题算什么问题呢？健康结实、经久耐用才是第一要义。

如今我想怎么走就怎么走，风摆杨柳也罢，硬如棍棒也好，都无所谓。我说话也随意自如，想怎么说就怎么说，鸭公嗓子也好，粗如牛哞也罢，都无所谓。在医院里，就看你会不会治病，而不是你的腰扭动得好看不好看；就听你的话是不是在理，而不是你的嗓音好听不好听。社会评价机制那就更简单了，你是不是有名气有实力。否则你长得漂亮又如何？你的嗓子动听又怎么样？你去当演员吧。男人还是粗糙简陋一点比较好。因此，这些年来，我已经开始把我的腰肢和嗓音遗忘了。偶尔在劳累的时候，我会想起我的腰肢，休息过后它就消失无踪。偶尔在咳嗽的时候，我会想起我的鸭公嗓子，但转瞬就忘。烟屎牙黑乎乎的也懒得洗。最近我倒是开始注意呼吸系统的问题，我想它是不是有点超负荷运转？任何器官，只要它自动进入你的意识，就有可能是在向你发警报。但我进入人生和事业的盛年，身体和思维像高度运转的机器一样，转个不停，其他都无暇顾及。

光阴似箭，日月如梭。转眼间儿子赵岛小学毕业了。女儿孖孖考上了北京的一所外国语学院，僧伽罗语专业。我跟蔡小芙想带着小狗一起去送孖孖报到。孖孖坚决不同意，说会遭人嘲笑。蔡小芙说，要坚持自我，不要在乎别人。孖孖说，那是你的想法，不是我的，被嘲笑的是我，不是你。蔡小芙说，我们也是找个出游的借口嘛，一到北京我们就分道扬镳，各玩各的，还不行吗？孖孖说，你们自己走就行了呗，干吗跟我捆在一起？蔡小芙生气了，要跟孖孖理论，说她是用极度自信的方式掩盖不自信，原因是青春叛逆期延期来临。

我劝蔡小芙，说孖孖18岁了，已经是大人，有自己的主见，不要强求。想当年我才15岁，就不肯跟女子组一起劳动，要跟壮年男劳力一起挑担，一起用牛耕田犁地。我16岁就走南闯北，遇见大地震死里逃生。18岁揣着200块钱去外地上学，不都是一个人？蔡小芙说，不能这么比，你那个年代跟今天怎么能比呢？你到省城要花一天时间，如今一天时间都绕地球一圈了。那时候谁有资格坐飞机？今天只要是个人就坐在飞机上抠脚丫子。

蔡小芙接着把矛头指向了我，说老赵啊，你是不是老了？最近你总是喜欢回忆往事，不是乡下村里的，就是官庄镇医院的，还有你那黑暗小阁楼。但跟以往不同，以往你的回忆是创伤性记忆，属于一种本能的康复治疗。最近不一样了，你的回忆伴随着惬意和享受，甚至还有点炫耀色彩，典型的把坏事变好事，崖山村的黑暗小阁楼，也成了你的精神故乡。把一个你不喜欢的地方描述成天堂。你这样很不好，是对年青一代不负责任。我觉得这是典型的精神衰老征兆。蔡小芙的专业知识终于派上了用场，用到了对丈夫和儿女的心理分析上。她说我有精神衰老的征兆，说得很巧妙，既起到了提醒作用，又给我留了面子。可是年龄不饶人啊，该老就老吧。我感觉自己倒是精神矍铄，有使不完的劲儿。

这个冬天温暖得有些反常，中午都可以穿衬衫了。这一天，我从医院门前的立交桥底下走过，没有见到葛半仙，就向旁边一位摊主打听。摊主说葛半仙突然生病，回老家去了，已经两个月了，说葛半仙专门算别人的命，就是算不了自己的命。我想，那倒是真的，就像医生，专门给别人治病，就是治不了自己的病。假设我的小腿骨折了，我能为自己接骨吗？没过几天，葛半仙又回来了。我问他病好些没有，他说，什么？病？我怎么可能会生病呢？我一琢磨，葛半仙能够十几年如一日地端坐在一个地方不挪窝儿，足见他不是一般人。其实他也老了，头发和胡须都灰白了。葛半仙说，他刚从北边云游回来，那边一切都好，说你老家那边也没问题，你就安安心心地过年吧。

葛半仙失算了！就在除夕的前几天，武汉出事了。我们从电视里知道，武汉出现了一种叫"新型冠状病毒"的传染病，跟"非典"有相似之处，首先攻击人的呼吸道。作为呼吸内科专家的周易院长，将要担任省救援队副队长，奔赴武汉救灾。我立刻报名参加救援队。周易说，你一个骨科专家跟着干什么？我说你别忘了，我是你以"全科医生"名义招来的。我说，我也许没什么大用，但我就是想陪着你。周易在我肩上捶了一拳说，好吧，老哥，我们一起去。我让蔡小芙带着小狗和孓孓，连夜乘高铁回福建老家，在那里等我回来。我说我要陪周易去武汉。我说我"赵狗仂"命贱命大，让蔡小芙放宽心。

我又站到了急诊前台，每天接收发热门诊，视情形转向不同科室。只有危重病人才转到周易负责的 ICU 病房。其实我根本就使不上劲儿，量体温也不需要我来，护士就可以做。我关心的是周易的安全。路过玻璃房的时候，我的目光掠过每一位穿防护服的医生。我看到背上写着"周易"二字的人，他正在病床边施救。病人到了周易那里，基本上就是到了地狱边缘。暂时还没有特效药，病人都插上了外挂呼吸机，目的是让坏死的肺部歇下来，消毒杀菌清痰，期待它恢复正常，再拔掉呼吸机。

在宾馆里，我住在周易隔壁。实际上我很少见到他。我起床的时候他已经走了，我睡觉了他还没回来。晚上我一个人躺在床上，有一种在跟死神捉迷藏的感觉。这种病毒首先攻击呼吸器官"肺"。如果我们不用肺部呼吸呢？就像鱼那样，鱼没有肺，它用鳃呼吸，"新冠病毒"对鱼没有任何威胁。我想，要是我们有两套呼吸系统就好了，在肺呼吸和鳃呼吸之间自由转换。其实外挂呼吸机，就是一种体外呼吸装置，像鱼鳃一样，不在体内。只是人家鱼鳃安装在头部外壁，用两块硬壳盖住。我们用的呼吸机，用管子连接机器和人体，体积和重量又超大，不便行动。如果发明一个微型呼吸机（人工鳃），固定在人体某个部位，一旦肺部出了问题，就换到微型呼吸机上去，叫攻击呼吸系统的病毒立刻失效。其实我这个想法，不是今天才有的，在医学院上学的时候，我就跟传染病学的老师讨论过这个问题。我的老师用嘲笑的方式阻止了我的创造性想象。他说你不要当医生，你去当诗人吧。

我上面说的是"人工鳃"而不是"人工肺"。外挂呼吸机不过是个"人工肺"而已，局限性很大。也就是说，为了避开攻击肺部的病毒，最好的方法是像鱼那样，不用肺呼吸，而用鳃呼吸。氧气通过鳃直接进入血液，而不是通过肺进入血液。我想起了魏庆彪呼吸法。一是调息吐纳，减少肺部工作量，或者说减少氧气耗损量。二是练习吞气法，让氧气直接通过食道进入丹田，就像进食一样吞食氧气，目的是让肋骨压缩肺部的呼吸装置逐渐被替代。作为一位接受过现代医学科学训练的医生，我不敢确定这种方法是否能够奏效，但在外部防护的前提下，增加一道内在防线甚至是心理防线，也没有什么坏处。

这天晚上，才过 12 点，走廊上有动静，我听到周易的声音。出门一看，只见两位年轻同事架着周易。我以为周易出了事，心里咯噔一下。年轻同事说，周院长体力有些不支，架着他是为他节省体力。我让年轻同事回去休息，把周易交给我。我调动气息开始替周易做按摩，接着让他跟我学魏庆彪呼吸法。作为呼吸内科专家的周易，并没有拒绝我，而且是一本正经地跟我一起练习吐纳。周易说，他从未见过这种阵仗，心里有几分恐惧。

我每天晚上都等着周易回来，不管有多晚。除了帮周易按摩之外，我还要陪他练半小时的"龟息法"。五十多天过去了，我和周易以及全体队员都安全返回。我们先在自己医院里自行隔离十四天。我跟蔡小芙说，我马上赶到福建她老家去跟她和小狗和了了团聚。蔡小芙说，老赵啊，你赶紧过来吧，到了这边还要在宾馆里隔离观察十四天呢……

读到这里，我在梦中大喊起来："赵钱孙，不能去，千万不能去福建那个隔离宾馆，那是一个要倒塌的宾馆！"梦中已经倒毙在我身边的赵钱孙，突然睁开眼睛，抬起头来，龇着一排黑牙齿，对我微微一笑，点了两下头，又倒下去了。

我从梦中惊醒，汗水把我的内衣湿透了。我起身推开窗户朝外看，正午的阳光照耀着小区的花园。正是春暖花开的季节。我感觉"新冠病毒"似乎已经消失，全世界人民都开始复工，过上了正常生活。我心里还在为赵钱孙默默祈祷，希望他不要回蔡小芙的老家，而是让蔡小芙和儿子小狗还有女儿了了，一起回到赵钱孙身边来。

2020 年 4 月 23 日世界读书日黄昏写毕

五　风中摇曳的海棠

1

　　欧阳豪不是不爱我，而是爱的方式和风格极不稳定，经常因外部刺激而发生变化。比如看了战争题材或武侠题材的电视剧，他就开始装逼，对我爱搭不理的，仿佛女人根本就不值一看似的，只见他腮帮子咬肌凸起，一副铁血男儿的样子。比如看了侦探悬疑剧，他会突然变得诡秘起来，眼神恍惚迷离，进门的时候还身子一闪。我抓住他跟我一起看言情剧，是想激活他那有坏死风险的情感神经，但他却一点耐心都没有，看到男女主角坐在沙发上谈情说爱斗嘴皮子，他就疯了似的要换台。无奈，我只好让他给我缴费，转到视频网站去追热门电视剧。还有就是跟哥们儿喝了酒，他也会犯傻，开始挑我的错，对我大呼小叫。哥们儿一起斗酒，彼此鼓励对方充男子汉，就像把火种扔进能变成火的水里。我已经多次警告欧阳豪，让他学会独立自主和彼此尊重，关键是风格要统一，不要墙头草那样倒过来倒过去。我说他，他也听，但转眼就忘。我恨不得关他的禁闭。

元旦放假，我在家里陪儿子，让欧阳豪出去放风，跟他那些酒肉朋友聚会。他喝得醉醺醺地回来了。这时候我不想搭理他，等他酒劲儿过了再收拾。没想到，他突然画风大变，满嘴肉麻话，还抒情，喉咙里好像有痰在滚动。我有点不习惯，问他是不是受到什么刺激。他说没什么，完全是正常发挥。接下来几天，他又是买礼物，又是说奉承话。我说你老实交代，是不是干了什么坏事怕我发现。他发誓说没有，都是情感自然流露，他就是打心眼儿里爱我。我心里一软，眼泪都差点掉下来。

晚饭后，我把儿子小兵哄睡着了，准备到视频网站去追热播电视剧。欧阳豪趁机凑到我身边。我说你又不喜欢看言情剧，凑过来干什么？还是去打你的游戏吧。他突然说，他想把他妈妈接来过年。我一听就火了。原来他提前一个月打柔情牌，消耗我的感情，就是为了让我答应他妈妈来过年？可是，我司马菁什么时候拒绝过他妈妈呢？我是那种不讲道理心狠手辣的妇人吗？他犯得着用这么低级的方式来哄我吗？我正要教训他，只见他睁大一双小狗样的眼睛，无辜地盯着我，我心又软了。欧阳豪不是狡诈之人，他心思单纯，像个大男孩。他突然有了这么多低劣的手段，一定是别人唆使的。

我说欧阳豪，柔情牌打得不错啊。你给我老实交代，是谁教给你这个土方子？

欧阳豪说，没有谁教啊，是我自己的发明。

我说是不是韩晓珲教的？快坦白，不得隐瞒！

欧阳豪支吾了一下说，韩晓珲也不是特意教我什么，随便聊天聊起来的。大家一起喝酒的时候，主要是听韩老师聊。他说他打算把老娘接来过年，他用甜言蜜语把老婆哄得团团转，然后再开口，就成了。他还说，平时不用给老婆买这买那的，攒到过年过节或者有求于她的时候一起买，这叫一石三鸟。

我说欧阳豪，看朋友圈就知道一个人的德行，你交的什么朋友啊？韩晓珲就是坏人。

欧阳豪说，怎么能说老韩坏呢？他的确是个大好人，就是你那紫延大姐太厉害了，革命斗争实践教育了他，让他积累了丰富的经验。这叫实践出真知。

我说他那么恶心，给紫延大姐买个礼物都要算计。你不许跟着他鬼混！

我们俩生活在长江中游一座三线城市，上有省会武汉城，下有南京大码头，过着城市生活，没有城市压力。我和欧阳豪都是本地一所学院的老师，我在教育与心理学院，欧阳豪在地理与旅游学院。两个底层"青椒"，其实日子过得也不算差，但我们经常在网络上叫穷叫苦，叫得学校领导压力很大。当时，学校领导为了把我们这批名牌大学 A+ 专业的博士生吸引过来，花了不少成本，又是住房，又是安家费。来了之后才知道，我们很快就被学校养成了废物，上课念经，下课鬼混，日子安逸，不思进取。

刚才说的那个韩晓珲，文学院副教授，成天鼓舌摇唇，拈花惹草。韩晓珲的老婆司马紫延，是医学院的老师，妇产科专家，东北女子，表面上是有点粗犷，其实人挺好的。她是我本家大姐，性格强悍，给人安全感，我碰到困难会找她咨询。司马紫延的口头禅是："韩晓珲贱骨头，三天不打，上房揭瓦。"说打是有点夸张，挨骂是分分钟的事。韩晓珲经常找各种借口出门去躲老婆。什么研讨会他都出席，还经常不辞辛劳走基层，手把手指导文学女青年写作，专门炮制肉麻的吹捧文章获利。没有借口的时候，他就打着踢球的旗号，召集年轻男同事一起喝酒，传坏经验，出馊主意。女教工一致认为，韩晓珲就是家庭不稳定的罪魁祸首，都不让自己的丈夫跟韩晓珲玩。有些事我不便在紫延大姐面前多说，倒不是怕她真的动武，而是怕她直接将韩晓珲扫地出门。

对于我提出的要求，欧阳豪回答得很爽快，说好好好，我不跟韩晓珲鬼混行了吧。我家乡有谚语说，"答应快，是个怪"，意思就是，那些张嘴就来的不郑重的承诺，是不可信的。其实我也就说说而已。男人一旦离开了家，就像放出去的狗，你也管不了那么多。跟女人相比，男人很容易成为朋友，他们只要一起干了坏事，就像桃园结义了似的。比如一起抽烟喝酒，一起洗脚搓背，彼此怂恿对方干那些见不得人的事，出馊主意对付老婆老师老板。每每想起这些，我就心烦意乱。

回想起大学时代的校园生活，那真的像生活在梦里。女孩子就像一块巨大的磁铁，吸引着小铁钉一样的男孩子。他们总是那么纯情专一、目不转睛、心无旁骛、死心塌地。自由的元素在某个拐角之处相撞，这一个就被那一个吸走了。他们携手走在这个世上，内心羞涩而甜蜜，世界跟梦一样透明单纯。突然真的被抛进了现实世界，才发现这世界那么暧昧不明如雾霾。真的。没过几年工夫，小铁钉就变成了大木棍，被社会这双油腻的手，摸得脏兮兮、油乎乎。跟欧阳豪在拐角处邂逅的情景，足够我回忆一辈子，那是我精神生活的源泉。欧阳豪不打麻将不钓鱼，除学校事务之外，更多时候还是围着我转，他也愿意积极参与家务劳动，洗碗拖地，什么都干。最近一段时间，他开始变鬼，不是聚众酗酒，就是借踢球的名义外出，很晚才回来。说话也油腔滑调，可见他开始有变油腻的苗头，再不管束就可能出问题。我决定阻止他跟韩晓珲接触。其实，欧阳豪也不喜欢我跟司马紫延接触，害怕紫延大姐传给我对付男人的锦囊妙计。

2

为了迎接欧阳豪的妈妈，也就是我的婆婆萧义娴，我花了两三天时间搞大扫除，重点整治婆婆可能检查的地方，小兵的房间、厨房的橱柜，还有欧阳豪破损的内衣和脱单的袜子，统统丢掉。杯子和碗筷用去污粉浸泡洗净。三个房间的被子全部换上干净的。做这些的目的，是堵我婆婆的嘴。婆婆当然不会说太过头的话，但她礼貌的提醒、建议、暗示、旁敲侧击、苦口婆心、含沙射影，那也够你受的。

欧阳豪老家在邻省的一座小城。婆婆萧义娴，是那座城市里最好的实验小学的教导主任兼语文老师，也算是有文化、识大体的人。但她的职业病也很严重，她喜欢把世界上所有的人都当成小学生，每一句话都要说三四遍，对谁都苦口婆心地劝谏，还惩罚分明，批评之后哄一下，打一巴掌摸一下那种。她的世界由一群小朋友组成。她喜欢微笑着发出指令，整个世界都得微笑着按照她的指令运转。

我婆婆这辈子的注意力，都在那些儿童级别的常识上。

她会对我儿子小兵说，哇，太阳升起来了。哇，草叶上有露珠耶。哇，露珠里还有一个太阳啊。哇，太阳边上还有一张笑脸呢。她喜欢儿童配合她发出的惊叹声。我很感激我婆婆，她不断地唤醒我儿子对这个世界的惊奇心。刚开始我也会跟着惊奇，哇哇哇的，时间长了就不打算再跟着起哄了。我婆婆有点失落，她大概是认为，我对世界的惊奇和对她的惊叹，都是假装的。她对欧阳豪说，一个人丧失了童心是很可怕的。

我知道婆婆在含沙射影，我装作没听懂。自己哄孙子玩呗，干吗老让我陪着？我没事干吗？我还是六个系主任助理之一呢。我自己也是老师，我决不会对我的学生说：哇，人是会生病的啊。哇，人总是要死的啊。哇，不想见到的人总在你眼前晃悠啊。哇，人生很苦啊。那样的话我就不是人了，我就成佛陀了。每次听我婆婆说话，我心里就在撑她，但我忍住不把那些撑她的话变成声音发出来。

我婆婆独身一人，还没有退休，正干得欢。欧阳豪想让她过来带小兵，她说学校离不开她，没有办法，只好做多干几年的打算。公公退伍军人出身，病逝好些年了，小兵这个名字是对爷爷的纪念。有人给婆婆介绍男朋友，但一直没有什么结果。我对欧阳豪说，你应该支持你妈重组小家庭，至少不能反对。欧阳豪口头上说绝对支持，谁知道他背地里说了什么？反正婆婆至今还是单身。我倒是希望她能找个老伴分心，别有事没事地惦记着欧阳豪。我批评欧阳豪对这件事的消极态度。欧阳豪很委屈，说这事难办，支持吧妈妈会说我想推卸责任，反对吧妈妈会说我不懂冷暖，干脆不吱声儿。事情本来就棘手，加上欧阳豪笨嘴笨舌的，也就搁下了。

过中秋节的时候，婆婆打视频电话来，要看看我做的晚餐，检查营养和色彩的搭配是否合理，还从营养学和养生学角度，提出了许多供我参考的建议。我不想听，还得装作很乐意听的样子。欧阳豪代表我和小兵对妈妈奶奶的关怀表示感谢，并请妈妈奶奶自己多保重。我婆婆对欧阳豪说，她一个人过很好，也很安逸，上班忙忙碌碌不觉得，下班就看看电视、想想儿子和孙子，她挺满足的。母子俩聊得热火朝天。我心里在嘀咕，你想儿子和孙子，是挺满足的，你孙子从哪里来的？是天上掉下来的吗？石头缝里蹦出来的吗？你什么时候把我当你们家里人了？

幼儿园和学院里一放假，我就隐隐约约地有某种预感，欧阳豪会不会接他妈妈来过年呢？所以，我没有跟自己的爸爸妈妈讨论过年的事情，给欧阳豪留了个后路。说实话，我内心并不欢迎这个喜欢向世界发号施令的婆婆，但这个想法打死都不能说出来。假设我说出来，冒犯的就不是欧阳豪，而是整个世界，我可能成为人民公敌。何况自己作为一位现代知识女性，也不想落入古老的"婆媳关系"的咒语之中。我经常提醒自己，要理性理性再理性，忍耐忍耐再忍耐。好在婆婆每次来都是做客，大家保持礼节就好。

离春节还有十来天，婆婆说她已经出发了。我和欧阳豪带着小兵，打上的士去高铁站接人。远远看见婆婆站在月台上等候，快六十岁的人，身材保持得不错，略带花白的头发染过，除了发根，都是黑的。她穿着一件深咖色的貂皮大衣，脖子上搭着一条红色羊绒围巾，一副小城市的大做派。婆婆朝我们挥手，喊着小兵的名字，眼睛却是盯着欧阳豪。她伸出手来好像要拥抱儿子，结果是抱起了孙子。婆婆脚边摆满了大包小包，拉杆箱、双肩包、手提袋，还有一个大纸箱，上面钻了很多通风小圆孔。欧阳豪拎起纸箱子说，哇，三只老母鸡啊；哇，这么臭啊；哇，你是怎么上的火车啊？婆婆说，是啊，为了它们，我放弃了高铁，坐绿皮火车来的。这是真正的散养土鸡，我亲自下乡去买的。小兵整天跟着你们吃那些黑食品、饲料鸡，我怎么放心啊！我们说着就上了的士。我坐在副驾驶座上，婆婆带着儿子和孙子坐在后排，左边是小兵，右边是欧阳豪。看上去很合适、很融洽、很美满，跟外面的节日氛围融为一体。

　　我把婆婆安置在客房里。她不关心自己的房间，而是直奔小兵的房间，摸一摸被子的厚度，打开衣柜检查了一遍，把小兵的衣服按照她自己的习惯重新摆放了一遍，把下面一格的上衣和上面一格的下衣调换了一下。接着又到厨房视察，看看冰箱，检查食品柜。她拿起购物车就要去菜市场和超市，说家里食品储存数量严重不足，品种过于单一。我让她先休息一下，不要着急，明天再自己做，晚上可以叫外卖。婆婆说，吃外卖怎么行？不光是不划算，关键是不卫生、不卫生、太不卫生，别的可以马虎，吃的一定不能马虎啊！婆婆说，每一天的菜不能重复，每一餐的品种必须多样化，才能保证小兵和欧阳豪的营养均衡。从今天开始，这个月的饭我来做。我知道了，婆婆要在我这里住一个月！

3

　　婆婆每做一件事，都不像是在做这件事，而是像在做另一件事：提醒我或教育我。我故意装作没看见，她有时候忍不

住，还要叫我看着。她越这样，我越想躲着她。婆婆年纪大
了，习惯早睡早起。她睡的时候我醒，她醒的时候我睡，那
样多好，我们见面的时间少了，发生矛盾冲突的概率也小了。
刚开始的时候当然还不能这样，我还得以主人翁的姿态出现，
早点起床准备早餐。婆婆肯定吃不惯我做的早餐，她会说，
不用你、不用你，那样的话，我就可以心安理得去睡懒觉。
我心里这样盘算，但让我没想到的是，婆婆突然开始主动调
整作息时间，极力要做一个跟我们一样的夜猫子，估计是欧
阳豪跟她说了什么。晚饭后看电视，不一会儿她就开始打瞌
睡。我提醒她赶紧去睡觉，她说一点也不困，晚点睡没关系，
说话间遥控器咚的一声掉到地板上。

　　早晨，我硬撑着爬起来，发现没有动静，过婆婆那边看
一眼，只见婆婆穿着衣服躺在床上等我们起床。婆婆的确到
了坐着打瞌睡，躺下就睡着的年龄。我和欧阳豪，都是标准
的夜猫子，如果不睡懒觉，一整天都没有精神。我觉得，我
和婆婆这种彼此迁就、相互关怀的表演，只能是两败俱伤。
所以大家都别装了，该怎么着就怎么着吧。

　　我和婆婆各自都回到原本的样子，她早睡早起，我继续
做我的夜猫子。但欧阳豪却变得走了形。他整天躺沙发上看
电视，衣服鞋袜随手扔，饭来张嘴衣来伸手。我让欧阳豪去
洗碗，婆婆立刻抢过来说，我来我来，他怎么洗得干净？敢
情以前我们家吃饭用的碗都是脏的。我让欧阳豪去拖地，婆
婆立刻抢过来说，我来我来，他怎么拖得干净？敢情以前我
们家生活在垃圾堆里。婆婆是把欧阳豪当小兵一样宠着。欧
阳豪什么都不干，每天都和小兵一起躺在沙发上打游戏。婆
婆在厨房里忙活，我跟着在一旁打下手。婆婆拉着我跟她一

起伺候两个男孩，心里乐开了花。

我妈惦记着我，在电话里一口一个宝贝儿地叫着。我妈故意大声说，儿啊，你辛苦了啊，你婆婆在那里做客，你要多做点家务，吃点苦没关系哈，啥时候妈妈过来弥补你。我一听眼泪就流下来了。我也是宝宝啊，凭什么伺候欧阳豪啊？

春节临近，武汉疫情越来越严重。我对婆婆说，要尽量少出门，病毒可不是跟你闹着玩儿的。我婆婆说，没有你们说得那么可怕！病毒？病毒怎么了？我看它跟反动派也差不多，你越是怕它，它就越是要欺负你，你强硬一点，它也会退缩的，干什么都得有点人无畏的革命精神。我觉得她是痴人说梦。我说，你不就是想出去买菜吗？可以叫外卖送上门啊。婆婆说，外卖送来的东西能吃？不到现场去挑，他们就拿最差的蔬菜水果给你，前天那个葡萄和草莓，都是烂的呢。说着，还是每天往超市菜场跑，我和欧阳豪拦不住，只好劝她出门戴口罩，可是我从窗户看见，她一出门就把口罩扯到下巴上了。

婆婆每次出门之前，我都要对她说，垃圾要分类，不要拿用过了的透明塑料袋装厨房垃圾，用过的袋子有可能漏水，脏水滴在电梯里，看着恶心，再说，你拎着垃圾袋在小区里晃悠，里面的饭粒和剩菜一目了然，相当于把全家人的肠胃对外公布啊，不是有黑色垃圾专用袋吗？婆婆反驳道，对外公布了又怎么样啊？谁还没个肠胃啊？要修旧利废，要厉行节约嘛，贪污和浪费是极大的犯罪，我们做自己应该做的，我们不看别人的眼色！我心里想，这怎么是看别人的眼色？这明明是拎着透明塑料袋让别人看你的颜色嘛！

我不想跟婆婆争，也争不赢，就跟她赌气。我问欧阳豪，他办公室里那张午休用的床还在不在，我准备带着小兵去那里住，在学校吃食堂，更省事。反正离得不远，你们随时都可以过来。欧阳豪坚决反对，说你太不像话，妈妈来做客，你竟然有这种非分之想。欧阳豪说妈妈每天为大家忙里忙外，有什么错？你不要添乱！有妈妈撑腰，欧阳豪的口气很大。我声音很低，但立场鲜明。我说欧阳豪，你必须阻止你妈妈整天往人多的地方跑，大家是绑在一起的命运共同体！

欧阳豪在饭桌上播放专家解释病毒的科普视频，还有关于瘟疫的纪录片。我知道他是放给他妈妈看的。看到高倍显微镜下病毒张牙舞爪的样子，看到大面积感染病毒后死亡的场景，婆婆有些怕了，出门次数减少了，但每天至少还是要出去一次。

如果每件事都较真，那我每天都要跟我婆婆吵架。我不断地提醒自己，忍耐忍耐再忍耐。我拨通了我本家大姐司马紫延的电话，准备向她取经，因为她也在接待婆婆。紫延大姐说，她家里很平静，相安无事，因为民主集中制落实得好，大家先民主，到司马紫延那里集中。紫延大姐说，她婆婆来之前就有约法三章，第一是一切行动听指挥，第二是老家规矩暂停使用，第三是一切按这边的既定方针办。紫延大姐说，方法因人而异，没有什么放之四海而皆准的东西，我这里适用的，你那里不一定适用，人与人之相处的过程，也是个刚柔阴阳平衡的事儿，你刚她柔，你阴她阳，关键是谁的气场大。紫延大姐问我，在与人对抗的时候，最擅长什么。我说，我最擅长的是赌气。

紫延大姐听后，笑得喘不过气来。她说，赌气既对别人也对自己。把气恽在自己肚子里气别人，结果往往是自己伤自己。不过这个办法要是用得好，也有一定的杀伤力，那就是赌气的时候，必须护住自己的心，那样的话，受伤的就不是你，而是对方。我说，怎么能护住自己的心呢？紫延大姐说，就是自己不生气啊。我说，不生气还赌什么气啊？紫延大姐说，因为你要让别人生气啊。我觉得，紫延大姐不但是医生，还是心理学家型的战略家。我尝试着按照紫延大姐的方法"赌气"，可是还没有赌多久，我自己先笑起来了，导致赌的气全部都泄露了。

除夕头天，我和婆婆正在厨房忙活，欧阳豪喊叫起来，让大家都来看电视新闻。官方正式公布了病毒会人传人的消息，并宣布武汉封城。我婆婆一看是官方新闻，吓得不敢吱声，也不敢出门了。朋友圈里传出消息，说我们这座城市可能很快也要封城。婆婆一听又急了，戴上口罩就要出门，说要去抢购一些大米白面、蔬菜水果、鱼肉蛋，口头又开始背书："手头有粮，心里不慌。"我说抢什么抢啊，在网上下单就行了，不要再出去了！

日子单调而无趣。下单购物、做饭吃饭、发呆睡觉。婆婆是个多血质型的人，一刻也静不下来。每次有外卖来，婆婆都抢去拿，说顺便活动一下胳膊腿儿。凌晨起床，她也要到小区空林地上去跳跳舞扭扭腰。但毕竟是被禁足在小区内，自由受到约束，婆婆就整天心烦意乱的，说早知道这样，不如一人在老家。欧阳豪说，妈妈见外了，这不就是你的家吗？道理是这样，但总是有区别，面对儿媳和孙子，她显得不自在。看她拿着遥控器摊在沙发上的样子，我也很无奈，不断用表情告诉她，我无所谓。

天气渐渐转暖。鸟儿起床也比冬日更早一些。凌晨，我被哗啦哗啦的声音吵醒。我爬起来到客厅里一看，婆婆在放药品的抽屉里翻箱倒柜。我问她找什么，她不回答，又说没事、没事，你去睡你的吧。我说，你是不是生病了？她说没啥病，就是腹泻，找点药吃下就好了。我说你不用找了，家里没有治疗腹泻的药，我给你下单，快递即刻就送到。婆婆还说她的眼圈有点发烫。我找出温度计给她量体温，结果真的是低烧。她怀疑我的电子温度计不准确。我找出那种夹在腋下的传统温度计给她量，结果还是低烧。

我希望婆婆是胃肠炎。但到了傍晚，我也开始腹泻和低烧。我预感到情况不妙，怀疑婆婆和我都染上了新冠病毒。此时此刻，我特别愤怒。我对婆婆说，我们可能中招了。为了安全起见，我们必须自我隔离，赶紧让欧阳豪带着小兵离开家，到学校办公室去住。婆婆吓得脸色刷白，连忙说好好好，让他们俩赶紧走，他们没事就好。

婆婆整天往人堆里扎，染上病毒并传染给了我，她竟然说，只要欧阳豪和小兵没事就好，她将我置于何地？我的父母要是知道了会怎么想？我很害怕，我一人在房间里哭，我让欧阳豪自己收拾东西，赶紧带着小兵离开，今晚就去学校住，必须赶在学校还没封门之前赶到。欧阳豪说他先避开一下，希望我挺住。小兵哇哇地哭起来，要妈妈跟他一起走，我骗他说，我随后就到。

4

吃药之后，腹泻是压下去了，但体温一直没有下来，徘徊在烧与不烧之间。欧阳豪和小兵不在家，只有我们婆媳二人，我不用照顾谁的面子，我也不用压抑自己。我"砰"的一声摔上房门，不想搭理我婆婆。都怪她，听不进半点劝告，哪儿人多往哪儿挤，一副大无畏的模样，病毒是看得见摸得着的吗？你的口号喊得再响病毒也不会怕。你就是粉身碎骨，它也不会死。病毒不怕你小学教导主任。病毒怕护士和医生！

　　我想到紫延大姐，给她打电话如实汇报了我这边的情况。紫延大姐说，现在没有条件也没有办法确定。她说，退一万步，就算你和婆婆染上了，也属于初级阶段，如果免疫力强的话，自己也能扛过去。所以，暂时不要去医院，即使去了也弄不到床位，还有交叉感染的风险，弄得满城风雨，万一要送到郊外去隔离怎么办？紫延大姐特别提醒我，必须要乐观面对，不要消极对待，病毒跟人一样，也欺软怕硬，你坚强，它就没有那么强硬。我被她们弄糊涂了，身为医生的紫延大姐，说话怎么跟我婆婆一样？接下来她的建议，还是跟我婆婆的说法一样：加强营养，保证睡眠，注意休息。紫延大姐让我注意监测体温，有什么情况随时通报给她，她会替我保密的。不一会儿，大姐就给我发来微信，说送了一些药过来，塞进我们家的信箱里。

　　跟紫延大姐通话后，我的心稍稍平静了一些。可是一看手机我的心就乱了。满屏都是疫情新闻，疫情动态曲线，武汉和湖北和全国的感染数、疑似数、死亡数。我的心被恐惧感所充填。我想到死亡，想到儿子小兵，想到欧阳豪，想到父母，我的心被悲伤浸透，彻夜难眠。我听到婆婆那边很晚都有动静，隐隐约约传来啜泣的声音。

　　清早起床，我坐在窗前发呆。一群麻雀在窗外的海棠树上嬉戏鸣叫，跳到地面寻觅世界为它们备好的食物。有一只还飞到我家窗台上站了一下，往里一瞅，转身就跑了。我听到婆婆在我门外走来走去的脚步声。我装作没听见。门边有窸窸窣窣的声音，我回身一看，底下塞进了一张字条："菁儿，无论如何一定要吃东西！"我不想理她！

座机响了，婆婆高声喊我接电话。是我妈的。妈妈说，你一直关机，是不是还没起床啊？妈妈说，看新闻你们那边挺严重的，你们都好吧？我说，我们都好。我妈想跟小兵说话。我说，欧阳豪带着小兵在楼下玩。我妈说，菁儿，宝贝，你们一定要多保重啊，我跟你爸天天为你们提心吊胆啊！说得我眼泪哗啦啦流，赶紧挂了电话。打开手机，全是欧阳豪的留言，问我怎么样，说他和小兵一切正常。我拨通欧阳豪的电话，说我感觉还行，说如果接到我妈的电话，要跟我保持口径一致。

低烧。眼圈发热。被疲乏和不安笼罩。我和衣躺在床上，迷迷糊糊中，好像听到我妈妈在喊我。我被喊声惊醒，发现是我婆婆在门口大声说话。婆婆说，菁儿，起来吃点东西吧，人是铁，饭是钢，一顿不吃软当当，你两顿没吃呢，不吃东西哪里来的抵抗力啊？现在又不能去医院，全靠我们自己呢！

我心里又开始掸我婆婆：什么铁啊钢的？一辈子就靠几句谚语格言活着，还小学语文老师呢。什么抵抗力？死掉拉倒。

婆婆说，菁儿，你开一下门吧，我求你了！都怪我，不听劝告，自己染病不算，还传给了你，我对不起你！好在你当机立断，让小兵和欧阳豪离开了家。刚刚我给他们打了电话，他们都正常，我也就放心了。你不为我，为了小兵，你也要好好地活下去！

我想：你的儿子孙子都正常，你就放心了！我爸爸妈妈的女儿呢？她正常吗？谁为我担惊受怕？我爸爸妈妈那边，我连说都不敢说啊！想着，我又开始流泪。

不过我的确有些饿了，手脚发软，四肢冰凉。我打开门。婆婆闻声赶来，把饭菜端进我的房间。保温桶里热腾腾的鲜松茸鸡汤，清蒸鲈鱼，白灼芦笋。我婆婆眼睛发亮，恨不得喂我。尽管她是为了她的儿子和孙子在伺候我，但她的表情是真诚感人的。

我婆婆说，多吃点，多吃点，增强抵抗力，把病毒细菌杀死！我现在的感觉就好了很多。菁儿，你一定要吃好睡好！我很后悔，我对不起你和你的爸爸妈妈，我要把你完好地还给你的爸爸妈妈，还给小兵，还给欧阳豪！婆婆说着，眼泪哗啦哗啦流。

我赶紧抽出纸巾递给她，我说你别哭了，知不知道我很烦！

婆婆擦了擦眼泪，微笑着说，菁儿，你一定要挺住，要坚强，你不但要吃好睡好，而且还要心情好。只有这样，病毒才打不垮你。我说过，病毒也看人，谁软弱就欺负谁。我陪着你一起挺住，为了小兵，为了欧阳豪，为了你爸爸妈妈。记住我的话，病毒跟反动派一样，都是纸老虎，不要怕！

我心里一软，趴在桌子上号啕大哭起来。我婆婆一把抱住我，哭着说，孩子啊，从现在开始，我们不可以斗气，我们必须团结一条心，全力以赴去对抗病毒。你必须要听我指挥，不要再赌气折磨自己。你再不打开门来，我就会急死的，我不敢出门去，又不会在网上购物。你现在赶紧给我下单，多买一些鱼肉蛋、牛奶和蜂蜜、豆腐和蘑菇，营养好的东西都买回来，我要天天餐餐给你做很多好吃的，我要陪着你吃，我要逼着你吃，我要让你高兴、开心、精神好，我要跟你一起把病毒憋回去。我婆婆的眼里流露出我从未见过的神情，是一种我只在我妈妈那里才见过的神情。

我端起鸡汤碗大口喝起来。婆婆看着我，喜上眉梢。我说你那是准备喂猪，照你那样下去，我就要变成个大胖子了，到时候小兵和欧阳豪回来见到我，都不爱我了，与其那样，我宁愿病死拉倒。

我婆婆教训我：不许张嘴瞎说，好死不如赖活，你活着，你的亲人，还有你的儿子和丈夫，才有幸福。我想，敢情我就是为别人活着吧？我正要找话反驳我婆婆，一时还真的找不出合适的反驳理由。前些天，在我最绝望的时候，就是这么想的，好死不如赖活，我要活下去，为了我的爸爸妈妈，为了小兵和欧阳豪。

为了减轻我对发胖的恐惧，婆婆领我戴着口罩在小区的林地锻炼。我不敢相信，自己开始跳起了广场舞，对，就是我经常冷嘲热讽的广场大妈舞。

我和我婆婆都退烧了。我怀疑，我们根本就没什么病，我们就是疑心病和精神病。即使有什么病的话，也不过是普通胃肠炎或者咽喉炎，导致了普通的低烧，炎症下去了也就好了。当然，身体抵抗力也是一个因素，我发烧最厉害的那一天，恰恰是我情绪最低落的那一天，也是我最绝望的那一天，或者说是我免疫力罢工的那一天。我觉得这是典型的自己吓自己。

我婆婆说，我早就跟你说了，病毒也好，细菌也好，都是贱人，你跟它温文尔雅彬彬有礼，它就会爬到你的头上来做窝。你对它狠一点、凶一点，蔑视它、不正眼瞧它，它就会乖乖地溜到一边去。从这一点来看，病毒跟反动派没什么区别。要是没有一点大无畏的革命精神，我们就会被它吓死。

我想起了紫延大姐的忠告，觉得婆婆的话也不是没有一点道理。但我嘴巴上却说，你得了吧，你这种思维是典型的主观唯心主义。

我婆婆说，甭管什么主义吧，事实胜于雄辩。尽管你比我读书多，但在对付坏家伙的时候，你太缺乏经验，耍横斗狠一样都不会，赌气只能自己搞死自己。你这种小资产阶级知识分子的软弱性，一定要投身于斗争的实践，才能克服。

5

我婆婆原计划是住一个月，结果住了两三个月，她说她想回家去。我说急什么，小兵和欧阳豪都没回家呢。婆婆迫不及待地要让孙子和儿子回来。为了稳妥起见，我建议我们再自我隔离两三天。这天黄昏，我和婆婆一起去学校接小兵和欧阳豪。小兵见到我，连妈妈都不知道喊了。才分开这么几天就这样啊？我要是真的生病隔离了呢？我们的母子情都不知道会变成什么样子啊！我心里不禁感慨万分。我婆婆盯着她的儿子欧阳豪看了一阵说，学校食堂吃的是什么玩意儿，把我孙子和儿子的脸都吃得变形了。小兵不同意奶奶的话，叫着喊着说，他喜欢吃学校食堂，他要吃蒸紫薯山药玉米花生。

空旷的校园里几乎没什么人，没回家被禁足在校园里的学生，三三两两在操场上打球跑步。我和婆婆肩并肩走着，欧阳豪背着小兵跟在后面。夕阳返照出橙黄色的光，映在人脸上，映在操场边上的海棠树上，紫红相间的花朵特别惊艳。

我远远地看到，紫延大姐和韩晓珲老师也在散步，他们肩并肩迎面走来。我赶紧迎了上去。我不知道怎么表达对紫延大姐的感激之情。紫延大姐当时给予我的，与其说是建议和忠告，不如说是活下去的力量。

紫延大姐一把抱住我说：妹妹啊，你吓死我了，我心里紧张得要死啊，天天都在菩萨面前为你祷告呢。我也猜到了，你可能就是自己吓自己。紫延大姐伸手拿掉一片落在我头发上的树叶，说，你脸色真好，跟海棠花一样。

韩晓珲凑近我身边说：对，脸色真好，虚惊一场，虚惊一场！等到疫情过去，我们要好好地聚一聚，我要跟欧阳兄弟喝一杯。欧阳豪正要接话，紫延大姐转过脸去，瞪了韩老师一眼，把他人和后面的话，都吓得缩了回去。

我被夸得欣喜而又羞涩，也被温馨的友谊所感动。看着风中摇曳的海棠，我心里默默地感叹：人生就是一场虚惊！

2020 年 5 月 3 日写毕

六 芸姑娘

1

北京"新冠病毒"风险等级降为二级，我的生活开始慢慢回到正常轨道。每天晚上8点左右，我都要出门散步，遛弯儿，溜达溜达，消消食儿。我沿着环城绿地疾行，然后绕着绿地公园里面的小湖走两三圈，再随意活动活动胳膊腿儿，就接近一万步了，这是我最近两年新增的人生目标和万步计划。如果一个人闷声儿走，就会感觉时间漫长。边走边刷手机也不行，那很危险。打电话就不一样了，聊着聊着，两三圈很快就走完了。所以我喜欢在散步的时候打电话。

我看了一眼手机，老家侄女儿玫玫上传了一张她自己的美颜照。如果不看微信名，我根本就不相信这是玫玫。美颜照是大眼睛、双眼皮儿、瓜子脸、皮肤白里透红，这些都可以说是玫玫的反面。玫玫只发两种类型的微信，一是报告她五金店的即时销售业绩，二是秀她自己的美颜照。每走一单货，她都要在微信里显摆一下，上传图片或者抖音，配上吆喝声：螺杆空压机，走起!!! 500型波纹管，走起!!! 小功率发电机，走起!!! 每一次发她自己的美颜照，她都会配上精选的人生格言："气质比年龄重要""不要跟不同层次的人争辩""发型会过期思念不会过期"。

玫玫她爹秦德祐，是我的堂兄，我们两家的关系亲密。玫玫是个聪明懂事的女孩儿，在家里是老大，所以读完小学就辍学回家带弟弟妹妹了。等弟弟妹妹都大了，她才出门去打工，文化是低了一点，但她勤劳，不怕吃苦，把一家小五金店开得风风火火。我拨通了玫玫的语音电话。玫玫问，叔啊，什么事呢？我说，没有什么事，看到你发出来的照片，就想跟你通个话。玫玫说，哎呀呀，叔叔你都看到了啊？那是用美图秀秀磨过皮、修过眼睛和眉毛的啊，吓着你了吧？我问她，店里的生意怎么样。她说还行，今天一开张就走了一台空压机呢，老家的疫情没有外面那么凶，过年回村里，没有人愿意戴口罩，都凑在一起打牌，请客吃饭，四处串门。生意也不是没有影响，我至少推迟了一个多月开门，每天都要交租金。玫玫说，叔啊，你在干什么？

我正要说"散步"，一时卡住了。因为家乡土话里没有"散步"这个说法，家乡人根本就不散步。散步是文人书生的事情，像古代文人，没事就嗑药，嗑得浑身发热，要到外面去"发散"，去流汗排毒，耗掉热量，雅名叫"散步"。农民要耗掉热量，不需要散步，像牛一样耕地就行了。文人之外，城市市民也散步，但他们不好意思说自己在"散步"，没有嗑药散什么步啊？其实这话不正确，不一定要嗑药才有多余的热量嘛，羊蝎子和二锅头也能产生很多的热量啊。北京人讲究，把这个叫"遛弯儿"。还有更土的叫法，"拿弯子"。我乡下老家没有散步的说法，农民不会做无用功，特别注意保存能量，遛弯儿或散步，是极大的犯罪和浪费。面对玫玫的提问，我不能用家乡土话说"遛弯儿""消食儿""溜达"，更不能说"拿弯子"，只好硬着头皮说："我在散步。"说出来还是有些别扭。

没想到玫玫接着我的话头就说，叔啊，你是要多散点步，对身体有好处。我爹现在也开始散步，每天晚饭后他都出去散步。你知道的，我爹人闷脾气犟，谁的话都听不进，只听芸姑娘的，芸姑娘对他说要散步，他才开始散步的。

玫玫说，今天中午我爹他赶回村里去了，叔啊，你知道啵，我芸姑娘可能不行了！过年的时候，我去看芸姑娘，她瘦得像一片树叶子，风都能吹走。她什么都吃不下，身体太弱。庆庆妹和妹夫一直在陪着芸姑娘。我刚刚给庆庆妹打了电话，庆庆妹说，她妈妈怕是不行了。玫玫说着就哭起来。

你爹怎么没通知我啊？！玫玫说，她爹可能还没来得及，现在到处都防控瘟疫，估计叔你一时也难回来。我说，我怎么也得回去啊，我得去见你芸姑娘一面啊。我接着给芸珍的女儿庆庆打电话，问她妈妈现在怎么样。庆庆啜泣着说，妈妈现在睡着了。妈妈睡着的时候，好像没有呼吸一样，她担心她妈妈醒不来。听到我堂妹秦芸珍病重的消息，我的心一阵绞痛。芸珍小时候跟在我后面奔跑哭闹的样子浮现在眼前。悲伤浸透了我的心！

在我家乡话里，玫玫所说的"芸姑娘"，不是"名字叫芸的女孩子"的意思，而是"名字叫芸的本家姑妈"的意思。

芸珍几年前查出患有淋巴瘤，长期往来于省里和上海的大医院，先是看西医，化疗放疗，头发也掉光了，脸也浮肿起来。芸珍身体吃不消，就改看中医，刚开始好像还有点效果，慢慢地效果就变得很可疑了，时好时坏，总的趋向是坏。关键是，给她治疗的那位著名中医专家，自己突然病故了。芸珍愤懑地说，老天爷啊，你是在断我的生路吗？是福不是祸，是祸躲不过！芸珍索性选择不治疗，听天由命，天天在家里烧香拜佛。我说，我有几位朋友，也是得了绝症，也是选择了不治疗，他们到云南广西的偏远乡村去生活，现在活得好好的。

芸珍说，到乡下去住倒是很简单，回我们自己村里就是了。我们村要山有山，要水有水，用不着云南广西。夏天即将来临的时候，芸珍回老家村里养病去了。大哥德祐说，芸珍住不惯自己家的旧房子。德祐让芸珍住在自己新盖的房子里。德祐的新房子是一幢三层的小楼，通电通水通网络，设施齐全。德祐平时不用它，德祐夫妻俩都住在县城里的玫玫家，给玫玫带小孩，逢年过节才回村里。

记得中秋节的时候，芸珍给我打视频电话，说她在村里过得不错。她说她从小就讨厌待在村里，做梦都想进城去。没想到，绕了一圈又回来了。芸珍说，现在她一点也不讨厌村里了，觉得乡村远离尘嚣，环境安静，心里清净。女儿庆庆夫妻俩也陪伴在她身边，她说她心里感到特别充实。我看看芸珍精气神都不错，说话中气也足，觉得她会跟我那几位患病的朋友一样，慢慢地好起来，心里感到宽慰。可是没想到，几个月之后，芸珍的身体状况开始恶化，人越来越消瘦，身体越来越孱弱。她才五十出头啊！

2

芸珍、德祐和我，我们三个的爷爷是亲兄弟，德祐爷爷老大，芸珍爷爷老小。老大和老二都去世了，只剩下老小，我称他细叔公。老大的孙子德祐比我大三岁，老小的孙女芸珍比我要小几岁。芸珍娘过世了，芸珍爹在隔壁省城里工作，另组了家庭，芸珍跟着她爷爷奶奶过。芸珍家的老屋跟我家挨着。德祐家离得远，在村西祠堂那边，但除了睡觉，德祐基本上在我们这边戏耍。我们三个跟胞兄妹差不多，从小一起戏耍一起长大。

芸珍的爷爷细叔公，年轻的时候跟自己的老丈人学过一点中医草药，他就在自己家里坐诊，给四乡八村的乡亲们看病，拿手绝活儿是中医外科，比如割脓包、治毒疮。芸珍家总是人来人往，看病的送礼的，热闹非凡。相比而言，我家就要冷清得多。但我家老屋门前有一个小型晒谷场，场子周边还有很多果树，两棵桃树，两棵桑葚树，一棵柚子树，春天吃桑葚，夏天吃桃子，秋天吃柚子。关键在于，晒场东边还有一片洼地，长满了荆棘和杂草，成了我们游戏的最好场所，不像芸珍家门前光秃秃的。

芸珍家没有客人的时候，她就要来找我和德祐玩。芸珍弱小，又是女孩，游戏的时候总是成为拖累。我们就想甩开她。我们总能找到很隐秘的地方，躲得芸珍找不着。听到芸珍嘤嘤的哭声，细叔婆远远地高声骂道，你们两个鬼，哪里像哥哥，让你们带她戏耍，你们就逗得她哭，她哪里有力气哭啊?！

芸珍没有力气哭，可是她偏偏喜欢哭，我们给她取外号叫"哭死鬼"。芸珍哭起来与众不同，她是用尽全身力气来哭，脸和脖子都涨得通红，还一边哭一边呕吐，把吃下去的那点东西都吐出来了。只要芸珍一开始哭，家里的狗都会吓得躲出门去。我喜欢看芸珍哭的样子，眼睛又大又圆，黑眼珠边上的泪珠一连串地往外滚，顺着小脸蛋往下流，噘着嘴巴，有时候还吹鼻涕泡，那么可怜又无辜的样子。

细叔婆说，芸珍娘胎气不旺，芸珍先天不足，冷不得热不得，动辄就病，吃得再好也没用，她的肚子不吸收。芸珍的嘴唇上总是生火疱，左边的刚好，右边的又长出来了，像哨兵换岗一样。芸珍还有一个毛病，就是扁桃腺经常发炎，腮帮子肿大，跟着就是咳嗽发烧，吃不下东西。细叔公可怜她，就牵着她去村口小卖部买罐头吃，黄桃的、雪梨的、杨梅的。干脆对罐头的美味一无所知也罢，偏偏芸珍偶尔会让我们尝一点点，馋得我们口水直流。我想，芸珍就是为了吃罐头，才故意让自己的扁桃腺发炎的。我恨自己的腮帮子为什么不肿大。细叔公对我和德祐说，芸珍是扁桃腺发炎才吃罐头的。细叔公说，你们不要眼馋芸珍吃点东西，她能吃进多少东西啊！你两个鬼东西像稗子，丢在哪里都长。芸珍是花，娇贵，不易长，要精心养。但芸珍吃罐头，我们干瞪眼，这件事情无论如何难以接受。我们用不带她玩来惩罚她。

细叔公对芸珍说，他们不带你玩，我带你去玩。细叔公就牵着芸珍去采草药。我们觉得芸珍跟细叔公玩，倒是很合适，他们的动作都很慢，而且都喜欢咳嗽，都是咳得脸红脖子粗。没过多久，芸珍就把村子附近山坡上、野地里、田埂边的各种花花草草，都认了个遍，而且都能叫出名字来，哪些能吃，哪些不能吃，哪些可以治病，如数家珍，半夏鱼腥草、麦冬穿心莲、七叶一枝花，唱歌似的。越是这样，细叔公就越是疼爱芸珍，见到我和德祐，就越是吹胡子瞪眼睛。我对德祐说，芸珍老是生病，所以就要学治病，想把自己的病治好。德祐琢磨了一阵说，她的师傅，也就是细叔公，都治不好她的病，徒弟她就能治好？我们俩对此表示怀疑。

细叔公的药房里需要药材，我们也属于供应商之一。春天采摘金银花，夏天收集桃核杏仁，秋天拾捡银杏果，冬天到地窖里抓土鳖蟋蟀，还有蜈蚣蝎子蜥蜴等毒虫，都送到细叔公药房里去换蚕豆花生吃。每次出面交涉的都是芸珍。每当此刻，芸珍总是显得公平公正、铁面无私，好像我们是邻村来的，好像她是刚认识我们似的。因为有买卖关系，我们不敢对芸珍太过分，还得跟她保持良好的沟通，偶尔也带着她一起玩。

芸珍不喜欢上学，叫她上学她就哭。细叔公护着她，说不上就不上，细叔公也没上过学，照样帮人看病，芸珍跟我学医，长大当医生。芸珍正中下怀，经常逃课在家里玩中草药。细叔婆数落细叔公，说你就护着她，你是在害她。芸珍因此更喜欢细叔公，跟细叔婆仿佛隔着一层。芸珍就这样磕磕绊绊地长着。等到大了一些，芸珍不好意思再哭了。她便改哭为怒，动辄发怒。芸珍生气的时候，左边脖子会鼓起来，鼓得像小青蛙的肚子。只要芸珍左边脖子鼓了气，千万不要惹她。惹不起躲得起。我和德祐总是设法躲着她。

记得是中秋节前后。那天晚上的月光真的很亮，把门前晒场照得刷白。刚刚割下来的荞麦堆在那里，像座小山，白天太阳一晒，散发着一股清香夹杂腐烂的诱人气息。我和德祐躺在荞麦秆堆上，仰面朝天看星星，顺便躲芸珍。不一会儿，远处果然传来了芸珍的喊叫声：德祐哥！德冰哥！我和德祐不应答她，连忙爬起来准备躲到荞麦堆中间去。我和德祐约定，从两边往中间钻，最后在荞麦堆中间会合。我一边掏空身边的荞麦秆，一边拼命地往中间钻去。但我觉得越来越困难，不但掏不动，而且感到胸闷。

德祐毕竟大两岁，他感到不对劲，就及时退了出来。我听到他在声嘶力竭地喊我的名字，但我卡在了荞麦堆的中间，钻也钻不动，退也退不得。我渐渐感到没有力气，我觉得自己可能要闷死，我被黑暗和恐惧淹没。等到我醒过来的时候，发现我躺在自己家的竹床上。我母亲在我身边哭泣，父亲铁青着脸不吱声。德祐的父亲在怒骂德祐，说他不像做哥哥的样子，专门带着弟弟妹妹往凶险的地方钻。细叔公竟然也在责备芸珍，说不要有事没事去烦德冰哥，吓得他到处藏躲。芸珍和德祐都在哭，不知道是委屈还是自责。我感觉不错，这么多人都在为我而相互责备，这么多人都在关注着我的安危，这在我还是第一次！

3

那次事件之后，德祐过我这边来得少了，芸珍也不怎么找我玩了。我感到无聊，整天闷闷不乐。有那么一段日子在我的记忆中似乎是空白。我不记得我们怎么就长大了。我上初中的时候，德祐上高中。德祐没考上学校，就回家种地，帮他爹打理砖瓦窑，家家户户都想造房子，砖瓦需求量大，砖瓦窑的生意不错。我上高中的时候，芸珍上初中。我们在学校里很少说话，青少年特有的羞涩感阻隔着我们。村里到学校有几里路，细叔公叮嘱我带着芸珍一起返校，离学校还有一段路的时候我们就分开了。芸珍的身体似乎比小时候好了很多，脸蛋也红扑扑的，身姿很有活力的样子。我想问她扁桃腺是不是还经常发炎，但我不敢问，芸珍是大姑娘了，一切都很神圣神秘。

我考上了省里的师范大学，报的是中文系，调剂到哲学系，暑假后就要离家出门去读书。那个暑假，芸珍仿佛又回到了童年时代，天天陪着我，黏着我。哭哭啼啼的芸珍长大了，变成了叽叽喳喳说个不停的芸珍。她说德冰哥要离开家，德祐哥成家后也不理她，她很孤单。她说她要学德冰哥，她也要到城里去上大学。她说她最近心烦意乱，不知道将来当医生还是当老师。我说做这两件事脾气都不能急躁。她羞涩地说，那还是做医生吧，病人比男孩子要好对付一些。芸珍说自己从小三病四灾，经常旷课，基础不好，成绩老是跟不上，她信心不足。

细叔公说，芸珍不愿意读书就不要去读书，芸珍想要读书就去读书，只要芸珍高兴就行。芸珍说，我要读书！我要读书！细叔公说，好好好，那就读，读到老都行。

细叔公的话，仿佛一语成谶。芸珍读到高中毕业，第一次高考就失败了，跟着又接连补习了4年，读了5次高三，参加了4次高考，连续4次失败。我大学毕业后到北京读研究生，芸珍还在补习准备参加高考。我成天给她写信鼓劲，写到词穷墨尽。

芸珍第一次高考失利，原因是晕场。第一科刚开考不久，芸珍就浑身冒汗，晕倒在考场上。老师把哭哭啼啼的芸珍送回家。细叔公说，没考上有什么关系？再考一次呗，我治病也不是一次就能治好，有的也要治好几次。芸珍第二次高考失利的原因是生病，第一次失败教训记忆犹新，芸珍心里着急上火，夜不能寐，考试的时候扁桃腺发炎。细叔公在芸珍的背包里塞了好几个水果罐头，芸珍原样背回了家。芸珍给我写信说，哥啊，我不想再考了，我没主意靠啊。我劝芸珍认真想想，不读书将来干什么，必须遵从自己的内心。她说那就再考一次。第三年临考前病倒在床，没有参加考试。第四年是她第三次参加高考，赶上来例假，又晕场了一次。暑假回家的时候，芸珍对我说，哥啊，我没读书的命，我让你失望了，我没脸见你。不过我真的很努力，我没有偷懒，我每天都是半夜才睡啊！芸珍说着就大哭起来。

我对芸珍说，我知道你是个很有志气的人，但有时候真的有运气一说。不过一考再考的也不是你一个人。我说我研究生同届的一位同学，连续5次考同一所学校，考同一位导师，最后还是考取了。多考几次也好，总有碰上好运气的时候，老天爷不可能总是让你走霉运。芸珍说，还考啊？我再也不考了，没脸再考。

细叔公说，芸珍想要读书就去读书，芸珍不愿意读书就不要去读书，只要芸珍高兴就行。芸珍说，我不要读书！我不要读书！细叔公说，好好好，那就不读。

我高中同学袁开南，广播电视大学中文专业毕业后进了县教育局，此时正在隔壁的七溪镇中学当挂职副校长。我托袁开南帮芸珍办了个借读手续。我鼓励芸珍再补习一年，换个地方考。我提醒芸珍，明年第一志愿就填地区的师专或医专，分数线低一点。不一定非到省城读书。如果还想读书，以后再考研究生也行。芸珍勉强同意了。

芸珍说自己"没有读书的命"，也仿佛一语成谶，她又失败了，连专科都没考上。以往考完之后，芸珍会第一时间通知我。这一次没有。我研究生刚毕业，又刚认识了女友范青媛，两人有幸一起分配到一家市属学院工作，我在哲学系，她在教育系。我们正忙着报到入职，还忙着恋爱。关于芸珍的消息，是德祐写信告诉我的。德祐说，你回来一趟吧，芸珍失踪了，不知道躲到什么地方去了，细叔公急病了。

我匆匆赶回老家。卧病在床的细叔公抓住我的手说，德冰啊，你来了就好，赶快去把芸珍找回来吧。我安慰细叔公，让他放心，说我能找到芸珍。我先去七溪镇找袁开南。我问值班教师，袁开南在不在。值班教师说，袁开南一放暑假就回县里去了，他挂职结束不再来了。我赶到县教育局打听，门卫老头儿耳背，交涉了半天，还翻员工名册，终于弄明白了，说袁开南在七溪镇中学挂职，没有回局里。我说我刚从七溪镇中学来，那边说袁开南回教育局了。门卫老头儿说，那我就不知道了，陈局长来了，你问他吧。

远远从办公楼里走出一位挺着大肚腩的男子，打着官腔问我是什么人，有什么事。陈局长听完我的话，捏着双层下巴思忖了一下说，嗯，秦德冰，我听说过，先是考到省里读书，后来又考到北京读书，好好好，有出息。你劝劝你那个老同学，不要把江山美人弄成一个单项选择题嘛，哈哈哈哈。胖局长在为自己的幽默而洋洋自得。说着，他就把我带到了袁开南的宿舍门前。

敲开袁开南的门一看，芸珍果然在里面。我心里早有预感，只是不愿面对而已。我进门的时候，脸色一定是铁青的。袁开南和芸珍两人都手足无措，局促不安。袁开南伸手从上衣口袋里摸出香烟盒，里面只有一支烟。他把那支烟递给我。芸珍嗫嚅着：哥啊，你怎么来了？我摸出十元钱，让芸珍出去给我买包香烟，袁开南又掏出二十元给芸珍，说买瓶烧酒，再买些吃食。

　　芸珍出门去了。我抓住袁开南胸前衣服说，袁开南，你这个混蛋，我把我妹妹交给你，让你帮助她考大学。你干了什么？啊？你说！她不要读书吗？你让她做一辈子家庭妇女伺候你吗？你有没有为她今后想过？你为一己之私，毁掉了芸珍一生！我气得发抖，将袁开南一把推倒在床铺上。我坐下来，点着仅剩的那支烟，使劲儿地吸着，恶狠狠地盯着袁开南，恨不得把他吃了。

　　袁开南坐起来，整了整衣领，平静地说，老同学，你说完了吗？听我说两句。首先要感谢你，把一个美丽善良聪明的女孩，送到了我身边。

　　我说，你放屁，我把芸珍送到你身边？我是把芸珍送到七溪中学，复读，考大学！都怪我，把她送到了你这禽兽的手里。

　　袁开南接着说，我开始也的确是在帮助她，我找了三位经验丰富的老师帮她补习语数英三门主课。结果，老师一致反映不好，数学老师甩手不干，说讲给她听她也不懂。你只知道爱你妹妹，你并不真的了解她。她的文化底子之薄弱，跟她的身体底子之薄弱，是一样的。但她不傻，她很聪明，什么事情她一学就会，就像她对草药了如指掌那样。可是她在向你学习，把标杆订得太高，无奈文化基础又太差，她一直处于撕裂状态。你们让她去做她不擅长、不喜欢的事情，她能不痛苦吗？能不发炎、发烧、发疯吗？而且，她整天跟比她小那么多的同学在一起学习，她能好受吗？你设身处地想想！

我的火腾的一下又蹿了上来，我抓住袁开南的衣领说，她年龄再大也是学生。你身为老师，把学生骗到自己这里来了，还找各种借口狡辩。

这时候，房门开了，芸珍把烟酒和吃食放在桌上说，哥啊，你不要打他，都怪我，是我不想学了，是我读不进书，是我没出息，是我对不起你。说着她就嘤嘤地哭起来，那样子跟小时候一模一样。我的心又软了。芸珍说，都怪我，我不但辜负了哥哥，还连累了袁开南，影响了他的前途，弄得他写检讨。

袁开南说，芸珍不要这样想，我受处分跟你没关系，自己行为后果由我自己承担，何况我们没有做错什么。他拿过香烟，递给我一支，自己抽一支。袁开南读高中的时候就少言寡语，因为家境不好，一直有自卑感。据说他还没谈过恋爱，跟芸珍一样，芸珍也没谈过恋爱。两个初恋的情人相遇在一起，自己为自己建筑了一个小天堂，这个世界上还有什么力量能够把他们拆开呢？我冷静下来，问袁开南，你打算怎么办？

袁开南说，还没有什么打算。我爱芸珍，这一点你可以放心。我说，什么打算都没有，你让我怎么放心？袁开南说，没打算是指没有具体方案，但并不是没有决心、目标和方向。我的方向是爱她，我的目标是让她幸福。听到这些，芸珍哭得更响了。

我知道没有办法了，袁开南那套从爱情小说里学来的话，已经把芸珍给洗脑了，他用自己的文学知识对芸珍进行精神控制。令人绝望的是，爱情不就是这样吗？

我说，不行，光喊口号不行，得有具体的方案，以及落实计划的措施。你现在这个样子，跟拐卖妇女儿童有什么区别？你再想想，想好了再正正经经地到我们家来领人。我拉起芸珍的手说，跟我回家，爷爷想你都想病了。

4

细叔公见到芸珍，病也好了。细叔公说，早就讲好了不读书不读书，又让她去读，把人都读傻了。什么辨析题啊，选择题啊，你选这个，他们说不对，是那个。下一次你选那个，他们又说不对，是这个。这不是成心逗人吗？芸珍老实，总是上当，咱们不读了，芸珍跟我学医，还怕弄不到一口饭吃？细叔公没有行医执照，靠的是一辈子的口碑，加上他年纪大了，卫生行政部门睁一只眼闭一只眼。芸珍就不一样了，她跟着细叔公学医，是不可能拿到行医资格证的。

我在老家住了一段时间，主要是想留下来陪陪芸珍。我们整天嘻嘻哈哈地一起玩，仿佛回到了童年。德祐抱着女儿玫玫在边上看，看得眼馋，便酸溜溜地说，你们都到了做爹娘的年龄，还跟小孩子一样。芸珍趁机打听，问我什么时候带"嫂子"回家。我说，我跟范青媛刚认识不久，还在相互了解，要看看两个人是不是适合一起生活。恋爱可以谈，不爱就可以分手，婚姻家庭是很严肃的事，不能儿戏。我的话是说给芸珍听的。我知道芸珍在思念袁开南，又不敢表露。我内心在为体弱多病的芸珍担忧。没考上大学，又不能像德祐那样参加农耕生产，将来怎么办？想着想着，心烦意乱，也没个结果，表面上还是嘻嘻哈哈地玩耍。我把这个陪芸珍游戏的暑假，当作我和芸珍迟到的成年礼。从此我俩都要开始走向社会，承担自己的命运。

俗话说，人各有命，富贵在天。秦芸珍草草地嫁给了袁开南，细叔公很不满意，但也不好过多地干涉，毕竟隔着一辈。事实证明，芸珍他们婚后却过得很幸福。袁开南跟我一样，在泥土里长大的乡下孩子，没有别的能耐，就是有一股子韧劲儿。正如细叔公说的那样，我们像稗子，随便丢在什么地方都能长起来，压都压不住。经过几年的努力，袁开南又重新得到了教育局新领导班子的认可，让他担任了中学教育科科长，还入了党，进入了局级干部培养梯队。芸珍也没有松懈，她模仿袁开南的成功之路，参加了成人高考，考上了中央广播电视大学的国民经济管理专业。平时在家里自学，每个月到地区电大去集中辅导两天，断断续续地读了5年，拿了个国家认可的专科文凭。毕业论文写得观念超前又切合实际，我估计是袁开南帮她胡诌的：《论旅游业在传统农耕社会向现代服务社会转型的意义——以水西县为例》。因为是这个专业的第一届毕业生，答辩在地区教育局礼堂进行，市电视台还予以了报道，芸珍的论文被评为优秀论文。接着她又通过招聘考试进了县经济计划委员会，成了经济情报室的情报工作者。

三十岁那年，芸珍生下女儿庆庆。像芸珍这种身体，孕育和生产过程曲折惊险自不待言。女儿取名叫袁庆婉，庆贺柔美的女儿顺利地来到这个世界。中学时学过一篇课文，说周朝的郑庄公，出生的时候难产，母亲武姜受到惊吓，就不喜欢郑庄公，而是喜欢郑庄公的弟弟共叔段。这个说法也很勉强。实际情况是，孩子越是折磨你，越是让你担惊受怕吃尽苦头，你可能会越疼爱他。庆庆就是这样，在娘胎里就开始折磨芸珍。先是让芸珍呕吐了几个月，后来又迟迟不肯出来，预产期超过了15天还没动静，医生急了，让芸珍喝蓖麻油催产，最后还是剖腹产取出来的。总之把芸珍折腾得够呛。芸珍自然越是疼她爱她，说她来之不易，说这么瘦小的人真可怜，落地才2千克。

袁开南当上了教育局副局长，一天到晚瞎应酬，各种饭局不断，无酒不成局，每天喝得不亦乐乎。省教育厅市教育局领导来视察，邻县教育局来传经送宝，本县兄弟局相互串门，在外面工作有点身份的文化人返乡，老同学老朋友老乡亲来访，都要陪酒，而且还要喝高兴了，一次醉他一两个两三个，叫作喝高兴了。袁开南原本不善饮酒，但上了那条船也只能顺风走，不能逆风行，不喝就不能进步，喝着喝着，进步就大起来了。

芸珍不怎么管袁开南，心思转向了女儿庆庆。她指望女儿快快长大，好好学习，上大学、进名校，完成父亲没有完成的事业，圆母亲未圆的好梦，改写家庭的教育史。想想自己和袁开南，两个电大生，心里就憋屈。提起这个话题，夫妻俩话就多了。袁开南说，要不是家里穷得连买书和复习资料的钱都不够，他也不至于考不上个大学，放学回家还要担水劈柴打猪草，哪里有心思在学习上啊！我们庆庆再也不会这样了，我庆庆只读书，不用操心任何杂事。芸珍说，是啊是啊，要不是自己身体太差，稍紧张一点就晕倒，她也不至于考不上个大学，至少也是个专科。我们一定要保证庆庆的身体好！两个人在这一点上有着高度的共识，说着说着，踌躇满志的样子。他们订阅《父母必读》和《育儿大全》，边学边干，精心为庆庆制订每日菜单和作息时间表，同时还制订了四个五年规划及其目标。芸珍负责执行实施，袁开南提供经济保障。

那一年，我和范青媛带着儿子宾宾回乡探亲，在县城芸珍家住了几天，亲眼目睹了芸珍和袁开南"科学育儿"的过程。在为庆庆制作食物的时候，他们要用戥子称盐和糖，水果洗净之后还要用开水泡一下，进食数量有严格规定，排便的时间和次数也有规定。好不容易来了一个宾宾哥哥，庆庆突然解放了，两人天天黏在一起。可是一到时间点，不管他们玩得多么开心，芸珍必定要将庆庆叫去睡觉。庆庆在睡午觉，苍蝇和蚊子都不敢从屋里飞过。倘若有误入者，芸珍一定会用雷达喷雾，装大号电池的电蚊拍，还有敌敌畏等各种凶杀武器，将它们一举歼灭。此时，全家人都要用脚尖走路，不许脚跟着地。我正要说话，芸珍马上就伸出食指"嘘——"，相当于提醒我在宵禁。庆庆醒来之后，宾宾大喊大叫起来，在地板上翻跟头。芸珍又伸出食指"嘘——"，因为吃完水果之后，还有一个背古诗的环节。这之后才有一小时的自由活动，接着要弹钢琴。宾宾无奈，只好叫庆庆弹一支歌曲。芸珍又伸出食指"嘘——"，说只能弹练习曲啊。接着拿出一本《汤普森现代钢琴练习曲》，摆在庆庆面前。

宾宾从小自由散漫惯了，受不了约束，吵着要回北京，要去找自己的小朋友玩。学教育心理学的范青媛，对芸珍的教育方法颇有微辞，她认为芸珍的管理方法太僵化，孩子一点自由空间都没有，一切都是父母设计出来的，貌似科学，其实很不科学。我只能为芸珍辩护。我说芸珍对庆庆严加管教没有错，不能再重复我细叔公的错误，整天让芸珍自由散漫，不想上学就不去。庆庆的饮食和作息时间规定得严格点，对庆庆的身体有好处，不要让芸珍的遗憾再现。我和范青媛发生了一些争执。范青媛坚持自己的观点，并预言庆庆今后不会有太大的出息，到高小最多到初中，她就会开始厌学，开始反抗，她会厌恶家长所说的一切，到那时就不可收拾。

5

真没想到，范青媛的话也是一语成谶。庆庆从小学高年级就开始厌学，晚上不愿做作业，袁开南就偷偷地帮她写；老师也反映她上课心不在焉，老是走神；让她弹钢琴她就哭闹，请师范学校音乐老师教了6年的钢琴也废了。到了初中，成绩一直是全班倒数，谁提学校的事就跟谁急，凡是芸珍和袁开南说要做的，她都不愿做。因为教育局长袁开南的关系，袁庆婉的成绩再差都能进实验班。高中的时候，袁开南又动用关系，把庆庆弄到市里去读书，插进了重点班。庆庆跟那些农村考出来的尖子生兼考试狂魔一起学习，真的是受尽了折磨，上课腾云驾雾"坐飞机"，下课孤苦伶仃无人问。在操场外花园的角落，苦闷的庆庆遇到另一位"坐飞机"的苦闷男生，正在偷偷地抽烟的蔡亮声，两个同类眼睛对视了一下，似乎有点同病相怜的感觉。蔡亮声用老家话问庆庆，要不要抽支烟。庆庆朝蔡亮声翻了个白眼，屁股一扭就离开了。在城里，庆庆从不说家乡话。

高考前夕，芸珍的爷爷我细叔公过世，芸珍怕影响庆庆的学习，没有通知她。教育局派了一辆轿车和一辆中巴，把芸珍和袁开南还有一些亲朋好友送到村里，阵仗够大。芸珍她爹也从外地回来奔丧，芸珍跟爹只是客气，像普通亲戚一样，没有什么特别的感觉。芸珍爷爷86岁高寿过世，村里人忙着为他张罗白喜事，欢天喜地的样子，又是唢呐锣鼓，又是道士和尚。只有奶奶和芸珍伤心欲绝。

芸珍奶奶我细叔婆，哭了三天三夜，如泣如诉，唱着她与丈夫秦承荫一生的恩情："人生是好比水上萍／百年个光阴如烛明／结发个夫妻留不住／丢下我一人守在空林／／叫一声，狠心个我夫秦承荫／道一句，一个人上路你要小心／遇山就过山啊遇水要走桥／切莫轻信路上个生人／／而今我冇人知寒识暖／从此你冇人端饭添衣／阴阳两隔是不相见／只望明朝后日阴间里会／／……"芸珍第一次得知爷爷的名字叫秦承荫。奶奶唱一句，芸珍脑子里就出现一个画面，爷爷好像依然活在自己身边，牵着她的手，走在田埂上，教她识草辨药，呵护她，疼爱她，娇惯她，转眼看到他躺在冰冷的门板上，更是令人悲伤欲绝。

办完爷爷的丧事，芸珍夫妻匆忙赶到市里，陪庆庆高考。一个月后，令人丧气的消息来了，庆庆高考的分数低到芸珍不好意思往外说，至今也是秘密。袁开南主张庆庆复读再考。一团浓郁的乌云从芸珍的心头掠过，想起自己一读再读的复读生活，芸珍的心紧缩又疼挛。芸珍坚决反对庆庆复读。袁开南动用了所有资源，到处探消息找关系。通过省教育厅高等教育处的刘处长，认识了省师范大学招生办主任。主任说手头还有几个名额。

袁开南让老关系户蔡德后来一趟。蔡德后就是庆庆同学蔡亮声他爹。侦察兵出身的蔡德后，为人精明又豪爽。退伍后开了一家"交通运输工程建设有限公司"，自任董事长，其实就是筑路队的包工头。蔡德后爱情事业都丰收，遗憾的是儿子没教育好。蔡老板哭丧着脸说，袁局啊，我家蔡亮声才考了260分啊！儿子混不好我赚钱有什么意义啊！是不是我自己抢了我儿子的运气啊？袁开南说，不用着急，找你来就是说这个事。袁开南答应帮蔡老板的儿子上师范大学。蔡老板说，师范大学？真的假的？上个师专医专，都是菩萨保佑啊！袁局，您去办，所有的费用都包在老哥我的身上，袁局放心，您的报酬另算。蔡老板当场拿出一摞现钞，说先花着，剩下的再补。

庆庆进入了省师范大学幼儿教育专业学习，蔡亮声搭顺风车也跟着进来了。两人都信誓旦旦地要好好学习。可是听课听不懂啊。高中老师讲课已经够快的，大学的老师就不是一般地快了，那叫飞，那是真正的腾云驾雾。他们很紧张，怕做作业的时候露马脚。没想到，根本没有作业，老师讲完课，列出几本书让大家自己去读，说完转身走人。刚开始他们还读书，读不懂也在认字，以防老师突然检查。后来发现，老师不但不检查，还忘记了他列了什么书目。这下他们就彻底放心了，早知道读大学是这样，那还紧张个屁啊！

蔡亮声整天缠着庆庆不放，庆庆搭理不搭理他都无所谓，坚持不懈地死缠烂打，外加物质诱惑。俗话说，贞洁女抵不住痴皮汉，庆庆终于投降了，整天跟着蔡亮声在外面吃喝玩乐，逛街购物。学期结束的时候，两个人都挂了6门课程。情况通报到教务处，被招生办主任知道了。招生办主任打电话给袁开南说，袁局长啊，这样下去迟早会出乱子的，我们这两个小官也都别当了，6门课程不及格啊，闻所未闻啊，局长同志，你无所谓？我有所谓啊！要不这样，我把钱退回给你，你让袁庆婉和蔡亮声两个人都自动退学吧。袁开南一个劲儿赔礼道歉，说等寒假要批评她，让她迎头赶上。芸珍一听急了，拉着袁开南一起到了省城，把庆庆叫出来，说要把她领回家，这书没法读。庆庆又是哭又是求饶，说开学补考一定能过的。

寒假期间，芸珍跟女儿第一次发生了冲突。原本就憋着一肚子气，多次想发作，袁开南劝芸珍忍一忍，说小时候没有管，现在管有点迟，还是以说服教育为主。庆庆嘴上说要认真学习，行动上一点也看不出来。寒假回家，既不陪爸爸说说话，也不帮妈妈做点家务，成天在外厮混。有一天，凌晨2点还不见人影。芸珍坐在客厅沙发上等她回家，心里怒火中烧。原来她在学校是这样学习的，怪不得挂了6科。凌晨时分，母女俩终于大吵起来。庆庆开始是狡辩，后来就哭，但坚决不说为什么晚归，闹得不欢而散。

袁开南在母女俩中间和稀泥。事后庆庆才对袁开南说，那天晚上，她是在跟蔡亮声谈判，她要跟蔡亮声分手，蔡亮声不干，缠着她不放，已经纠缠了好几天。那天晚上，庆庆下决心做个了断，一直吵到半夜，还没结果。最后达成协议，先不说分手，而是说暂停，毕业以后再继续交往，在校期间全力以赴学习。蔡亮声也同意了。

芸珍一听就后悔起来，说自己错怪了女儿。心里还是在责怪庆庆，为什么不早说，早说出来就不会吵架了，只要对她学习好，自己哪有不支持的？

袁开南给蔡德后蔡老板打电话，让他好好管一管自己的儿子。蔡老板一边答应一边辩解，说儿子大了管不住。袁开南让蔡老板不要推卸责任！袁开南又转身劝芸珍，说有人懂事早，有人懂事晚。从小过苦日子的人一般都早熟，比如我。从小娇生惯养的人一般都晚熟，比如你和庆庆。芸珍说，你就吹吧，跟我德祐哥和德冰哥比，你还好意思说早熟。

寒假过后，教育局的车载着袁开南、芸珍、庆庆和土特产到了省城。一路上千叮咛万嘱咐，要庆庆认真学习，好歹顺利毕业拿个文凭啊。接着，袁局长去教育厅找刘处长，请他出面设酒局，约请相关领导出席。刘处长神通广大，各路神仙应声而来，袁开南恳请他们到县里来视察工作，说他在下面恭候大驾。

6

袁开南的突然出事，让芸珍猝不及防，得知消息她当场昏死过去。袁开南是在酒桌上突发心脏病去世的。当时，他正陪省教育厅检查组的高教处刘处长、基教处侯处长、法规处高处长一行喝酒，喝着喝着，就往桌子底下溜，送到医院的时候，心脏已经停摆。县政府讣告说，袁开南同志因公殉职。我赶回老家参加老同学袁开南的告别仪式。教育局的工作人员和庆庆，把芸珍从病床上架起来，去参加袁开南的追悼会，结果她又哭晕在现场。还有袁开南的母亲，眼泪哭干了。追悼会由分管科教文卫的副县长主持。当天晚上，县电视台播送了袁开南同志追悼会的新闻。县政府号召政府机关工作人员向袁开南同志学习，为革命工作鞠躬尽瘁死而后已。

作为因公牺牲人员，袁开南的骨灰安葬在西山烈士公墓。等处理完父亲的后事，庆庆就回学校去了。我留下来陪芸珍。我叮嘱芸珍千万要注意身体。我说袁开南做事太拼。芸珍说，袁开南工作起来真的是拼命，一个贫苦农家的孩子，能爬到那个位子，全靠拼实力啊。但这次接待省教育厅检查组，却是有私心的，他是想为庆庆的顺利毕业和将来的分配铺路。他也不想喝酒，但没有办法，陪领导就是陪喝酒，领导不喝酒的时候，脸色特别难看，喝够了喝高了他们才会笑，才答应办事。我说这种坏风气迟早要整肃。

我对芸珍说，有些话我不想多说，老辈不是说了吗，"儿女自有儿女福，莫为儿女做马牛"，管多了适得其反，儿女还跟你反目成仇，要彼此退一步，给大家多留一些空间，可能会更好一些。芸珍说，嗯，道理都知道，就是情不自禁地想着她念着她，恨不得为她粉身碎骨。哥啊，我好累啊！袁开南说我从小娇生惯养，哥知道的，我从小就活得不轻松，三病四灾不说，跟哥哥比学习也很辛苦啊。

芸珍的话，让我感到愧疚，我的确可能是给了她一些无形的压力。芸珍说，尽管活得不轻松，但小时候跟哥哥一起玩耍的日子，还有就是刚认识袁开南的那几年，是我经常怀念的。我在电大班读书的那五年，庆庆还没出生，我每天都在学习，心里头有许多美好设想。接下来就是工作、家庭、养孩子，一直操劳到现在，还没有个尽头。人为什么要长大啊！人为什么要成家立业啊！人为什么有这么多的拖累啊！
一辈子为什么这么苦啊！袁开南为什么狠心把我一个人丢下
啊！说着，芸珍扑在我的肩上号啕大哭。芸珍无意中说出了
一个人生至理，要不怎么说人人皆有佛性呢。我拍着芸珍的
肩，安慰着她，说一切都会过去的，一切都会好起来的，等
庆庆毕业之后就好了，你就能放松一下，出门去旅游玩耍。
说得我自己眼圈也红了。

返京途经省城，我特地去母校拜访师友。我本科同班同
学夏天景，就是袁庆婉学校的教务处长。夏天景说，大名鼎
鼎的袁庆婉是你的外甥女？真不敢相信。他说老同学啊，真
的要好好管一下她，恐怕毕不了业呢。我说我已经跟袁庆婉
严肃认真地谈过，她表示接下来一定迎头赶上，还请老同学
多多关照。我心里想，关照什么啊？自己考试不及格，人家
也不能替你考啊。但作为家长，总得尽心尽力。

芸珍给我来电话，说她所在的县经济委员会情报室，要
改成县科技情报中心，晋级为副局级单位。作为原情报室主
任的她，理应是中心主任或者副主任吧？但有人告诉她说，
主任和三个副主任都从外面调，她一点希望都没有。芸珍说
这明摆着是欺负人。原情报室的人也都感到意外和不平。芸
珍说，县经委主任跟袁开南也是老朋友，怎么突然就翻脸不
认人呢？芸珍还问我，是不是要给县经委主任送礼。

我对芸珍说，算了吧，你必须学习抓大放小，一要身体
健康，二要女儿顺利，其他都是小事。我说，你的小恩小惠
撑不开他的眼睛，他要的是一生作抵押。如果袁开南在，那
就没问题，因为帮了你，袁开南局长的一生就抵押给他了。
现在袁开南走了，你拿什么抵押给他？如果你自己还年轻，

没有家小，他可能会让你自己去抵押。所以，你送点钱给他也很难成事。最干脆的就是不想它，就此拉倒，回归自身。我再多说几句袁开南的事，他好运气，遇到一位新来的局长，还算是良知未泯，认可袁开南的工作能力和拼命精神，才会起用他。否则，仅凭个人才华和工作能力，袁开南一辈子也没有出头之日。他还可能会因为才华高或能力强，而遭到诟病乃至陷害。你放眼看看，你周边的局长科长，有几个是靠才华和能力上去的？不都是靠抵押尊严和人格上去的吗？你一个女同志，就更不要掺和到那个垃圾堆里面去了！

我的一番话，说得芸珍倒吸一口冷气。芸珍还以为自己曾历经沧桑，还以为自己很老练，还以为自己什么都懂。那些"人生很苦啊""世事难料啊"的感叹，听上去好像很深刻，但在真实的"人生"面前，不过小儿科！芸珍说，知道了，我听哥哥的，哥哥什么都懂，要是在县里，怕也是混官场的高手吧。我说，我要在那里混，不知道死了多少回。我不过是个空谈家，在实践领域却是个弱智儿，智商不低，情商为零。

芸珍听了我的劝告，知道江湖的险恶，于是她决定安分守己在家待着，只求平安，盼女儿庆庆能顺利毕业，找一份工作，嫁一个好男人。芸珍以为自己是降低了要求，其实她又想错了。她"求平安"的要求低吗？在不平安的世上求平安，这要求还不高吗？

蔡亮声因酗酒打架，外加多门课程经补考不及格，所以被学校除名，卷起铺盖回了老家。按照校规，袁庆婉尽管还没到除名的程度，但也属于劝退的范畴。但夏天景一直把这件事情压在那里，不予处理。劝退乃至除名，是迟早的事情，但夏天景不想由自己来做这件事，能拖就拖，免得老同学秦德冰怪罪他。也就是说，芸珍还在家里做着庆庆毕业、工作、嫁人的美梦，学校这边庆庆的事情，已经到了不可收拾的地步。

夏天景的电话终于来了。他对我说，老同学啊，你们家那个袁庆婉很久不见人啊，据辅导员说，她已经失踪了。夏天景让我通知袁庆婉的家长，然后再决定是由学校报警还是由家长报警。芸珍得知消息，连忙赶到省城，四处寻找都不见人，庆庆的手机也一直处于关机状态。芸珍猜，庆庆很可能跟蔡亮声在一起，于是打蔡德后蔡老板的电话，语音说这个号码是空号。芸珍又赶回县城，找到蔡老板的家，也是铁将军把门不见人。芸珍疯了似的，在街上四处乱转。好心人告诉她，让她到景峰宾馆去找，说蔡老板的儿子在那里包了房间，长期住在宾馆里。

芸珍在景峰宾馆门前守候了两天。这天晚上，疲乏的芸珍正要回家，只见庆庆跟蔡亮声从宾馆对面的卡拉 OK 厅里出来。庆庆穿着暴露，两个人抱在一起往宾馆走。芸珍冲上去，当众给了庆庆和蔡亮声一人一个大嘴巴，并高声斥责蔡亮声是流氓，引来了众多的围观者。蔡亮声捂着脸往宾馆里走去，庆庆连忙要尾随而去。芸珍冲过去拉住庆庆，大声命令她跟自己回家，庆庆一掌把芸珍推倒在地，转身朝蔡亮声跑去。

小小一个县城巴掌大，一个屁都满城臭，大家彼此都认识，好事者已经通过短信把消息传遍全城。其实县城的人都知道，庆庆和蔡亮声在宾馆里已经住了快半年，每天晚上出门，到歌厅舞厅厮混。同住在一个小县城里，芸珍竟然毫不知情，还以为庆庆在大学里念书，每个月都给她的银行卡上转钱。幸灾乐祸的人说，芸珍和袁开南考不上大学，就想让女儿为自己圆梦。没想到女儿也是他们俩的忠实传人，也没有读大学的命，花钱买也没有用，最后还是落空！听到这些议论，芸珍血脉偾张，恨不得一头撞死。

7

袁庆婉之所以突然离开学校，是因为辅导员找她谈了话，鉴于她已经有十几门课程挂科，并且补考不及格，根据学校的规定，动员她主动选择退学，否则就要跟蔡亮声一样被除名。袁庆婉用沉默回答了辅导员。庆庆当然不会去办什么退学手续，她既没有借图书馆的书，也不欠后勤处的费，办什么鸟手续？第二天，庆庆就收拾行装，悄悄离开了那个她爸爸给她买来的破学校。庆庆跟蔡亮声约定，她先坐火车到地区车站，让蔡亮声开车到市里接她。蔡亮声当天晚上就弄来一辆车，悄悄地把袁庆婉接到了县里，并且悄悄住进了县里最豪华的景峰宾馆，那是蔡亮声亲自侦察选定的好地方，不在中心地带，但生活很方便，超市、饭店、歌厅配套齐全。他们的秘密行动神不知鬼不觉，有一种做地下工作没被发现的隐秘快感。其实也就瞒住了芸珍。

芸珍彻底崩溃了，病倒在床。从爷爷过世，到丈夫猝死，到单位晋级落空，再到女儿被迫退学，命运给她接二连三的打击，丝毫也不手软。芸珍躺在床上，思前想后，回顾自己可怜的一生，没有想起哪怕是一丝半毫得罪他人或者冒犯神明的事情，相反，命运却一直在捉弄她，从小到大都是这样。

先是让她上大学的梦想破灭，接着是把她的亲人一个个从身边夺走。想着想着，芸珍心灰意冷，觉得一切拼搏、奋斗、承诺、希望都是空的，包括自己最亲的人，都是那么靠不住，那么不真实！芸珍怎么想都想不通，难道真的如老人所言，是自己前世造的孽？她不敢深思，唯有在心里默默地祈祷。她喊着亲爱的爷爷秦承荫的名字：爷爷啊，你在那边好吗？你白疼我一场啊，你把我一人丢在这世上不管不顾，你为什么不保佑我啊！

芸珍给我打电话，问我暑假能不能回家一趟，语气中充满渴望。芸珍是一个外表柔弱无力，内心还蛮坚韧的人，她不会轻易在电话里给我提什么要求。我知道她很想见我。我建议芸珍到北京来散散心。芸珍说，她只想回老家去一趟，主要是想给爷爷修墓，要花的钱已经捎给了德祐哥，我们到现场，只要举行一个仪式。细叔公过世之后，芸珍她爹把孤身一人的芸珍奶奶接到他家去了，奶奶后来也在那边过世了。芸珍爷爷的坟墓一直是德祐哥在料理，芸珍只是每年清明去上一次坟。细叔公在世的时候，芸珍遇到困难，首先想到的就是细叔公。现在她首先想的就是我。我跟范青媛商量，暑假我们分头行动，她带儿子宾宾去她老家延边长白山避暑，我回南方老家看望父母和芸珍。

德祐开他的柴油三轮车到县城，把我接回了村里。见到芸珍，发现她的面相好像有些走形，眼睛无神，精神恍惚。也难怪，打击接二连三，霉运接踵而至，任谁都扛不住，何况一个弱女子。我只字不提她女儿庆庆的事情，以免又让芸珍伤心一次。我让庆庆的名字袁庆婉，在我们这次聚会中缺席，就像童年时代一样，那时候也没有庆庆。

德祐说，细叔公的墓地和墓碑，早些天就请人修葺一新。我们跟着德祐走出村子，翻过一道小山岭，朝南穿过一片树林，就是我们秦家的祖坟山。爷爷的坟墓坐北朝南，周围青松葱郁，上面还有几簇野花。爷爷的青石墓碑，比原来那块要高大得多，上面用汉隶刻着：秦承荫大人之墓；子：秦伟明，女：秦杏春；孙：秦芸珍，秦云亮，秦云钟。后面两个是芸珍同父异母的弟弟。德祐哥将一篮贡品，鱼肉、馒头、水果，摆在细叔公的墓前，点燃一刀黄表纸，再点燃一串万响鞭炮，满山都弥漫着硝烟气息。德祐点燃几簇线香，让我们和芸珍开始跪拜。芸珍跪在爷爷的墓碑前，我和德祐跪在芸珍的左右两边。芸珍面对着这位一生疼爱她的最亲的亲人，说：爷爷啊，我来看你了，德祐和德冰也来了。爷爷啊，芸珍感激你的疼爱，芸珍要好好地活下去，要越活越好，要对得起爷爷的疼爱！芸珍说着，泪如雨下。

芸珍带着礼物去看望我的父母。我母亲说，芸啊，难为你啊，要不是你邀，德冰都不知道回来呢。芸珍说，德冰哥回来了，她感到特别高兴，以后就不知道什么时候再见到他了。说着还蛮感伤的。德祐没有去做事，天天陪着我和芸珍。我们仨把童年游戏过的每一个角落都视察了一遍：洼地上的荆棘丛，童年记忆中高大的柚子树原来那么矮小，两棵桑葚树消失了，祭拜祖先的祠堂里肃穆气氛也有所减弱，游泳的池塘不过是一个小水坑，通往德祐老宅的青石板小路狭小又拥挤，同龄人老态龙钟。

芸珍住在德祐家里，德祐和大嫂特地赶回家来，无微不至地照顾芸珍。德祐嫂是一个沉默寡言的人，很少说话，见我们吃她做的菜吃得香，她就站在一旁笑。在县城里的一家服装店打工的玫玫没有回来，说店里太忙走不开。她打电话给她妈妈，让妈妈多做好吃的给叔叔吃，多做好吃的给芸姑娘吃。我陪着芸珍，天天在村里和周围四处溜达。我尽量少发出声音，既不回忆过去，也不谈论现在。我想让芸珍有一种时光停滞的感觉，仿佛回到了童年时代。

我很想多陪陪芸珍。但范青媛他们提前回了北京，我也打算回去陪陪她和儿子。几天之后，芸珍把我送到公共汽车站。玫玫也来送我。我叮嘱玫玫，要抽空去照顾芸姑娘。分手的时候，我看到站在车窗外瘦弱的芸珍，内心隐约有一种不安的感觉，不知道分别之后还能不能再见到她，我童年的玩伴，我可怜的妹妹，秦芸珍。

8

我经常通过微信，了解芸珍的情况。玫玫没事也过去陪芸姑娘。但芸珍的身体的确越来越差了。平时她一个人躺在家里，茶不思饭不想，想着一掌将她推开的庆庆，想着狠心抛下她的袁开南，心里苦不堪言。芸珍的嘴唇上又开始长了火疱，跟小时候一样，也是左右两边轮番地长，接着便开始低烧，但跟小时候的低烧不同，如今的低烧是长时间不退，吃什么药都没有用。芸珍只好住进了县医院。玫玫每天都到医院里去看望芸姑娘。眼看着芸姑娘的身体越来越虚弱，行动都不能自理。玫玫实在照顾不过来，就想到了庆庆妹。玫玫到处找庆庆妹，就是找不到。县城里的人传得沸沸扬扬，说县经委秦芸珍和过世的教育局长袁开南的女儿，跟一个有钱的流氓私奔了，奔到乡下老家蔡家湾去了，他爹是专门修豆腐渣公路的蔡老板。

芸珍在县医院住了一个月，县医院的医生也查不出病因，长时间低烧导致她消瘦，没有食欲，免疫力低下。县医院建议芸珍到省里或者上海去检查。医生私下里对玫玫说，秦芸珍很可能是绝症，赶紧陪她到大医院去确诊。玫玫感觉到事态的严重性，带了几次口信到蔡家湾，让庆庆赶紧回家，却渺无音讯。玫玫没有办法，只好请假亲自下乡去一趟，找到了庆庆妹，说，你还在这里赌气耍脾气，你娘住院了，可能是重病啊！你赶紧回去照顾她，陪她到省医院去检查。庆庆其实心里一直在纠结不安。一方面觉得自己谈恋爱没什么错，一方面又因为被迫退学的事情觉得对不起妈妈，让妈妈多年的心血付诸东流。她和妈妈采取的方式，不是平和的对话，而是激烈的冲突，最后两个人把事情弄得不可收拾。庆庆住在安静的乡下，其实也是心乱如麻。玫玫姐的出现成了一个转机。庆庆连忙跟着玫玫回到妈妈身边。看到妈妈短时间内瘦得不成人形，母女俩抱头痛哭了一场。

庆庆陪着芸珍到省医院检查，一查果然是淋巴瘤，恶性的！庆庆打电话让蔡亮声赶到省医院，要他跟自己一起，送妈妈去上海治疗。蔡亮声倒也听话，不但自己来了，把他爹蔡老板也带来了。蔡老板对芸珍说，弟媳妇哎，看来我跟你们家的袁局长，真是生死的冤家啊。你袁局长过世了也没有放过我啊。好吧，我老蔡也只有认了。蔡老板让蔡亮声跟着庆庆一起，送芸珍去上海看病，说要花钱就跟爹说。芸珍说，谢谢你，蔡老板，不用花什么钱，都是公费医疗，国家出大头。主要是有个男孩子跟着，庆庆做事有个帮手。

庆庆和蔡亮声陪着芸珍，每年数次去上海的大医院治病，先是西医的放疗化疗，后来改吃中药汤剂。芸珍说，这是我的命啊，老天爷要收我走，我在跟老天爷对抗，也对抗了这么多年了，家里人整天担惊受怕，操劳奔波，单位和国家还得支付巨额的医疗费用，搞得大家都苦不堪言。芸珍决定，放弃治疗，不搭理来索命的恶疾，也不再逆命而行，回家烧香拜佛，听天由命，顺应老天爷的安排。

蔡老板私下里对蔡亮声说，儿子啊，爹跟你说话了，花钱事小，吉凶事大。跟庆庆的事情你可要考虑好啊！她家最近两年在霉头上，一难未平一灾又起。蔡亮声说，爹啊，人家里有难，你是不是打算当逃兵啊？这不像你革命军人的作风啊！蔡老板说，我侦察兵出身，关键是要见机行事嘛，莽撞从事怎么行？我是在为你着想，你那个庆庆，是个绣花枕头中看不中用，关键是她神情恍惚，眼神散乱，一副随时准备把你抛弃的样子。蔡亮声说，她妈妈病成那个样子，不神情恍惚，难道还精神抖擞吗？蔡老板说，我的意思是说，夜长梦多，要不你们两个赶紧结婚算了，顺便也给她妈妈冲个喜。蔡亮声说，爹的这个主意倒不错，早说出来不就好了？绕那么大的弯子，还是用侦察兵那套方法。

蔡亮声郑重其事地跟庆庆表达了自己的想法。庆庆立刻赞同蔡亮声所说的"冲喜"办法。庆庆说，只要是对妈妈的身体有好处，别说是结婚，就是离婚她也不怕！蔡老板得知此言，说，你看看你看看，我一直就觉得，庆庆心思古怪，是个危险人物。蔡亮声说，爹啊，人家是幽默呢，你不要深究人家的每一句话好不好，疑心生暗鬼，什么事情都会搞砸的。庆庆和蔡亮声的婚礼，选择在"五一"劳动节举行。芸珍不让蔡亮声的轿车队到县城那个家去接人，而是改到老家村子里接人。仪式在细叔公的老宅里举行，十几桌酒席摆在我家门前的晒场上，全村的人都来了。我因出国短期访学而没有出席，德祐哥在主事，还有蔡德后蔡老板也在一旁帮衬，婚礼办得很热闹，有排场。芸珍在电话里对我说，跟自己和袁开南的寒碜婚礼相比，庆庆这才叫婚礼啊！

芸珍看着女儿和女婿相亲相爱的样子，心里平静起来。仿佛是死神和瘟神，让庆庆一夜之间长大成人了。她日夜照顾着妈妈，安抚着妈妈，一举一动都符合孝女标准。芸珍笑着说，自己是庸人自扰，其实也没什么可牵挂的，庆庆跟着蔡亮声也挺好。自己可以安心地去见爷爷，去见袁开南。第二年春天，庆庆的女儿楠楠出生了。芸珍做外婆，生活充满新的喜乐和希望。消瘦虚弱悲愁的芸珍，只要见到外孙女的笑脸，她就会跟着笑……

我沿着环城绿地的小湖边缓缓地走着。北方晚风的寒意裹着我。几颗孤独的星星，在暗夜的天空中闪闪烁烁。我凝望着南边的天际，耳边仿佛传来了芸珍妹妹的笑声，那是她童年时代稚嫩的笑声，从遥远的过去穿越而来。我心里一阵绞痛，眼泪忍不住流下来。

几天后的深夜，德祐哥来电话，说德冰啊，回来一趟吧，芸珍妹走了！庆庆的电话也来了，说妈妈是睡过去的。接着是玫玫的电话，说叔啊，我芸姑娘走了！我当即在手机上下单，买好了第二天最早一趟去A省的高铁票。我要赶回老家，去给细叔公的孙女儿、袁开南的妻子、庆庆的妈妈、玫玫的芸姑娘、我的堂妹——秦芸珍——送行！

七　魏明宴复工

1

关于复工的消息，在魏明宴的同事微信群传了很久，现在终于来了，就像半夜三更楼上那只没有落地的靴子，悬在半空，终于"咚"的一声落在地板上。其实，整个新冠肺炎疫情期间，魏明宴一直在家里工作，跟在办公室相比，一点也没少干。所谓复工，不过是大家见个面，当面鼓对面锣，把在网上商量过的事情再说一遍。还有更重要的，就是到单位会议室去听领导讲话，大家都坐在下面，领导坐在主席台上，调录音设备的、送水递茶的、记笔记的，工作人员穿梭着忙上忙下，整个现场就像一台正在上演的戏剧，有一种特别的仪式感。魏明宴想起自己办公室的场景，那么多参加工作不久的年轻小同事，都仰慕他，听他讲文化、谈思想、说真理，也有一种特别的仪式感。走进那幢带有文物气息的大楼，就像走进了智慧的迷宫。魏明宴眼前浮现同事群像：机灵敏锐的陈小可、平和中庸的覃一兵、智慧迷惘的韦珺珺、稳妥中正的靳晓旻……

最近这两天，魏明宴一直在念叨着，上班、上班、上班。妻子赵妍姞说，你到底是想到上班激动，还是害怕发抖啊？你的嘴巴和声音怎么像鬼畜似的。魏明宴的嘴唇真的动了几下，赵妍姞以为魏明宴会回答自己的提问，结果等了半天也没有个回音。赵妍姞有些恼火，说，像你这种对外部信息反应迟钝的人，也就配编几本破书，要是在我们公司里，早就不知道被我们领导撵到哪里去了。赵妍姞是一家靠出售图书起家的网站的营销员。他们网站现在不仅卖图书，还卖老母鸡、运动鞋、情趣用品，尤其是疫情期间，网站业务火爆得不行，平时卖不出去的东西全都被抢光了。赵妍姞甚至开始鼓动魏明宴，不要去捣鼓那些卖不出去的书，建议魏明宴去倒卖进口苏打水，或者卖点别的也行，以免拖了国家脱贫攻坚战的后腿。对此，魏明宴自然是充耳不闻。但赵妍姞数落和贬损魏明宴的时候，仿佛能量无穷，废话狠话成串地滚出来，刺激着魏明宴的神经。自以为很骄傲的魏明宴，刚开始觉得有点刺耳，听着听着就习惯了，同时还感到有些自卑。

2

魏明宴是G省一家著名出版社的图书编辑，大学毕业分配过来后就没挪过窝儿，干了半辈子，也算是业内老手，人到中年，头顶半秃，还是个资深的普通编辑。他带出来的徒弟，一个个都成了他的领导，有的还坐到单位会议室的主席台上去了。这家单位没别的特色，就是会多。听会的魏明宴，表面上好像在聚精会神，心里却不以为然。因为那些在会上长篇大论的人，张嘴就是错，不是病句就是错别字，说话的时候，标点符号都不对，长停（句号）短停（逗号）超短停（顿号）完全把握不准，特别是问号（设问、反问）的使用，那更是乱了套。整个听会过程，就相当于修改了一篇错漏百出的稿件，听着听着，魏明宴就开始皱眉摇头。那些毕业就跟魏明宴在编辑室学业务、后来到了领导岗位的人，知道魏老师为什么撇嘴摇头，知道魏老师又在"校对"，因此讲话的时候也会注意一点。但多数领导并不是魏明宴带出来的徒弟，他们是在别的重要岗位上终结了仕途，但革命工作又离不开他们，趁身体还行再奉献几年的老同志，所以讲话比较放肆。他们不明白，为什么坐在角落的那个酒糟鼻子员工，总是在摇头做否定状？他们想起魏明宴就感到厌烦，甚至还有些发怵，谁还会重用他呢？

魏明宴不在乎那些，只要有书编就行。他热爱编辑工作，每编出一本新书，就像生了一个儿子似的，内心充满了一种难以言表的甜蜜感：又一个思想之子诞生了！人类文明进化的征程上又多了一位智慧之子！至于妻子赵妍姑生不生儿子，他倒不是很在意。每当赵妍姑跟他提起生孩子的事情，他都显得很不耐烦的样子，说自己的事情自己解决，说完又捧起书来读。赵妍姑气得扑过来，把书从魏明宴的手上抢过去，狠狠地摔在地上。魏明宴赶紧扑过去，捡起书来说，你小心点！我要是也跟你一样，把你最喜欢的东西使劲儿地摔在地上，你会怎么样？

赵妍姑闻言大声喊叫起来：什么？你说什么？你敢！说着就呼唤她的小狗：气泡，气泡，宝贝儿快过来，快到妈妈这里来！那只名叫"气泡"的黑白两色吉娃娃应声而来，扑到赵妍姞怀里，瞪大玻璃球似的眼睛看着主人，一脸无辜的样子。赵妍姞说，儿子啊，有人要把你举起来，使劲儿往地上一摔啊。说着还哭起来，弄得魏明宴手足无措。魏明宴连忙给赵妍姞赔不是。赵妍姞说，魏明宴，你越来越狠心，你说那话的时候，是不是心里就把我举起来，狠狠地摔在了地上？魏明宴心里想，世上没有那么大的力气的人，能把你举起来。嘴里却说，我哪敢啊！又说，自己在说那句话的时候，只是张嘴就来，根本就没想到小狗"气泡"，请赵妍姞和"气泡"都不要多心。

3

几年前，魏明宴干的还是文化出版"事业"。最近几年突然变了，单位转型改制，原来的事业单位转眼就变成了企业。魏明宴上网查了一下，企业的性质主要还是赚钱，事业的性质主要是花钱，一出一进却有天壤之别。编书这么神圣的事业，理应是公益性的，怎么就变成制造商品卖钱盈利的行当了呢？魏明宴心里有些乱，一时难以适应。对此，单位领导早就有言在先，理解的要执行，不理解的也要执行，大家多加强学习，慢慢就理解了。其实对魏明宴而言，工作上的变化也不算太大，他依然一如既往，认真地编书。在这个风气浮躁的年代，魏明宴的心志算得上是很笃定的。他既没有发财，也没有当官，却不妄自菲薄，视金钱如粪土，甚至有点"粪土当年万户侯"的壮士气概。魏明宴内心深处还有这样一种观念：根据"零博弈"理论，你之所得，就是他之所失，你应该感到羞愧才对，而不是洋洋自得！

作为一位具有正高职称的图书编辑，魏明宴对书籍质量的严苛态度是出了名的。他经常教育自己编辑室里的年轻人，自从人类发明了书写工具之后，自从我们的老祖宗发明了活字印刷术之后，我们这些从事编辑出版的人，就成了人类思想、智慧、真理的保存者和搬运工，我们做的，都是事关人类前途和命运的大事，因此千万不可懈怠。大文豪高尔基不是说过吗，书籍是人类进步的阶梯啊。

正在校对的陈小可说，魏老师，我小学语文老师就提到过高尔基爷爷的那句话，后面好像并没有"啊"字，建议删掉。刚分配过来的时候，调皮捣蛋的陈小可，假装老实的样子，天天都在听魏老师给她开小灶，不到半年她就嚷嚷着吃不消，找借口躲魏明宴。好在每年都有毕业生分过来，另一位新来的男生覃一兵接替了她。魏明宴听到陈小可在给他捣乱，盯着她看了一眼，然后是忽略不计，继续说他的正事：人类历史为什么只能描述为"蒙昧时代""野蛮时代""文明时代"三个阶段呢？也可以描述为"口传时代""文字时代""印刷时代"三个阶段啊，我们就是"印刷时代"的主角，通过书籍保存和传播人类的智慧和思想。陈小可又在一旁轻声嘀咕，妈呀，魏老师又开始讲《传播学概论》，他忘记了现在已经是"电子时代"。

几位年轻同事私下里议论魏老师。覃一兵说，有魏老师把关，我们文史编辑室就有大方向了。他平时的讲话，那讲得是真好，有些东西自己都忘记了，没事的话听一听，复习复习，也很不错。陈小可说，我也听了半年，他是讲得不错，那也架不住他每天都抓我去听课啊。要不这样吧，靳晓旻主任除外，咱们办公室四个年轻人，轮班陪魏老师，犯不着大家一起将他团团围住，他也累得慌，知道的说我们尊重老同志，不知道的还以为我们集体犯贱呢。四位年轻人，一致同意陈小可的方案。后来，除了代表大家去听魏老师讲课的那一位之外，其他人都找借口去忙着自己的事，耳朵眼儿里塞着耳机听音乐。只有编辑室主任靳晓旻持之以恒，手头在审阅书稿，耳朵在听魏老师讲话。

4

魏明宴经常为自己编的好书沾沾自喜。在办公室里，他会向年轻的同事演说一部新版书的审美价值、学术价值、思想价值，当然也难免有意无意地拔高。年轻同事们认为，只有市场和领导认可的，才有价值，自己说好，总有点老王卖瓜的感觉。魏明宴心想，那就走着瞧！结果是，市场效果好的领导才说好，否则就要遭到冷遇，甚至遭到唾弃。魏明宴心中不平。食物好坏，可以根据个人的味蕾判断。书籍的好坏，是要靠智慧和思想来判断啊！智慧和思想不是味蕾，不会自己长出来，需要的是训练和教育。至于市场和资本，能谈得上思想和智慧吗？伟大的革命导师曾经说过，资本来到这个世界上，从头到脚，每个毛孔里都滴着血啊！书籍这种特殊的商品，怎么能完全交给市场去判断呢？思想和智慧在干什么？想起这些，魏明宴心里很不痛快。

魏明宴经常自觉地早上班、晚下班，也是为了挤出更多的时间，跟人类的思想和智慧待在一起，跟真理待在一起，而不是跟胖乎乎的肥肉待在一起，不是跟絮絮叨叨的废话待在一起。这一天，又轮到陈小可同学听课。魏明宴说，人类要进化，文明要进步，我们就得跟智慧和思想待在一起，就得跟人类最优秀的大脑待在一起，就得多读书、读好书，就需要优秀的书籍编辑。如果我们天天跟肥肉和废话待在一起，那么，我们就没有进化和进步可言，就只能是倒退，退化到动物水平。

陈小可听得不耐烦，决定戗一下魏明宴。她故作天真状开始提问：魏老师啊，要是一个人，有一半时间跟思想智慧真理待在一起，而另一半时间跟肥肉和废话待在一起，那么这个人，是不是就既不进化也不退化、既不进步也不退步呢？这个人就只能在人类进步的道路上原地踏步吧？魏明宴脱口而出，那当然，那当然，正负抵消了嘛，哈哈哈哈。魏明宴说完之后，内心好像被什么东西触动了一下，他沉默了一阵，猜不透陈小可为什么问这么幼稚又诡谲的问题。大家知道陈小可是在嘲笑魏明宴和赵妍姞，都在偷偷地笑。靳晓旻觉得陈小可有些过分，严厉地对她说：赶紧去做你自己的事！

靳晓旻毕业分到文史编辑室来的时候，魏明宴还是单身。他整天跟人类的思想智慧真理待在一起，顺带也会指导靳晓旻的编辑业务，其余的事情他一律无暇顾及。时光从手指缝里缓慢地流失，靳晓旻也成长为文史编辑室的骨干编辑，魏明宴和靳晓旻两人还都是单身。魏明宴除了思想和真理，其他都不入眼似的。青春美貌的靳晓旻不着急，天天在一起上班，他总有觉悟的时候。魏明宴尽管年龄偏大，但也不是什么大问题。然而人算不如天算，半道上突然杀出一位退休的刘大姐，她把她老同学的女儿、三本院校市场营销专业毕业的赵妍姑，介绍给了魏明宴，尽管比魏明宴小十几岁，粗看上去也不觉得。正在智慧思想真理的河流之中沐浴的魏明宴，抬望眼，晕头转向，一切听从前同事刘大姐的安排。四十岁的他，从此结束了单身生涯，过上了庸常的家庭生活。编辑室的气氛从此也发生了变化。靳晓旻也很快就恋爱结婚了。老同志陆续退休，招来了陈小可一批年轻人，靳晓旻当上了文史编辑室主任。但她很尊重魏明宴，策划、选题、审定稿件，室里的事务都会跟魏明宴商量。魏明宴却对靳晓旻有了看法，觉得她变化太快，结婚之后就丧失了当年的理想和热情，也不怎么听他讲课了。尤其是当上室主任之后，人也变得保守平庸起来。靳晓旻有苦难言，有家有小，工作压力也很大。特别是魏明宴，从不过问编辑室的财务预算，编的书都是阳春白雪，一辈子都卖不完的那种。

5

复工之前，单位要召集中层和业务骨干参加动员大会，开展"清库存，寻机遇，保增长"活动。会议在线上举行，请来一位上级主管部门领导莅临现场指导，跟董事长两个人坐在单位会议室主席台上。那位领导上来就训话。先说某家民营出版公司如何能赚钱的事情，说人家才几十号人，人家多少码洋？你们近千人，你们多少码洋？魏明宴知道，领导说的是那家出版了推磨鬼、点灯怪、挖坟贼等主题的一批畅销书的图书公司。魏明宴却不以为然，认为那就是在制造文字垃圾，不明就里的读者被铺天盖地的广告所操控，也不排除有少数喜欢逐臭的苍蝇。领导继续训话说，你们仗着自己是国企，就变相吃大锅饭？就不思进取？在经济效益方面技不如人，可是社会效益呢？我好像也没见到啊！坐在主席台上的董事长，像不懂事的孩子，扭动着身子，如坐针毡。

魏明宴听着点了点头，又摇了摇头。一方面认为主管部门领导在某些问题上切中要害，另一方面又对他所列举的例证不予认同。谁说我们没有社会效益？我魏某人编的书，社会反响就不错，比如那本花了好几年工夫编辑的《佛教常用词汇大典》，就是精品图书，解决了以往同类书籍版式陈旧、过于高深、编排不当、使用不便的毛病。这不是畅销书，这将成为长销书！唯一的缺点就是定价太高，导致销售效果不理想。精装仿羊皮纸烫金封面，前面还有十几张彩色插图，成本能不高吗？上市之后，销售量一直上不去。单位领导说仓库积压太多，希望文史编辑室想办法做些促销活动。

靳晓旻也接到了社里的通知，要求改变策略，编辑也要介入营销。靳晓旻在线上会议室里跟大家商量对策。陈小可主张动用新的传播手段促销。她希望魏老师以自己在业界的声望，亲自出马，录制短视频，传到网上一定会很火的。陈小可自己也愿意帮着上网去吆喝带货。靳晓旻说，小可时尚漂亮，能说会道，带货效果可能很好，魏老师就算了吧。魏明宴说，魏老师为什么就算了呢？我亲自上也无妨啊，年轻的时候我还是学校话剧团的主角呢。靳晓旻不同意魏老师亲自上阵吆喝，是因为她想到一位著名男作家，自以为很有影响力，跟美女作家一起现场签售，结果美女那边排起了一字长蛇阵，著名男作家这边一个人都没有。靳晓旻怕魏明宴也碰到类似的情况下不了台。

魏明宴长叹一声：这么好的书，全是思想和智慧和真理，竟然没有人买，还要自己去吆喝。面对那些整天刷手机的年青一代，传统出版业何去何从，是摆在从业者面前生死攸关的问题啊！还有更严重的问题，年轻编辑队伍的思想也有些动摇，好像对出版编辑事业信心不是很足，甚至有人想去倒卖进口苏打水。想到这些，坐在家里埋头编书的魏明宴有点坐不住了，就想去单位上班，就想跟年轻同事说道说道。就在魏明宴为编辑出版事业的前途殚精竭虑的时刻，复工通知来了。

6

晚饭之后，赵妍姞带着小狗"气泡"到小区的树林里去散步了。魏明宴打开电脑，记下明天复工第一天，他要对年轻同事发表演说的几个要点：第一，重申编辑出版事业在人类进步史中的重要意义，让他们记住，我们是思想的保存者，是真理的搬运工。第二，强调编辑人的理想信念，特别是坚守的意义，希望他们多跟思想和智慧待在一起，跟真理待在一起，而不是在手机上刷屏。第三，将自己打算申报的重要选题——《儒教常用词汇大典》《道教常用词汇大典》——提出来讨论，这些书如果能顺利出版，加上已经出版的《佛教常用词汇大典》，作为东方智慧的"儒释道"三教工具书就齐了。

魏明宴也知道，跟靳晓旻那批年龄稍大一些的人相比，这两年分来的年轻人，是越来越没有耐心，对文字缺乏感情，只对手机有感情。作为同事，自己并没有义务和责任去教育他们吧？正因为大家都这样想问题，才导致空气中智慧和思想的含量越来越稀薄，噪声和废话的含量越来越高，真理的光芒因此变得朦胧了。因此，该说的还得说嘛！要让有意义和真理的声音，进入他们的潜意识，那样他们就难以忘记了。这个想法，魏明宴曾经在办公室里公开说过。陈小可认为，这个想法是天真而幼稚的。说到"潜意识"，那可是个自由的大黑洞，是谁也管不了的地方。覃一兵问，你这是啥意思啊？陈小可说，这么跟你打比方吧：魏老师来了，手里拿着智慧思想和真理，要往我们那个开口很小的地方（意识）塞，可是怎么也塞不进，他就胡乱地往旁边那个开口很大的地方（潜意识）塞，结果塞进了一个无底黑洞，消失不见了，哈哈哈哈。覃一兵听明白了，说是啊是啊，再金贵的东西，塞进了没有分类的垃圾桶里，那也等于零。

魏明宴将发言要点打印出来，放进手提包的小夹层，又将上班要穿的灰色西装摆在客厅的沙发上，准备好口罩和免洗消毒纸巾等防护用品，收拾香烟和打火机等男性用品。提包里还有空隙，正好塞进一本他正在研究的珍本古籍《三教珠英》。为了让自己显得更精神一点，对得起人类的智慧和真理，魏明宴决定早点上床睡觉。平时睡眠质量很好的他，今晚却怎么也睡不着。魏明宴躺在"客房"的单人床上，紧闭着双眼开始数羊，一只羊、两只羊、三只羊，数了一阵，没有什么效果。他睁大眼看着天花板。对面那幢楼房的光亮返照过来，映着圆形顶灯的轮廓，粗粗地看一眼，羊皮纸灯罩似乎有些晃动，定睛一看，又纹丝不动。窗外小树林里的夜鸟偶尔一两声鸣叫，让魏明宴心神不宁。

这间屋子叫"客房"，但基本上没有住过什么客人，主要是魏明宴在住。当魏明宴不想跟妻子赵妍姑在一起睡的时候，或者赵妍姑不想让魏明宴跟她一起睡的时候，魏明宴就要到"客房"里来睡。如果是魏明宴主动要求去"客房"，那他转眼就开始打呼噜，睡得特别踏实。如果是被赵妍姑撵到"客房"去睡的话，魏明宴就五神烦躁，翻来覆去睡不着。比较而言，赵妍姑撵魏明宴的次数更多，而且理由特别充分，比如身体不适、天气炎热、心情不好、魏明宴打呼噜等等。每当此时，魏明宴就有一种被抛弃的感觉。魏明宴越是这样想，就越觉得委屈，便越是要往主卧室里蹭，赵妍姑就越是拒绝他。有时候赵妍姑不堪骚扰，就警告魏明宴说，再这样她就要报警。当此复工前夜，情况比较特殊，说不上是主动还是被动，魏明宴就只能是似睡非睡、半梦半醒。

7

魏明宴想起刚认识赵妍姑的时候的感觉，只能用"极度震惊"来形容。魏明宴第一次发现，在思想智慧真理之外，世上竟然有如此令人难以忘怀的事情。这使得他一度疏远了人类的思想智慧真理。那时候，他们俩如胶似漆，一下班就黏在一起。魏明宴带着赵妍姑回老家去看望双亲大人。母亲说，赵妍姑是个好闺女，就是胖了点。魏明宴说，胖一点无妨，胖人乐观。魏明宴心里想，胖子最喜欢笑，一碰她的肉她就嘻嘻嘻嘻，家里充满欢乐气氛。母亲说，这种人吸收营养的能力特别强，到时候吃点东西全部都被她吸走了，儿子就会很瘦。母亲说，魏明宴小时候很胖，就是因为母亲自己很瘦。魏明宴笑而不答，因为他不知道母亲在说什么。魏明宴和赵妍姞继续黏在一起。时间一长，魏明宴隐约产生一种负罪感，因为两个人天天黏在一起，怠慢了年轻时就每天相伴随的思想和智慧，魏明宴连忙拿起书来读，赵妍姞咯咯一笑，魏明宴又跟她黏到一起。

他们第一次分床睡，是赵妍姞做了人流手术。那时候赵妍姞刚刚辞职，还没找到合适的工作，她坚决不同意生，就做掉了。魏明宴发现，分床睡其实也可以，不但可以，还睡得更舒服些。但经常分床睡是这几年才开始的。魏明宴总结出一个规律，如果两人经常黏在一起，慢慢地就很难分开。如果两个人经常分开来睡，慢慢地就很难黏到一起。魏明宴又开始整天抱着书本寻找智慧和真理。赵妍姞开始收养那只叫"气泡"的宠物狗。两人各玩各的。赵妍姞有时候故意激怒魏明宴，目的是想引起魏明宴的注意。可是，魏明宴一旦沉浸在思想和智慧之中，赵妍姞发现，他就会变得特别迟钝和愚蠢，特别不解风情。为此魏明宴经常挨骂。越骂两个人就越疏远。这次疫情真算得上是一个新机缘，让赵妍姞和魏明宴两人又重回黏糊时代。他们黏在一起几个月，像重新经历了一次恋爱。想起这些，魏明宴含着微笑进入了梦乡。事实证明，回忆美好的事情，不一定比"数羊"的效果差。

8

第二天是复工的日子。魏明宴起得早，也不打算惊醒赵妍姞，自己准备早餐，吃完后收拾着就要出门。赵妍姞突然大声喊叫起来，魏明宴啊，快过来。魏明宴说，你怎么也醒了？我以为你还在梦里呢。赵妍姑说，我不在梦里，我在噩梦里！魏明宴吃了一惊，不知她何出此言。赵妍姑说，我心里有事，怎么睡得着？我一夜都没睡好啊！魏明宴看了一眼墙上的电子钟，还有点时间，就在赵妍姑的床边坐下来，问她有什么心事。赵妍姑说，已经过去了十几天，还没来例假，估计自己可能怀孕了。

怀孕了？魏明宴有些紧张，他摸了一下赵妍姑的肚子，感觉跟平常差不多，长期呈现一种怀了孕的假象。赵妍姑会不会又在恶作剧呢？魏明宴便应付道，不可能吧？我们一直都很小心谨慎啊。赵妍姑说，你谨慎个鬼！这三四个月里，你每一次都小心谨慎了吗？还愣着干什么？赶紧叫快递送一根验孕棒来啊。

魏明宴看看不像玩笑，便赶紧下单，半小时后一次性验孕棒就送到了。赵妍姑钻进厕所，一会儿又喊叫，魏明宴，不好了，弄坏了，让快递再送一根来吧。魏明宴一看时间不多了，心里着急，又下了一单，这回没有便宜货，只有单价上百元，直接语音报结果的那种。货物送到之后，魏明宴亲自出手检测，验孕棒上的针孔里，传出妇科大夫的声音：已怀孕三周。已怀孕三周。现代科技真是先进啊！魏明宴脸上露出惊喜的表情。

赵妍姑开始数落魏明宴，说都怪他不注意，现在怎么办？魏明宴说，你说怎么办就怎么办。赵妍姑说，我问你呢，你怎么把皮球又踢回来了？魏明宴说，那还用问吗？只有两个选项：生下来或者不生下来，你选一个。赵妍姑说，你就是一个榆木疙瘩脑袋！我要你陪我去医院检查，有两个选项：今天或者其他时间，你选一个。你以为拿一根棍棒在尿液里浸一下就行了吗？魏明宴松了一口气说，原来还不一定啊？我以为是确定无疑呢。赵妍姑说，当然是确定无疑啊，还要让医生再确定一下嘛！

魏明宴只好决定当天陪赵妍姑去医院检查。他在同事群里发信息，说很抱歉，他今天不能去上班，因为赵妍姑怀孕了，要陪她去医院检查。同事群一片欢呼。靳晓旻说，祝贺祝贺，这个假期因魏老师而设。陈小可说，祝贺魏老师老来得子。覃一兵说，魏老师哪里老？正当年啊，厉害！厉害！接着是各种表情包砸出来：开心猫、气泡狗、冷兔宝、卷毛熊、神经蛙。

在陪赵妍姑去医院的路上，赵妍姑捧着肚子，一副孕妇的样子，其实才三周嘛。魏明宴的大脑像一团乱麻似的，各种信息搅成一团，搅得他晕眩不已。他感觉这脑子仿佛不再是意识的领地，已经成了潜意识的领地。他觉得有一个小人儿，拿着一把锉刀在他的脑壳上刮弄。他平生第一次出现剧烈的偏头疼。

魏明宴靠在出租车后座的靠背上，微闭着双眼养神，他眼前出现了幻觉：一群小矮人猛地朝他扑了过来。跑在最前面的，是挺着大肚子的赵妍姑，她手上还牵着一男一女两个更小的小人儿，在水泥地上"当当当"地奔跑；跟在赵妍姑后面的是小狗"气泡"，它一边跑，一边吼叫，不知是激动还是生气；最后面跑得气喘吁吁的，是一个胖墩小人儿，穿着一件黄色 T 恤衫，胸前印着一行蓝色文字：真理　思想　智慧。魏明宴下意识地想往旁边闪开。那样的话，那群小人儿全都要扑空，全都要摔倒在水泥地上。魏明宴只好硬着头皮顶住，等着他们撞向自己。小人儿还在往这边猛扑过来，只听见魏明宴大喊一声，啊！魏明宴睁开眼睛，出租车刚好停在 G 市妇幼保健院的大门口。

2020 年 5 月 23 日深夜

神奇故事

八 六祖寺边的树皮

1

树皮，快到姐姐这里来。禅生活馆的女主人喊道。

蜷缩在大厅沙发上的棕褐色小狗，听到女主人的叫喊，连忙扑过来钻进她怀里，又用脸在她手臂上蹭了蹭，然后将下巴贴在她大腿上，两条前腿伸出来，护住脸部。

我对犬类的知识有限，辨别不出这只小狗是什么品种，但可以肯定它不是沙皮狗、斗牛犬、吉娃娃那类特征明显的品种，因为这只小狗长得很漂亮，五官清秀，身材匀称，符合传统审美标准。我不确定它是不是本土田园犬。小狗树皮身上的毛油光发亮，它跑动的时候动若脱兔，身姿灵巧，颇有猎犬风姿。树皮静静趴在那位自称"姐姐"的女子身上的时候，静若处子，无辜的表情和若有所思的神态十分迷人。我盯着它看，它也盯着我看。它似乎在猜我的心思。我很喜欢这只叫树皮的小狗，但不好意思过于急切地表示出来，我怕冒犯树皮的姐姐，所以看一阵，又转过脸去跟树皮的姐姐搭讪。

树皮的姐姐大约二十出头，说话带潮汕口音，中分的长发披在肩头，微黑的皮肤很有光泽，眼神柔和清亮，性格活泼开朗。她说她高中毕业之后就没有读书，从粤东来到粤西，开了这家风仪禅生活馆。她说她不喜欢读书，一读就头晕，尤其是晚上，读了还失眠。自从离开学校，头晕症和失眠症都没有了，人也精神了许多。说完，她咯咯地笑起来。她说她喜欢养花、插花，还喜欢做菜，每天吃的素食都是自己做，晚上睡觉前还坚持练瑜伽。

树皮的姐姐坐在一只原木根雕大茶几前，忙着为我冲茶。尖笋似的手指灵巧而修长，指甲上涂了一层晶亮的指甲油，上面点缀着小花瓣，漂亮的手让人心生嫉妒。茶几上放着一盒名片，上面印着"风仪禅生活馆麦春娟（经理）"字样。麦春娟，无疑就是树皮的姐姐的本名了。麦春娟把泡过几次的茶叶倒进垃圾桶，换了一种茶叶，用开水冲洗了茶叶和茶杯，然后给我添上颜色金黄的新茶汤。

麦春娟说：新换上的茶叶还是单枞，不过属于另一种香型，叫"鸭屎香"。她举起茶杯边的闻香杯：你闻闻，是不是闻到一股鸭屎的味道？我从不知道鸭屎是什么味道，所以只能茫然地摇头。她微笑道：没闻到？再闻，闻到了没有？我还是摇头。她安慰我说：不用着急，慢慢闻，仔细闻。

看来我不闻出一点鸭屎味道来，她是不会善罢甘休的，于是我只好说闻到了。她松了一口气说：很好，你闭上眼睛，深呼吸，再往深处闻，是不是感觉到鸭屎的味道消失了，茶汤里渐渐传出很浓的香味？

我想到"物极必反"的道理，到了极限的事物，一定是很难找到合适的词汇来描述。极限的"香"味，就只有用它的反义词"臭"来描述，别无他法。这叫"相反相成"。我对她说，真的很香，好茶啊！

麦春娟听到我夸她的茶，露出满意的表情，她又指着我对小狗树皮说：这是来做客的姐姐啊，树皮，新来的姐姐漂亮吗？

树皮朝我摇了摇尾巴，鼻翼轻微地翕动了一下，继续盯着我的眼睛看，大概还在猜我的心思。我很想对它说："树皮，你不必猜疑了，我很喜欢你。"但我只是心里嘀咕了一下，没有发出声音。我心想，树皮要是识字就好了，我可以用粉笔在小黑板上写："树皮你好，你很可爱，我们交个朋友吧！"

树皮的姐姐麦春娟说：树皮呀，你羞不羞啊，那样盯着这位新来的姐姐看。

树皮伸出前腿，在鼻尖上挠了几下，接着与我对视。

我转过脸去观察禅生活馆内的陈设。正对着大门的北墙，竖着一排高大的书架，上面摆满佛教经典和普及性读物，可以随意取读。右边是一排低矮的玻璃货柜，里面摆着一些手串、挂饰、明信片、佛像雕刻等纪念品。大厅正中摆着两只沙发，还有几张小方桌和一些小方凳，供阅读、休息或饮茶用。我们坐在进门左边的茶艺区，围着大茶几喝茶。墙上贴着宣传素食、友善、节俭的招贴画。门边的小黑板上，用粉笔垂直画出一条线，一边是茶点和饮料的价格，另一边是"禅生活馆12月活动安排"，着重提示的是"周末一日禅"课程内容：第一周是"国学读经课"，第二周是"瑜伽形体课"，第三周是"灵触催眠课"，第四周是"生活艺术课"。

天色已晚，乡村小街两旁的路灯亮了，昏黄的灯光使得小街愈发寂寞。禅生活馆里空荡荡有些冷清，除了我没有其他客人。

麦春娟说：平时人又不太多，这么大的场地就有点浪费。可是一到周末，我恨不得有两三个这么大的地方，还嫌不够用呢。这个周日是生活艺术课，从广州请了专家来教大家做素食，下午还有插花课，有空可以来看看。

我对她说：那真不错啊。很遗憾，我已经买了周日回北京的机票。

2

我独自一人到粤西，是来出席一个国际女性诗歌大会。文化局和旅游局合并之后，诗和远方走到了一起。地方政府搭文化台，唱经济戏，用文学带动旅游，到处都在邀请作家来开会，一般都会邀几位外国作家，比如俄罗斯巴基斯坦乌拉圭的。说是开会，其实就是来当观众，白天和晚上都在看地方文艺工作者表演，敲锣鼓、扭秧歌、耍狮子、唱红歌，热闹非凡。但看多了也很乏味。

从热闹的地方回到酒店，大家都沉默无语。尽管都是同行，彼此或多或少知道对方的名字，见面时也很礼貌地微笑、打招呼、寒暄，但你能够明显地感觉到，彼此心里有一道无形的藩篱隔着，不能通达。所以，看上去人很多，真正要聊到一起也难。男人们试图用喝酒这种极端的方式，来打破交流障碍和内心藩篱，其实就是想借酒装疯说真话。女人们则喜欢跟闺蜜一起散步看风景，跟花草树木合影。没有闺蜜的时候，她们宁愿孤单一人。

在黄昏孤独症的驱使下，我独自离开酒店，在大路上信步走着，通过手机地图发现，早有耳闻的六祖寺就在附近，太惊喜了！我立即按照手机导航的指引，沿着贞山大道朝西南方向走去。行至六祖寺山门前的时候，寺院已经关门。我很沮丧。其实我应该想到这个结果，但我还是赶在寺庙关门的时候来了。接下来，我只有原路折回了。途经这条小街时，发现了这家风仪禅生活馆，距离六祖寺大概一里路的样子。我想了解一下六祖寺附近的村民的日常生活，便走了进来。

禅生活馆的主人麦春娟，热情地邀请我坐下来喝茶。她说好像在哪里见过我。她一边拍着脑门儿一边想。过了一阵，她说想不起来了，反正都是有缘人，见面就是缘。

我被她的热情点燃，话也多了起来。我说：我跟六祖寺也算是有缘分。我的故乡"蕲黄广"地区，就是鄂赣皖三省交界的蕲春、黄梅、广济三县，是一个佛缘深广的地方。我老家湖北广济梅川镇，唐代永宁县城所在地，就是禅宗四祖司马道信的老家。道信的弟子五祖弘忍是邻县黄梅人，五祖寺也是我少年时代经常光顾的地方。那个"菩提本无树"的著名偈子公案，还有弘忍向惠能秘传衣钵的故事，就发生在黄梅五祖寺。惠能经江西越大庾岭，再过韶关到广东，先隐居粤西，后在法性寺受戒。我曾经在广州工作过，当时走的也是经江西过韶关的线路，不过我是坐火车。

麦春娟说：哇，这么巧啊！你哪一年在广州做事啊？我也在广州开过店呢。快快快，我们加个微信吧。麦春娟的微信名叫"荞麦"，她说她皮肤黑得像荞麦。我的微信名就是我的本名"苗青"。

突然，树皮的嗓子里传来低沉的"唔唔"声，有些娇嗔，大概是在提醒我们注意它。我转过脸来，见树皮还在看我，便跟它打了个招呼：嗨，树皮，刚才我们没有理你，你生气了吧？树皮的姐姐很严肃地对它说：树皮啊，不可以这样子，你一直盯着这位姐姐不放，色眯眯的。你们男生就这样，看到漂亮女生就发痴。原以为你树皮很高冷，现在看来，你也不例外啊。树皮摇了摇尾巴。

晚上九点，六祖寺那边传来晚祷的钟声。我觉得时候不早了，打算回酒店。当我站起身来时，发现裙子好像被什么东西挂住了。我低头一看，树皮不知什么时候从它姐姐身上下来了，它正在使劲地咬住我裙子的下摆不放，还拼命拉扯。我的心顿时像融化了似的，腿一软就坐在了凳子上。我说：树皮啊，你不想我走是不是？你喜欢很多人聚在一起喝茶聊天是不是？你不喜欢大家分散是不是？

树皮的姐姐突然生气了，对树皮喊起来：树皮，你越来越不像话了，你还咬着这位姐姐的裙子啊？还不快点松口！等一下你干爹来了，看他怎么教训你。

六祖寺里的钟声显得更加悠远："铛——铛——铛——"只见树皮抬起头来，双耳往上竖起。看来树皮对晚钟很敏感。

树皮的姐姐说：听到敲钟了吧？寺里的晚课结束了，树皮，你干爹就要来了。说着，她用眼睛的余光扫视着门外。

树皮松开咬住我裙摆的嘴巴，跳到门边的一张椅子上，趴在那里听我们聊天。

树皮竟然还有干爹？我脑子里浮现出一个凶狠的中年男子形象。

麦春娟对我说：树皮的干爹很爱树皮，但树皮却很怕干爹，因为它干爹人很闷，不喜欢说话，树皮有些拿不准。不像我唧唧喳喳，树皮反而不怕。她点击一下手机屏幕，看了一眼时钟，然后伸长脖子朝远处打量，说树皮的干爹怎么还不来呢？

3

麦春娟拆开一包莲子酥递给我，说单枞茶有点凶，可以吃些点心压一压，接着又开始给我讲树皮和它干爹的故事。

春娟说，济生，就是树皮的干爹，本姓苏，老家是安徽潜山。他是去年春天来到六祖寺的，不过现在还是居士，主要工作就是管理寺里的网站。寺里规定，应聘居士必须同样严守戒律。寺里的日常管理很严，没有特殊情况，不能随意出寺门。

春娟说，济生是个素净人，不吸烟，不喝酒，也不沾荤腥，没有什么特殊嗜好。每天除了本职工作，一心跟其他师父诵经持戒。不到两年，《地藏经》倒背如流，我都服了他。他本来跟我一样，也不喜欢读书，他还说六祖主张"以心传心，不立文字"。现在他可喜欢读书了，每天早晚都诵经。书读多就显得呆，我说他呆，他还不服气，就去问他师父。他师父对他说，呆一点好，呆一点做事更踏实，更有恒心。于是济生就继续他的呆，没事便躲在自己房间里练习画画。济生对春娟说，绘画是他小学和初中唯一得过优的课。济生认为自己有绘画的天分。

春娟起身，走到北墙边书柜那里，拿出一张工笔画给我看，说是济生画的。画面中间是一尊古佛，边上画着一位穿红肚兜的孩童，面容鲜嫩活泼，又含有古佛的圣洁，那孩童正仰头朝着古佛微笑。

　　春娟说，济生唯一的毛病，就是特别喜欢喝可乐，他不喝白开水，更不喝茶，让他坐下来饮茶，就像要他的命。济生说这是他小时候养成的习惯，他奶奶疼他疼得不行，要什么买什么，每天都吃桶装牛肉面，喝冰镇可乐。

　　春娟说，她还记得第一次见济生时的情景。去年春天的某个晚上，下着小雨，晚上大约九十点钟的时候，六祖寺传来晚祷的钟声。春娟正准备打烊，突然来了一位年轻和尚，二十出头的样子，小跑着进了店门，问有没有可乐，最好是冰镇的。春娟说，常温的有，冰镇的没有。和尚说加点冰块也行啊。春娟说店里还没有冰箱，哪有冰块。和尚只好拿起一支大号可乐，咕嘟咕嘟一口气喝了大半瓶，把剩下的夹在腋下，转身消失在雨里。那个和尚就是刚招聘过来的济生。从那以后，济生隔几天就要来买可乐，先是拿起一支咕嘟咕嘟地喝一通，然后还要买几瓶带回去。

　　春娟说，第一次没有满足济生想喝冰可乐的愿望，心里有些愧疚。济生离开之后，他喝可乐的样子一直在春娟脑子里盘旋。仰起脖子，喉结滚动，发出咕嘟咕嘟的响声，一张一合的鼻孔里好像在冒烟，喝着喝着，烟慢慢消失。然后停下来，抬起胳膊，用灰色长褂的袖子去抹嘴巴，贴在嘴唇上那些细嫩的毛茸胡须竖起来了。

　　春娟说，我这里本来就应该配冰箱，就买了一个。济生再来，我就从冰箱里取出冰镇可乐，让他喝个够。我会为他准备一些素食，五香豆腐、凉拌鸡枞、素油山笋之类的。喝完可乐，济生就在茶几边坐下来跟我聊天，聊寺庙里和尚师父的生活趣闻和背诵经文的心得；聊那些离家出走的年轻人的故事，他们自称看破红尘，哭闹着要出家，三天就逃跑了；聊他自己正在构思的一幅画。有一次，济生对我说，他在想，是马上受戒剃度还是再等一等。济生摸着自己泛青的头皮，露出迷惘的样子。

春娟说，我劝济生不要着急，这么大的事情，再好好想一想，你要是犹豫不决，说明还有顾虑，还有牵挂。济生抬头看着我说，他没有什么顾虑和牵挂，奶奶过世之后自己才离家出门打工。济生说，打小他父母就很少回家，开始还回来过年，后来就剩他跟奶奶两个人过年了。其实他父母早就离婚了。济生说这些的时候很平静，我听了却心痛。

春娟眼里含着泪花。她抽了一张纸巾，在被睫毛膏卷得翘起的睫毛上按拭了两下说，我希望济生不要出家，在六祖寺做居士也很好啊，晚上下了晚课，可以到我这里来喝冰镇可乐。最近这一段时间，济生不是两三天来一趟，而是每天晚上都要来的。这是因为他把树皮寄养在我这里。说完，春娟又看了一下手机上的时钟，伸长脖子朝门外的马路上张望，说济生怎么还不来呢。

4

树皮嗓子里又发出"唔唔唔"的声音。树皮的姐姐说，树皮啊，别着急呀，你干爹马上就来了。春娟又转过脸来对我说，济生是个守时的人，每天晚上九点十分准时到我这里。现在都九点二十了，还没来，那一定是有什么事情耽搁了。

春娟接着讲小狗树皮与它干爹济生的故事。

济生看上去大大咧咧，其实心挺细。一周前的一天，济生进城去买宣纸和墨汁，黄昏返回六祖寺，在中巴上打瞌睡，才到绥江边，他就稀里糊涂下了车，看时间还早，就决定步行回寺。走到贞山村的时候，突然发现一只小狗，孤零零地趴在树下干枯的树叶和树皮上。小狗的毛是深褐色的，跟树皮颜色一样，不仔细看还看不出来。济生眼尖，远远就发现了那只小狗。他朝小狗吹了一声口哨，小狗立即睁开眼睛，站起来朝济生摇头摆尾，好像专门在这里等济生似的。济生蹲下来，摸了摸小狗的头说，你一个人在这里干什么？是不是你爹娘不要你啊？快回家去吧，我也要回家。说着起身就走。

济生踩着路上的树叶，发出沙沙的响声。回头一看，那只颜色像枯树皮的小狗，还跟在他身后。济生笑着说：树皮，你请留步吧，不必远送了，请回，请回！说完便迈开大步往寺里赶。济生走了一段，回头一看，小狗还跟着他。济生就说：树皮啊，你不能跟我走，我去六祖寺呢，你也想出家啊？快回吧，你家里人找不到你会着急的。正好有一位村民从旁边路过，说不知道是谁家的狗，趴在这里已经有几天了。

济生继续往前走，小狗继续跟着他。济生停下来，小狗也停下来，不停地摇尾巴，还往济生脚上靠，用身子去蹭济生。济生的拒绝之心有些动摇，他急得连连后退说：你不要这样啊，我不能带你走，你不能跟我到寺里去的。济生说完，转身就跑，一边跑一边回头看，只见小狗也跟着他飞奔起来，济生快跑它也快跑，济生停下来它也停下来。济生跑得气喘吁吁，蹲下来对小狗说：你别闹了行不行？快回家去吧，再闹我就要生气了。小狗拼命地朝济生摇头摆尾。济生说：你再这样胡闹，我就要迟到了，耽搁了晚课，我师父就要罚我背书，罚我扫地，还要我做我最不喜欢的事情，就是洗碗，甚至有可能把我赶出寺门呢。小狗不理会济生，还在摇头摆尾，眼睛里流露出哀求的神情。

看着小狗哀伤的眼神，济生连忙闭上眼睛说：不要，不要，不要！济生站起来，双手合十，不停地念着"阿弥陀佛"。济生又蹲下来对小狗说，你真的想跟我走吗？你没有奶奶吗？你没有爹娘吗？你一个人过吗？那真是有点可怜，有点孤单，晚上会害怕的。你也想出家吗？小狗"唔唔"叫着对着济生摇尾巴。

济生抱起小狗就走。他一路小跑，要在晚课开始之前赶回寺里。等他赶到的时候，晚课已经开始。济生慌忙将小狗反锁在自己房间，然后赶到晚课现场，悄悄溜到自己位置上。师父朗照法师睁开微闭的双眼，看了济生一眼，接着继续念经。不远处传来小狗"唔唔"的叫声，还有咬门的声音，济生急得浑身冒汗，好不容易等到晚课结束，正要回去看树皮，却被朗照法师叫住了。朗照法师严厉地说：不要养宠物，哪里抱的送回哪里去！

济生急得不知怎么办。济生说，他决不会将树皮随便丢在寺庙外面不管，任由它自生自灭。济生说，他想到树皮一个人到处流浪的样子，就很伤心。他说他伤心得口渴，就到我这里来喝冰镇可乐。济生抱着树皮到我这里来了，说他捡了一个干儿子，寺里不让养，想寄养在我这里。我一看，天哪，一只棕褐色的小狗，蜷缩在济生怀里，那么可怜的样子，小眼睛盯着我看。我立刻说，好啊，好啊，留在我这里吧，我帮你养。我不好意思说自己是小狗的干妈，我就只能做它的姐姐了。我说，快来，到姐姐这里来。小狗跟我也是一见钟情，很有缘分，顺势就往我怀里钻。济生说，就叫它树皮吧。我说，颜色真像树皮，好好好，叫"树皮"很好，我喜欢这个名字。

就这样，树皮在我这里安了家。每天晚上，只要听见六祖寺晚课后的钟声，树皮就特别乖，静静地躺在沙发上等它干爹。

春娟拿起手机，用微信的语音通话说：济生啊，今天来喝冰镇可乐吗？再不来我就要带树皮回家了。

5

九点半的时候，远处传来沙沙的脚步声。春娟放下茶杯，侧耳静听了一下说，是济生来了，树皮啊，你干爹来了。

渐近的脚步声，让春娟和树皮都兴奋起来。我觉得，在这里再待下去不大合适，就打算离开。春娟说，还早呢，苗姐再坐会儿吧。说着，站起来走进厨房，从冰箱里拿出一大一小两支冰镇可乐。我对春娟说，你一晚上都在说济生，通过你的描述，济生的形象已经印在我的脑子里了，看不看都无所谓。我这样说，人却坐在那里纹丝不动，其实我内心还是想见识一下济生本人。春娟说，你认识一下济生嘛，看你见到的跟我说的是不是一样。

说话间，济生就出现在生活馆门前。他穿着一件齐膝的灰色袍子，打着布绑腿，一双黑色千层底布鞋，轻步走了进来，一阵风似的。他先对春娟说，不好意思啊，春娟，今天有事耽搁了，来晚了一点，让你久等了。说着，伸手接过春娟递过来的冰镇可乐，咕嘟咕嘟喝完了一小支。接着走到树皮身边，把它抱在怀里说，树皮啊，一天不见，你在这里乖吗？没有跟姐姐淘气吧？

春娟说，树皮今天可淘气了，差点没把苗姐的裙子咬破。

春娟又指着我，对济生说，这位是苗姐，黄梅五祖寺那边的人呢，她从北京来，到我们这边来开会。我们有缘，聊了一晚上，我跟她讲树皮的故事。

济生起身，双手合十给我行礼，然后说，很抱歉啊，树皮没有吓着你吧？

眼前的济生，比我想象中的济生还要俊秀些。他中等身材，五官清秀，眼神清亮，眉宇间露出不俗的神情。传说中的那种被视为"有慧根"的人，应该就是济生这个样子吧。如果我是法师，我会收这位济生为徒的。假如我是一位高僧大德，我可能会三更半夜把他叫到密室里，偷偷地将衣钵传与他，然后嘱咐他漏夜出奔，免得被那些衣钵觊觎者害了性命。济生被我看得有些局促，低下头去逗树皮。

我也发现，春娟看济生的眼神，分明有爱慕之情。她坚持让我留下来见一见济生，或许也有一点炫耀的意思吧？她是要让我看一看，她的济生有多么棒呢。唉，我想什么呢，净是坏心思，挺邪乎的。我一个过客，六祖寺也罢，风仪禅生活馆也罢，春娟和济生还有树皮也罢，都是云烟，飘过眼前就没了，我还是赶紧回酒店吧，再赖在这里，就有些没脸皮了。但凭直觉，我隐约感到，眼前这个济生，并不像春娟描述的那样开朗，好像藏着什么心事，或者有某种他自己也不一定明白的牵挂。这是我瞬间的感觉。

我站起来，跟春娟和济生告别，又抚摸了一下树皮的头，跟树皮说再见，然后就回酒店去了。晚上我失眠了，想了很多心事，还把自己在这个世界上所牵挂的人挨个儿捋了一遍，接着又帮济生捋了一遍他所牵挂的人。他最亲近的奶奶过世了，剩下就是树皮？或春娟？其实他还有爹娘，长期在外打工不回家的爹娘。

第二天上午我正在开会，收到"荞麦"（春娟）的微信语音。我戴上耳机收听，听到了春娟带哭腔的声音。

春娟说：苗姐，济生昨天晚上是来告别的，他突然说他要离开一段时间，而且不确定是否还会回来。今天早上，他过来带走了树皮，只留给我一张画，是昨晚他熬夜画的。临走的时候，树皮躲在它干爹怀里，头都没有回啊！

春娟把济生的画拍成照片发过来。我点开一看，构图跟春娟昨晚向我出示的那张画差不多。画面中间依然是一尊古佛，但左下方画的不是孩童，而是一只小狗，一看就知道画的是树皮。小狗树皮，仰头注视右上方，朝着那尊古佛微笑。

九　玛瑙手串

1

七月中旬的一天下午，我坐在昆明飞往北京的飞机上等待起飞，右手握着一串彩色玛瑙手串，拇指和食指一颗颗地挨个儿数着，中间一颗略大，是带暗火焰纹的朱红色玛瑙，旁边十一颗略小，色彩斑斓。据说数数有催眠效果。可我也在数数啊，不但没有瞌睡，反而精神抖擞，清醒异常。

早晨还在丽江的一家客栈。回忆一周的泸沽湖之行，心里颇多感叹。我给远在宁蒗的摩梭导游阿罕·扎西打了一个告别电话。没想到扎西抓住电话不放，一直在说个不停，又来给我上人生哲学课。他说："大哥，欢迎你再到泸沽湖来洗肺啊，你的肺已经黑了，不信去医院照照。医生说我的肺也他妈的够呛……唉，人生嘛，就那么回事，也不要太在意……钱他妈的真是个好东西，挣多挣少其实也一样，也他妈的就那么回事，都是要死的啊，实实在在说，还是要对自己好一点嘛，可做人也不能太自私，也要多为别人想想……"

我的脑子被扎西毫无逻辑的言语搅得嗡嗡作响，后悔不该给他打电话，只怪自己没忍住。我多次试图打断扎西的话，都没成功，他的话像牛皮糖一样越拉越长，断骨连筋。我看了一下手表，担心赶不上飞机，只好粗暴地挂上了电话。坐上出租车离开客栈不久，突然发现我的玛瑙手串落在了那家客栈。我让司机立刻返回去。司机说，一个玛瑙手串还要回去找？网上大把的啊。我说，不是一般的手串，必须回去找。等找到手串返回出租车的时候，司机说，你确定还要去机场吗？我觉得已经赶不上这趟飞机了。于是我只好改坐高铁到昆明。

　　飞机发出轰鸣声。加速，飞升。耳朵里嗡嗡作响，伴随着轻微的压迫和疼痛。我一直在数着手上的串珠，从第一数到十一，第十二就是那颗朱红色的大家伙。光滑圆润的玛瑙在我手心滑动，周而复始地轮回。这些天来，玛瑙串珠和我的手几乎是形影不离，如胶似漆，像比目连枝的情侣。我想起李商隐的诗句，"沧海月明珠有泪，蓝田日暖玉生烟"，内心略略有些惊奇，千年前的诗句，竟突然穿越时空戳中我心。

　　我沉浸在遐想之中，右手数串珠的速度愈加迅速。我注意到邻座一位正在读书的年轻女子，只见她猛地合上书页，揉揉眼睛，接着瞟了一眼我的手和串珠，露出不屑的表情。我有些尴尬。其实我并不喜欢玩手串，也不会将小拇指的指甲蓄得很长，不迷恋唐装，更没有用玻璃瓶泡枸杞子水喝的嗜好。我觉得一个人干净利索、赤条条来去最好，无需更多累赘。但是，我无法拒绝这串从我梦中走来的玛瑙手串。为了不影响邻座女子的心情，我转过身背对着她，继续不断地抚摩着我的玛瑙串珠，一颗颗地数着。光滑圆润的玛瑙串珠，与其说是来自格姆女神山下，来自泸沽湖中央的里务比寺，不如说来自我的梦境……

2

入住的是一家民宿客栈，叫"筑梦居"，紧挨着泸沽湖水滨。我躺在客栈的大床上，身体沉陷在松软的席梦思中，散发着阳光味儿的洁白床单抚摸着我的疲惫的身躯。湖水轻拍堤岸，发出"哗啦""哗啦"的声响。偶尔听到空中传来湖鸥咿呀的鸣叫，像恋人絮语。高原的夜晚氧气有些稀薄，蒙眬的睡意很快就爬上了我的眼睑，但我的眼前依然清晰地感觉到在西天边半空中照耀着的白光。

耳边突然传来熟悉的声音："你怎么来了？"竟然是我父亲的声音？！没错，真的是父亲的声音。我没有看到父亲的脸。但我分明清楚地听到了他的声音，尽管有些含混不清，但能感觉到他语气中的惊讶和喜悦。我想转过脸去看他一眼，但脖子像上了锁一样，怎么都转不动。我觉得父亲问的问题很可笑："你怎么来了？"先坐飞机后坐汽车来嘛，北京到这里两三千公里，难道还能步行来不成？

有一次，父亲让我回老家村里去看奶奶。他命令我必须步行，不许搭乘班车。他说："不吃点苦头，人就会变朽的。"从父亲工作的乡镇医院到奶奶家，必须横穿整个县。我要从南走到北，还要从白走到黑。天下着雨，我步行了四五十公里。见到奶奶后，我摸着起了水泡的脚大哭起来。奶奶一边帮我洗脚一边安慰我说："儿啊，你莫哭，你不会变成'修得'，'修得'是麻脸呢。"奶奶把"会变朽的"，说成了"会变成修得"。"修得"是我们家的邻居，比我大几岁，满脸的麻子坑儿，那是他小时候得天花留下的疤痕。想象中的天花，就像夜空中的星星，在脸部的天空闪烁不定，泛着密如繁星的暗红色光斑。

夜晚的湖面泛着微弱的光亮。我极力要睁开眼睛，但眼皮很重。我心里疑惑，父亲怎么会出现在这里呢？他是不是来监视我的呢？我大声对他说："我怎么来了关你什么事啊？"但我的声音在喉咙深处滚动，怎么也出不来。我在半梦半醒中挣扎，想伸出无力的双手，去帮助我的喉咙。但我四肢发软，不能动弹，越挣扎越无力。

我不确定喉咙里的声音是否从嗓子眼里传了出来。估计我父亲也没有听见。父亲继续追问："你来这里干什么？"声音浑浊含糊。不知道是他口齿不清，还是我的耳朵出了问题。我不敢相信这是口齿利索的父亲在说话。我试图转动头部，以免耳朵被枕头堵塞，但僵硬的脖子还是转不动。父亲对我到这里来干什么特别感兴趣。我怎么回答他？我想，说出来他也不懂：我是到泸沽湖来"洗肺"的！

我从丽江出发，搭乘开往宁蒗彝族自治县的旅游中巴，在崎岖陡峭的盘山公路上跑了四五个小时。开车的是一位四十多岁的彝族汉子。他一直在吓唬我们，说昨天刚下过大雨，山上的泥石都松了，随时都可能滚落下来。我一路上都在提心吊胆，害怕会被悬崖峭壁上滚下来的石头砸中。

年轻的导游是位摩梭小伙子，皮肤黝黑带茶色，半长的头发从中间分开，两颗门牙露出一点，让我想起了小松鼠的样子。他拿起话筒靠近嘴巴吹了几下，话筒发出刺耳的噪声："你们听我说啊，今天我们两个为你们服务。开车的师傅叫拉黑路内，你们叫他拉黑就行，我早就把他拉黑了，你们不要拉黑他啊。哈哈哈哈。"拉黑转过脸来朝我们微笑了一下，算是打招呼。摩梭导游接着说："我叫阿罕·扎西，就叫我扎西吧。我说话你们都要听仔细点啊，我好话不说两遍啊。我们摩梭人信藏传佛教，都是很严肃的人，实实在在说。你们肯定听说过走婚吧，那我要告诉你们，这也是很严肃的事情啊，你们不要想歪了啊，出了事自己负责啊。其实也就那么回事，实实在在说。旅游景点可以购物啊，但可买可不买啊，贪便宜吃了亏我不负责啊。舍不得花钱就玩不好啊，挣那么多钱不花干什么呢？其实他妈的就那么回事，实实在在说。听见没有？……给点掌声嘛！"

我很吃惊，没想到摩梭人也变得跟汉族人一样贫嘴。有些人已经不耐烦了，把头扭向窗外，以示抗议。扎西也开始较劲儿，大声说："不想听是不是？吃亏的是你们自己，我们摩梭人说话实实在在。旅游越来越难做，这也不行那也不行，拉你们一趟也挣不了什么钱，还担心投诉。"扎西突然指着我说："大哥，你说是不是？"我笑着说"是的是的"。因为我没有拒绝他，而是一边听他说话，一边直勾勾地看着他的嘴和脸。扎西以为自己嘴巴子很利索，以为我很喜欢听他说话，以为我很佩服他。其实我在把他当人类学对象。

开车的拉黑路内在激烈地咳嗽，接着推开车窗玻璃，使劲地朝外吐了一口痰，看样子要开腔了。他大概觉得话都被阿罕·扎西说了，有些不服气似的，也开始耍嘴皮子。他问我们，你们知不知道去泸沽湖的山路有几道弯。我们不想说不知道，赶紧拿起手机来搜，然后说丽江与泸沽湖之间，隔着两座大山和两个山道十八弯。拉黑回过头来看了我们一眼，露出烟屎牙，咧嘴一笑说："哈哈哈哈，错了！只有两道弯，左转弯，右转弯。"说完又哈哈大笑起来。我们觉得一点也不好笑。

黄昏时分，火红的太阳悬在西山巅。中巴开进了一个紧挨着泸沽湖边的村寨。阿罕·扎西直接领着一车人去看摩梭人的火把舞。舞蹈实在是乏善可陈，跟路边自由市场上卖的那种旅游纪念品一样单调乏味。好不容易挨到火把舞仪式结束，就入住了这家叫"筑梦居"的滨湖客栈。

客栈房间里的陈设简洁素净，松木地板散发出浓烈的香味，原木搭建的阳台伸向湖边，巨大的落地玻璃窗正对着宽阔的湖面，躺在床上也能看到湖水在粼粼发光，还有鸟岛和蛇岛两座湖心岛的倒影。我头朝东仰面躺下，美景扑面而来，眼前是泸沽湖水与天际线之间的格姆女神山。神女朝西横卧在湖对岸，整个身躯倒映在湖水中，景色十分壮观。我有一种置身于梦境的感觉。当我半梦半醒地睡着的时候，我依然能感觉到湖面的光亮，仿佛依然醒着。

3

在泸沽湖边的梦境里，我与父亲不期而遇。父子俩的对话时断时续，好像难以为继。面对父亲的提问，如果我说我是来这里"洗肺"的，他会有什么反应呢？如果他听到这个古怪的说法，会大发雷霆吗？在梦里，我清晰地知道，父亲几十年前就去世了。那时候我还是一个少年。临终前，父亲躺在病床上，双眼直勾勾地看着我，大概想给我留下一个温柔的表情，但他怎么也做不出来，表情显得做作僵硬。他问我是不是恨他。我不知道怎么回答。

我那位在她哥哥面前总想表现得很能干的三姑姑，连忙走过来，拥着我走近我父亲。她拉着我的手，在我父亲的手上触摸了一下。这似乎是我唯一的一次触摸到我父亲的手，软绵绵的，还有温热。惮于父亲的威严，我吓得直往后退。自作主张的三姑姑，主动替我出面回答父亲的问题。她说："不啊，他不恨你啊，你打他也是为他好啊。"三姑姑之所以这样说，与其说是为了安慰弥留之际的人，不如说是为了讨好父亲。姊妹中最小的三姑姑跟父亲年龄接近，却是父亲的出气筒，从小屈从于父亲的暴力淫威，长大之后在父亲面前还是奴颜婢膝。

如果死亡就是生命的终结，那么我久病在床的亲生父亲，生命就终结在他人生的盛年。那时候，父亲跟我现在的年龄相仿。那么，我们俩不就像兄弟一样吗？我甚至比他还要年长几岁呢。作为"兄长"的我，为什么要怕他这个"弟弟"呢？他大发雷霆又能怎么样？难道我就不会大发雷霆吗？我完全可以对他放大声啊。

于是，我在梦中大声对我父亲说："你想知道我来这里干什么吗？告诉你吧，我来这里洗肺的，来这里玩儿的，来这里花钱的，来这邂逅的，来这里鬼混的。"我接二连三地说了一大串事情，都是父亲不喜欢的。我试图用这些话来气他，刺激他，让他发作，然后我也可以对他发作。在梦中，我好像把这些话都说给父亲听了，心里感到前所未有的爽快。其实我已经感觉到了，这些声音依然没有发出来，依然在我的喉咙深处转悠，憋得我喘不过气来。我使出浑身力量，想伸出无力的双手，去帮助我被压抑住的喉咙，但我的双手却好像被沉重的铁链锁住，一点也动弹不了。

在梦中千言万语，我似乎说了很多，其实我父亲可能一句也没听见。在睡眼蒙眬之中，我突然看见了父亲的额头、双眼，还有挺直的鼻梁。在格姆女神山后面的光亮映照之下，父亲的半张脸出现在我眼睛的上方。他的眼神依然严厉，但皮肤红润有光泽，肤色甚至比我的还要好。看来他过得不错，我感到一丝欣慰。

距离上一次梦见父亲，已经十几年过去了。那时候我还在南方工作。在梦里，单位保安打电话到我办公室，说有人找。我乘坐电梯下楼来，只见父亲站在传达室的门前，有些落魄似的，表情颓唐，旧衣服皱巴巴的，关键是款式很土，一看就是乡镇干部的模样。父亲独自一人，来到这座巨大无比的迷宫一样的城市，竟然还能找到我工作的单位。阴阳两隔的父子在梦里相见，也没说什么，好像刚刚分手又遇见的熟人似的。我双脚跟着父亲移动，走出了单位大门。他转身向右拐去，在路边的半截砖墙上坐下来。看他熟门熟路的样子，好像事先已经勘察过地形。

我站在父亲旁边，跟他保持一定的距离。父亲从上衣口袋里摸出一包飞马牌的香烟，抽出一根，用火柴点燃，缓缓地吸了一口说："新家刚刚安顿好，就要到北京去？我看还是不要去为好。"父亲不辞辛劳赶到南方来，难道就是想阻止我去北京吗？我有些恼火，停顿了一下，突然对他大声喊叫起来："你懂个屁啊！"吓得他往后一仰，掉到半截墙下面的沟里消失不见了。为了发出这一声大叫，我花费了半辈子时间积蓄能量，终于把父亲的气势压下去了！

自那以后的十几年，我一直没有梦见过父亲。我跟父亲的关系很紧张，正如我母亲所说，我们不像父子像冤家，以至于在梦里都在较劲儿。其实我挺想念他的。有一阵，我因长时间不能梦见父亲而愧疚，希望他能再一次来到我的梦里。我心想，再见到他，我一定不凶他。但他一直没有出现过。日子过得平静如水，波澜不惊，我暗自庆幸，觉得是父亲保佑的结果。这一次，我们俩竟然在格姆女神山下的泸沽湖边，相遇在梦里，这真让我始料不及，就像我也让他感到意外和惊喜一样。

　　在梦中，父亲半张脸还在我眼前晃悠。我试图把枕上的头往后仰一仰，以便能够看清父亲的全貌。我用尽全身力气往后仰，可是，父亲的脸也跟着往后缩。我又把头放平回来，父亲的半张脸也跟着往前移了回来，一直保持着鼻梁以上的半张脸出现在我的眼前。我继续努力想要看到父亲的整张脸，但我觉得自己的颈项越发僵硬，动弹起来十分吃力，何况父亲还在故意地躲闪。我突然觉得，父亲好像是在捉弄我，怒从中来，便大叫一声："放开我！"

　　就在我大声喊叫的同时，我也听到了父亲的喊叫声："放开我！"

　　四个黑衣汉子出现在我的房间里。他们的长相都酷似我的导游阿罕·扎西。他们都留着"郭富城头"，半长的头发从中间分开，但好像很久没有洗过，油光发亮，皮肤都是黝黑且带茶色，两颗稍长的门牙露出来一截，上面结满了褐色烟屎。四个黑衣汉子，面无表情，像机器人，两个人分别抓住我父亲的左右手，另两个人分别抓住我父亲的左右脚，抬着往门口移动。房门边上预备着一个长方形的黑色木匣。

父亲好像是为让四个黑衣人方便抬他，将自己的身子紧绷着，绷得像一根僵硬且笔直的木棍。我这才看见完整的父亲，他穿着干净整洁的灰色中山装，脚上的黑色皮鞋锃亮。父亲的整张脸也露出来了，我发现他的牙齿掉得一颗都没有了，因喊叫而张开的嘴巴，像个大黑洞，显得老态龙钟的样子。怪不得他一直躲着我，不露出下面半张脸。我挣扎着，试图扑过去救他，却动弹不得，也发不出声音来。我心悲伤，噙着眼泪。我父亲用眼睛盯着我看，接着又用他自己的目光引导着我的目光，移向他的右手。我看到了父亲的右手带着一个彩色玛瑙手串。

转眼间，四个长得像阿罕·扎西的黑衣人，把僵硬的父亲放进了门口一个长方形的木匣，接着便要合上盖子。我大声喊着"父亲！父亲！"，从梦中惊醒。

4

第二天一大早，阿罕·扎西就到"筑梦居"门前喊我，要带我去乘坐游览泸沽湖的"猪槽船"。他站在中巴门前，摸出一包软中华，递给我一支说："大哥，抽支烟再走吧……你是好人，实实在在说。昨天是不是有些冒犯？他妈的有人投诉我，说我专门拉客人去购物。自己贪便宜上了当，他妈的怎么能怪我呢？做人嘛，开开心心就好，是不是？"说着，扎西取下手腕上的彩色玛瑙手串说："你看，这个手串值多少钱？你喜欢它，花一万也值，开开心心，是吧？你不喜欢它，花一百也心疼，是不是啊？实实在在说，大哥。"我觉得扎西的思想方法完全是主观唯心主义，他的语言策略就是强词夺理狡辩。但我被他的彩色玛瑙手串吸引了，跟我在梦中见到父亲手腕上的手串，几乎一模一样。我死死地盯着扎西的手串看。扎西好像怕我要图他的手串似的，赶紧将手串戴回自己的手腕上。

我回过神来，对扎西说："手串很漂亮。一万元有点夸张，一百元又不止。"

扎西又把手串摘下来，在我面前晃了一下说："那你认为值多少？"

我说："我不懂，只是觉得它好看，很喜欢。"

"嗯，跟我好几年了，开过光的。喜欢的话就出个价呗。"

"不不不，我不能夺人所爱。"

"大哥，咱们一家人不说两家话，一口价，1000拿走。"

1000元？对我这个工薪族来说有些奢侈。我催促扎西赶紧出发。

扎西开着面包车，沿着泸沽湖岸朝西跑了一阵，在一个叫思娜雅的摩梭村寨停了下来。我们沿着小路朝湖边走去，远远见到一些小木船停在湖边，一群年轻的摩梭男女船主，站在湖滩上聊天、吸烟、候客。扎西把我带到一只小船边，用摩梭话跟女船主说了一阵，就招呼我准备上船。

扎西指着女船主对我说："你跟着她走，她叫阿珠，看什么、玩什么、走什么线路，一切都听她安排，价格是统一的，跟我结算。你听我的没错，实实在在说，也没有什么可看的，就到此一游吧。不要乱来啊，掉到湖里没人救啊。"

阿珠就是扎西的姐姐，帮阿珠摇橹的另两个小伙子，是阿珠和扎西的弟弟，一个像扎西一样蓄着中分长发，另一个留着短发。阿珠和她两个弟弟都穿着色彩斑斓的摩梭服装，比扎西皱巴巴的西装好看多了。阿珠的服装尤其抢眼：饰有大朵红花刺绣的对襟褂，彩色盘头上挂满了珠子，防晒的橘黄色丝巾遮住她脸颊，露出明亮的双眼，发辫中编织着各色银线，像仙女一样。阿珠朝我点头，保持着礼貌的微笑。

扎西转身朝自己的中巴边上走去。一位穿牛仔裤和黑色V领T恤的女子，站在湖滩上抽烟。女子丰乳肥臀，魔鬼身材，但妆化得有点重，嘴唇涂得猩红，假睫毛往上翘起，但睫毛膏涂得过多，假睫毛好像快要掉下来似的。扎西一看就傻眼了，停住脚步，接着就凑过去搭讪。扎西问女游客怎么是一个人，没有回答。扎西问她住在什么客栈，也没有回答。扎西接着问她今天晚上有没有约会，说他想过去走走婚。嘴唇猩红的女子盯着扎西看了几眼，依然不接话。扎西呼吸急促，不知所措，双手像苍蝇一样搓着。猩红嘴唇猛吸一口烟，缓缓地吐出来，飘散的烟雾把扎西的脸罩住了。猩红嘴唇突然猛地把烟头扔在湖滩的卵石上，用脚搓灭，接着仰天大笑起来，转身朝自己租的小船走去，一步三摇，如风摆杨柳。

扎西被红唇女子逗得浑身哆嗦，但他搞不懂女子笑什么，凭着一股子山野蛮劲儿试图继续穷追猛打。这边阿珠姐姐突然收起了笑容，用摩梭话朝扎西喊了几句，听口气像是在批评弟弟。扎西只好停了下来，没有再去纠缠红唇女子，站在岸边发愣，张开的嘴巴半天都没有合上。扎西目送着红唇女子的小船渐渐离开岸边，这才慢慢转身朝自己的车子走去。

姐姐阿珠掌舵，长发和短发弟弟手持两边的木桨使劲地划着。阿珠像指挥官，端坐在船尾，安详而笃定，很漂亮。阿珠是一家之主，管着三个弟弟的劳动和生活。阿珠年纪不大，已经生育了二男一女。阿珠和三个弟弟的劳动所得，供养着这个家庭和阿珠的三个孩子。而阿珠自己的男人，则在他那边姐姐家里生活和劳动，养育着他姐姐的孩子。两个摇橹的弟弟年纪好像还小，嘴唇上毛茸茸的。扎西是大弟弟，已经有自己的女人，但扎西说，他已经很久没去女人家了。我问为什么，他说不为什么，只是按照自己的心愿行事，想去就去，不想去就不用去。

船桨用粗大的麻绳挂在船舷的短木柱上，摇桨的时候发出吱嘎吱嘎的声音。太阳穿过薄雾照在湖面上，水蒸气渐渐消散。湖水清澈见底，水草在水底招摇，游弋的小鱼儿特机灵，一晃就不见了。阿珠说，泸沽湖是泉水湖，水源来自湖底的涌泉，所以四季常温，从来都不结冰。阿珠把"猪槽船"停在湖心某处，说到了泸沽湖的泉眼所在，让我喝一些地心涌出来的水，是幸运水。我俯身掬水，捧着水往脸上浇，湖水清凉冰冷，有淡淡的水草腥味儿。

阿珠姐弟继续摇船前行。他们把船停靠在湖心里务比岛的台阶边，让我上岛去看一看。阿珠特别提醒我，要去喇嘛寺叩头，还要去许愿台许愿求平安，说很灵验。里务比寺是一座始建于明末的藏传佛教喇嘛寺，老旧的青砖建筑藏在树林深处。

走近寺门，见到一位年长的喇嘛，端坐在台阶边的小木椅上，灰色上衣，灰色绑腿，灰色布鞋，心灰意冷的样子，微闭双眼，睫毛在颤动，嘴巴里念念有词。小木椅边摆着一张四方小桌，桌上有各种首饰：项链、串珠、挂饰。我一眼就看到一串眼熟的彩色玛瑙手串。跟我在梦中见过的、戴在我父亲手腕上的那串一模一样，跟扎西手腕上的那串也一样。

我想问价钱，半眯着眼睛的灰衣长者睁开眼，用眼珠朝桌子那边看了一下。我见到很小的价格标签，玛瑙手串标价280元，门柱上有付款二维码。我买了一个色彩斑斓的玛瑙手串，接着又到许愿亭去许愿。我买了三四个许愿牌，为家人和自己许愿。其中一个许愿牌是为我父亲写的。四个黑衣人，为什么要抓捕父亲，是父亲犯了罪，还是有人在迫害他？我无法弄清楚这些。我写好许愿牌："愿父亲平安康乐！！！"后面加了三个粗大的感叹号。我把许愿牌挂在许愿亭的梁柱上。许愿牌上悬挂的铜铃，在风中叮当叮当地响起来，清脆而悠远……

5

离开里务比岛回到岸上，我把那个彩色玛瑙手串藏在裤兜里。我不想让扎西见到我买的手串，免得他知道价格后感到尴尬。没想到扎西还惦记着手串的事情，问我为什么没有买纪念品。我说没有看到中意的。

扎西说："实实在在说，世上的好东西很多，但遇到自己中意的却很难。我就中意那个嘴巴涂得通红的长睫毛女人，她的身材真骚啊！我一见到她就热血沸腾，就想跟她走婚。唉，可是人家不中意我啊，实实在在说，这也没有办法啊。"扎西又褪下手腕上的彩色玛瑙手串说，"遇到中意的不容易。你既然中意这个手串，那也算是缘分，我五折给你，怎么样？"

如果扎西一开始就出价500元，也许我就买了。现在我只能说："不不不，这是你中意的东西，你自己留着吧。"

扎西说："大哥啊，我觉得你做事有些不痛快呢，是不是缺钱啊？"

我不知道怎么回答他，我说："是啊是啊，谁敢说自己不缺钱呢？"

扎西说："实实在在说，谁都缺钱。不过，见到自己中意的东西，想要又不能得手，那就有点憋屈，那就很难受。这样吧，大哥，这个手串送给你。"

我一只手在裤兜里捏着自己买的彩色玛瑙手串，一边对扎西说："不不不，我不能夺人所爱，你自己留着吧。"

扎西突然生气了，他把自己的玛瑙手串往我手上一塞说："大哥，你瞧不起我是不是？认识一场也是缘分，你就不能收下我这个小礼物吗？"

面对着扎西的诚意，我只好收下他的礼物。于是，我就有了两个样子差不多的彩色玛瑙手串，一个戴在手腕上，一个藏在裤兜里。

接下来的几天，扎西陪我绕着泸沽湖游逛，烧香拜佛，吃肉饮酒。扎西还不时地提醒我，说手串需要放在手心里盘，盘出"包浆"才好。

离开泸沽湖的头天晚上，扎西请我去他家吃饭。饭桌安在厅堂正中的火塘上，冬天的灰烬已经清空，能看到火塘底部的青砖。姐姐阿珠坐在火塘边张罗饭菜，跟她坐在小船后面把舵的时候一样，从容笃定。阿珠很漂亮，是一种在大都市里很少见的漂亮。我差一点被她迷住了。

两个弟弟早早地吃饱了回自己房间去了，厅堂里只剩扎西、阿珠和我三个人。姐弟俩陪我喝自酿的谷酒。我抵御不了热情和酒香，喝得有点过量。扎西很放松，几乎是开怀畅饮，话也很多，几乎在包场，说着说着，就靠在椅背上开始打呼噜。阿珠控制得很好，脸上刚开始泛红就打住不喝。我把扎西送给我的玛瑙手串转送给阿珠。我对阿珠说，谢谢她做的美味饭菜。我说在里务比寺门前买了好几个玛瑙手串，希望她能收下一个。阿珠说手串很漂亮，但她几乎每天都去里务比岛，想要的话很方便。我执意要她收下，说不只是手串，也是我的一点心意。阿珠收下手串，随手放进了自己的口袋。我从裤兜里取出我自己买来的玛瑙手串，戴在手腕上……

第二天一早，我搭乘扎西和拉黑的中巴回丽江。开车的拉黑路内又开始问那个老问题，说泸沽湖到丽江的山路有几道弯。我看到有人正要拿手机搜索，赶紧说："两道弯，左转弯和右转弯。"拉黑说："错！只有一个弯，脑筋急转弯。"说完又"嘎嘎嘎嘎"地大笑起来，笑得我有点窘迫。

阿罕·扎西露出不屑的神情，冲拉黑叫起来："喂，你能不能有点创意啊？"说着，朝我的座位走过来，跟我加上了微信，说不加微信就不算认识。扎西约我明年夏天要再到泸沽湖来玩。

回到北京的当晚，我坐在出租车上给阿罕·扎西发微信报平安。我说我把玛瑙手串落在客栈，返回客栈找回了玛瑙手串，却耽搁了飞机，改坐高铁走昆明，直到现在才到北京。阿罕·扎西回短信说："大哥真是有福的人，玛瑙手串也在给你赐福。我的另一位客人，在早晨那趟飞北京的航班上，飞机临时降落在中途的一个机场，不知什么时候才能到北京呢。"

十 艾小米和她的五匹马

1

她身份证上的名字是艾晓梅，网名是艾小米，大家都习惯叫她的网名。

艾小米人缘好，朋友和同事都喜欢跟她玩。一起逛街，一起吃美食，艾小米从不吝啬钱财，不是抢着买单，就是随手将随身的精美配饰送人。艾小米的丈夫童智勇总是很忙，抽不出时间陪她逛街。独生女童玲儿也不在身边，大学毕业留在了京城。艾小米只好邀同事一起逛。艾小米喜欢跟年轻人一起玩，觉得跟他们在一起受感染，自己也变得青春洋溢起来。艾小米快五十了，一点也看不出来。她喜欢穿过踝的粉红色碎花长裙，头发乌黑，扎着一对小辫儿，远看像二十多岁似的，近看也就三十几岁的样子。皮肤白净细腻，身材一点也没有发福，最得意的还有她的头发，油光乌亮，不像同龄人已经开始花白。跟年轻的女同事一起逛街，经常有人把她当妹妹。同事成了她的陪衬，艾小米很不好意思。年轻的女同事背地里说："艾姐是看上去很年轻，我们才是真年轻嘛。"当面却说："艾姐啊，你那么年轻漂亮，魔鬼身材，你还让不让我们活了？"艾小米闻言越发感到内疚，好像是亏欠了别人什么似的，为了弥补年轻女同事的精神损失，只好经常请客，包里还常备着一些小礼物，随手送给那些容易受伤害的、满脸青春痘的、贪吃得提前发福的姑娘们。

这天早晨，艾小米坐在镜前梳妆打扮，她突然大声喊叫起来："老童啊，快来哟，出大事了！"正在洗漱的童智勇，听到艾小米的惊呼声，含着满嘴的牙膏泡沫冲到梳妆台边问道："出什么大事了？"原来艾小米在自己浓密的黑发中发现了几根白头发。她指着自己的头发说："老童，你看看，你看看，我要老了！高堂明镜悲白发，朝如青丝暮成雪啊！"说完便扑到童智勇的怀里大哭起来。

童智勇说："停停停，停！我的牙膏要掉你头发上了。"

艾小米不理，继续哭诉："想到我的头发要变成你那样全是白的，我就不想活了！"

童智勇说："咦？我记得你说过，我的白发很好看，很有沧桑感，很有风度啊。你不是说你爱我的白发，要跟我的白发厮守终生吗？"

艾小米："你死脑筋啊，那是安慰你嘛，夫妻之间就是要经常相互安慰啊。"

童智勇："既然白发不好，那就拔掉吧。我来数一数，看看有几根。"

艾小米赶紧捂住头发说："不行，不能拔，你没听说拔一生七吗？"

童智勇一边刷牙一边说："这样子啊？那就留着呗。"

艾小米说:"要死啦,你让我飘着白发在外面到处走啊?"

童智勇跑到卫生间去将牙膏泡沫吐掉,又赶回来说:"那就拔掉呗。"

童智勇要帮艾小米拔掉那些白发。艾小米吩咐童智勇,先用手机将白发拍下来,留作纪念。接着,她在那几根拔下来的白发面前默哀了一阵,把白发装进一个褐色牛皮纸信封里,一边用抄经小楷在信封上端端正正地写上"多情易白发,沧桑老乾坤。二〇一九年三月二十一日,艾小米头上出现的第一缕白发",一边喃喃自语:"艾小米啊艾小米,你也要老了啊!"说着又要哭的样子。

童智勇说:"小米啊,我求求你,别再拖时间,又要迟到了。"

艾小米突然喊叫起来:"迟到,迟到!我最讨厌上班了。每天连个懒觉都睡不成,半梦半醒就起床,赶到办公室,还要看我们秘书长那张油乎乎的脸,色眯眯的眼。你说我头发能不白吗?老童啊,我不想上班了。"

童智勇说:"求你放过我,快去上班吧,去办公室找同事聊,我没时间陪你。"

艾小米毅然地说:"不,老童,我决定,不再去上班了。我要退休。我要每天睡到自然醒。我要开始养生。我要容颜永驻。"

"退休?你想干什么?你一人在家待着?我带着你去我公司上班?"

"谁让你带了?我有手有脚能管好自己。"

"那好啊,你退吧,我看你要不了三天就会后悔,到时候不要怨别人。"

"老童啊，我毕业就进了这个庙，菩萨一样在桌边坐了快30年，还不够啊？我怨过谁吗？做了18年主任科员，我怨谁了？我们协会那个两颗门牙长期在外面纳凉的秘书长，看我不顺眼，设法打压我，给我小鞋穿，我怨过谁了？再说了……"

提到办公室里的事，童智勇知道大事不妙，赶紧设法逃跑："好好好，我支持你。现在我要去上班，晚上回来再细谈。"说完落荒而逃。

2

厌倦了朝九晚五上班生活的艾小米，C省文联美术家协会干部艾晓梅，在工龄满三十年的那一天，申请提前退休了。退休之后的艾小米，每天睡到自然醒。起床之后，老童已经上班去了，早餐都准备好了，现磨的咖啡装在保温杯里，面包、煎蛋、水果在餐桌上摆得整整齐齐。

忙碌了半辈子的艾小米，如今一个人在家里享受清闲。每天吃完早餐，上网去浏览一圈，看看自己微博的点击量，再到微信朋友圈去挨个儿点赞，顺便去同事微信群插科打诨说笑话，兴致来了还会拍个浇花的"抖音"短视频，然后坐下来试着读点书。白纸上的黑字在眼皮底下跳舞，晃得艾小米头昏眼花直犯困，只好去看叶嘉莹的讲课视频，"林花谢了春红太匆匆，无奈朝来寒雨晚来风。"但她只听讲解，不听吟诵。她害怕自己心中的女神，变成说怪腔怪调古音的老头子。

时间就像海绵里的水，轻轻一挤就没了。做瑜伽的时间只能安排在午餐之后了。下午一般都会抄《心经》，或者画工笔花鸟画。童智勇从湖州带回来的狼毫小楷毛笔，乌木笔杆上刻有烫金"鼎堂遗爱"字样，是郭沫若先生喜欢的款式。宣纸是以自己手绘花鸟图案做背景的定制款。"康熙御笔般若波罗蜜多心经"字帖。设色本"芥子园画谱"和"故宫花鸟蔬果画谱"。艾小米沐手焚香，像举行"礼拜仪式"似的。与此同时，厨房里正在炖汤煮饭，等待早出晚归的童智勇下班。艾小米每天都要设法给童智勇一个惊喜，比如换一条裙子，改变一下发型，换几盆花卉，画几只怪鸟，然后等待童智勇的惊呼："哇，好漂亮啊！""哇，好有才啊！""哇，好意外啊！"

如果没有什么意外的惊喜，童智勇就要接受进门考试。艾小米打开门说："你先别进门，闭上眼睛，仔细闻一下，闻到了什么味道？"童智勇什么都没闻出来，只好瞎说："做了什么好吃的呢？好香啊！是红烧肉吗？"艾小米皱眉头："就知道吃。"后来童智勇弄明白了，闻都不闻，闭着眼睛就说："什么花啊？好香啊。"艾小米赞许地笑了，接着让童智勇再仔细闻，让他猜到底是什么花。童智勇就胡编乱造，"腊梅花""栀子花""水仙花"，没有一次答对的。后来，童智勇想都不想就说："哇，兰花好香啊。"艾小米接着还要考他："哪一种兰花？"童智勇说："这道题的难度太大，答不上来，能不能提示一下？"艾小米说："刚从郊区花圃送过来的新鲜墨兰，这么浓的香味，也让你闻过好几次，怎么就记不住呢？"

艾小米要童智勇记住各种兰花的香味儿，蝴蝶兰的，茉莉兰的，纹瓣兰的，墨兰、蕙兰、春兰的。香味有差别，但很细微，没有敏锐的嗅觉难以分辨，尤其是对一个整天在外面忙个不停的男人而言，难度更大。童智勇比较喜欢墨兰优雅的香味，浓而不腻，艾小米说，已经不错了，能欣赏春兰的气味就更好。童智勇觉得春兰几乎没有什么香味，只有一丝隐约的清气。艾小米说，算了，不勉强你，这种花不是为你的鼻子长的。

童智勇努力地记住了一些比较典型的兰花香味，但过后就忘，而且总是弄错。艾小米决定采取强制措施，让童智勇闭上眼睛，再将不同的兰花，一盆一盆地端到童智勇的鼻子边，让他仔细闻，然后报出花名。她要童智勇死背硬记。童智勇说，不是建立在理解基础上的死背硬记，是没有用的。艾小米说，让你们男人理解花卉，那是不可能的，但是，考前魔鬼训练也有效果。

童智勇没有办法，只好使出屡屡得手的惯用伎俩：哄和骗。他说："城市街道上的气味太杂太乱太糟糕，我的鼻子长期暴露在污染的空气中，已经失灵了，对什么气味都没感觉。从前我说闻到了花香肉香，那都是瞎说。"

艾小米将信将疑，她让童智勇闭上眼睛，拿来一瓶"圣罗兰（Opium）"，放在童智勇的鼻子边，问他闻到了什么。童智勇摇了摇头。艾小米吃了一惊，说："你的鼻子真的失灵了啊！老童，你怎么了？要不要去医院检查一下啊？"童智勇睁大眼睛看着艾小米，又摇了摇头。艾小米让童智勇再闭眼，自己屏住气息，将脸凑近童智勇，把舌头伸到童智勇的鼻子前面。童智勇耸了一下鼻子说："我闻到了拿铁的味道，奶放多了点……还有你的发香和你的体香。"艾小米哈哈大笑起来，说："我以为你的鼻子真的坏了，看来只有食色还能救你。"童智勇说："还好，还好，我还有救。"

3

在家里享受了一个月的清闲，艾小米就有点耐不住了。两个月之后，艾小米已经觉得生活无聊了，经常到同事群去"吐槽"。住在同一个小区的同事兼闺蜜，也办了提前病退手续的文联杂技家协会干部席笑英，经常来陪艾小米，还试着要帮艾小米找点事情做。席笑英想了很多办法，都被艾小米否决了，情急之下，她竟然提议艾小米跟她一起去跳广场舞，去唱红歌。

艾小米有点生气，批评她说："席笑英同志，你能不能高雅一点啊？好歹也是个革命干部，不要把自己混同于普通老百姓。"

席笑英说："革命干部怎么了？地位变了，密切联系群众的作风不能变啊。我们申请提前退休，目的就是要让自己变回普通老百姓嘛。普通老百姓怎么了？艾小米呀，你好像有点瞧不起咱们自己啊？"

艾小米不搭理她，强迫症似的嗑瓜子。席笑英说："你嗑瓜子的时候很可爱，跟我妈似的。"艾小米朝席笑英翻了个白眼说："喂，不要把我说得那么老好不好？"席笑英说："瓜子吃多了也会发胖的。"艾小米连忙把手里的瓜子扔进装瓜子壳儿的碟子里，端起那只暗红色琉璃碟子，往厨房垃圾桶边走去。

席笑英一边刷手机，一边高声喊叫："要不一起跟团去欧洲旅游吧？德法荷比卢，五国七日游，一万五千元都不到啊，太划算了。去海南三亚游一趟也要过万呢。"

艾小米端着水果盘款款地走回来，说："不要说我又批评你了。你让我跟团去'欧洲五国七日游'？亏你想得出来。你愿意受那个罪吗？跟一群老太婆，跑到别人国家，唧唧喳喳到处乱叫，上车睡觉，下车撒尿，匆忙拍照，又不会外语，到了哪个国家也不知道。只认识一个地方，埃菲尔铁塔，凑在一起扯着红丝巾拍照，被人看猴子似的围观，还'茄子茄子'地咧着嘴笑。"

"妈呀！你怎么知道呢？跟去过似的。"

"还用去吗？看看微信朋友圈就知道了。"

"我上次去就是这样。时间安排得太紧，大部分时间在大巴上，膀胱受不了，能憋尿的占便宜。要不咱们选个'十日游'怎么样？也是五个国家，时间会宽裕一些。"

"席笑英啊，我以为你会建议我们一起去欧洲自由行呢，结果你还是选择去扎堆。你这人啊，热心肠，又随和，但优点和缺点也都在这里，关键是看你跟谁在一起。只要三天不跟我在一起，你就变得庸俗不堪。"

席笑英真是好闺蜜，骂也不生气，赶也赶不走，隔三岔五到艾小米这里来报到，陪艾小米聊天。席笑英比艾小米还小几岁，却像妈妈一样唠叨。席笑英接过话头说："我看你是在变着法儿夸自己。你这个人真难弄，哪个男人跟你过，算是倒霉，也就你们家老童能忍，要是我早就把你抛弃了。"

艾小米说："你要是个男的，估计也蛮花心的。我们家老童头发花了，但心不花。你们家老阎在干什么？还是脚不沾地整天在外面奔跑吧？哎哟，挣那么多钱干什么？革命工作做了一辈子，也该歇歇啦。"

老阎就是席笑英的丈夫阎浩然，也是艾小米的初恋情人。他原本是文联美术家协会的画家，但早就对艺术失去了兴趣，下海经商，承包省电视台的广告公司，亏本之后又回单位上班，后来又停薪留职，据说入了艺术收藏那一行。文联大楼里的人都说，艾小米和阎浩然两个，是郎才女貌天仙配，但就是没有缘分。在艾小米最理想主义的时候，阎浩然去经商；在艾小米开始务实的时候，阎浩然又回来搞艺术；等到再次下海去搞艺术收藏买卖的时候，艾小米已经嫁给了商人童智勇。

文联艺专毕业生席笑英，吹拉弹唱样样都能，样样不精，是个三脚猫式的人物，事不尽善，技不如人，像万金油，抹在哪儿都成。席笑英毕业分配到杂技家协会坐办公室，嘻嘻哈哈人缘好，同事说她"年轻貌美，有胸无脑"。遇到财运亨通的王老五阎浩然，两人一拍即合，席笑英就出嫁了。阎浩然的彩礼是郊区的一幢三层小别墅。后来因为阎浩然经常不回家，席笑英也不愿意住，就撂在那里，席笑英还是住在单位分的宿舍里。

对阎浩然跟艾小米的故事，席笑英也有耳闻，但将信将疑，从阎浩然那里也没有打探出什么，便试图到艾小米这里来刺探消息。艾小米倒是经常主动提到阎浩然的名字，却没有看出什么异样。久而久之，她不但没有从艾小米那里弄到什么有价值的情报，反而喜欢上艾小米了。两个性格互补的人，自然就成了闺蜜。

听到艾小米提起阎浩然，席笑英说："谁知道他搞什么鬼啊，整天神秘兮兮的。玩了一阵玉，后来又去玩什么封泥，说是唐代宫廷送密件时封口用的泥巴，珍贵得很。最近又改玩陶罐，慈禧太后的净手罐啊，光绪皇帝的夜壶啊，总之都是些脏兮兮的东西。我郊区那幢楼里，堆满了他从古玩市场淘来的瓦罐。经常一个人坐在陶罐中间笑。"

艾小米说："老阎精神没问题吧？艺术收藏本来是好事，既是审美，又是生意。可是你家老阎好歹也是美术学院毕业的嘛，怎么专门收藏那么丑陋的脏东西啊？唉，看来人也像苍蝇一样，有逐臭本能。什么时候见面，我要批评他。"

席笑英说："我要把他带回家的那些脏东西丢掉，你猜他说什么？他说你丢啊，就等于把到手的钱丢进垃圾桶。我不信，他就带着一只据说是溥仪用过的尿罐，上了电视鉴宝节目，说要让文物专家来教育我。我亲眼看见，皇帝的尿罐子当场被主持人砸得粉碎。哈哈哈哈，笑死我了！不过话说回来，他交给我的钱倒是越来越多。可是我不要他的钱，我希望他在家里待着。他待不住，花脚猫，习惯性地往外跑。而且'兴趣'也不高……咱们这种年龄，也很正常吧？"

"兴趣高不高，也因人而异。老童还是那样，精力旺盛，黏黏糊糊的，烦死了。"

"你福气好啊，碰上老童，任你横挑鼻子竖挑眼，总是黏着你。丈夫疼爱，女儿有出息，你想怎么样啊？还嫌生活寂寞无聊。让你养狗，你又嫌狗身上的气息和狗毛。你能不能改一改你那挑剔的毛病啊？这两晚我都没睡好，净在想你的事。要不这样吧，让你们家童玲儿生个娃给你玩玩，怎么样？"

席笑英的这个点子，倒是戳中了艾小米的心。晚上童智勇回家，艾小米就跟童智勇商量，让他出面叫女儿童玲儿回家一趟，要当面劝说童玲儿赶紧生娃，妈妈愿意发挥余热为她带娃。说完，艾小米斜靠在床头，耷拉着脑袋，做出一副愁眉苦脸的表情，点击女儿微信的"视频通话"，要跟女儿面对面聊天，又吩咐童智勇过来帮腔，说妈妈生病了，女儿要赶紧回来一趟。童智勇对着电话大喊起来："不要装病骗女儿回来了！你就是'狼来了'故事里的那个人。以后谁信你啊？真烦人。"女儿童玲儿在那边笑着说："妈妈又在撒娇吧？说明妈妈心态年轻啊。所以呢，爸爸不要烦，偷偷地笑去吧。拜拜。"童智勇见女儿挂了电话，赶紧溜到客厅里看电视去了。

艾小米说："童智勇，你专门坏我的好事，我跟你没完！"

童智勇回到房间，靠在床头对艾小米说："小米啊，我要批评你了。当时你吵吵嚷嚷要退休，拦也拦不住。现在才过多久，就开始后悔了。这都是你的权利，关键是自己选择的后果，要自己来承担，不能老想到让别人承担。自己的问题要自己解决，不能转移到女儿身上。女儿生不生娃，应该由她自己来决定。"

童智勇的话说到了要害。艾小米是个好强的人。她决定放弃当外婆的念头，不去麻烦女儿，自己既然有能力选择，就有能力承担，请女儿和老公放心。想到这里，艾小米双手握拳，臂膀弯成直角竖在胸前，用力往下一压："耶！"自己给自己励志鼓劲。

4

童智勇下班回家，觉得家里的气氛有些异样。艾小米似乎安静了许多，既不缠着他唠叨，也不看电视，收拾完厨房就进了书房，丢下童智勇一个人对着电视综艺节目傻笑。童智勇悄悄走进书房一看，艾小米正在读书。桌上摆满了书籍，多卷本彩图版《中国器物文化史》《故宫珍藏图鉴》《中国古代物质文化》，还有《收藏学概论》。

童智勇说："哇，开始读书了？好事啊好事。很久都没有读书了，不知道的人还以为我们两个是文盲呢，哈哈哈哈。"

艾小米说："进来也不打招呼，吓我一跳。童智勇，你知道的，我一直迷恋西方的东西，服装配饰，家居设计，还有建筑，就觉得人家的东西漂亮。"

童智勇抢过话头说："就是啊，我早就说过，你这人就是崇洋媚外。你说西方男人长得漂亮，你骂我是乡下土狗，土狗怎么啦？它叫田园犬。"

"跟荷兰牧羊犬或阿拉斯加雪橇犬相比，乡下土狗，好吧，田园犬，的确不漂亮，关键是没有个性，德国腊肠狗够丑的吧？但有个性啊。后来，我们广东贡献了一种奇丑无比的犬类，沙皮狗，虽丑但有个性，也算是跟国际接轨了。这些年我的审美观念也在变。我说过，你的白发就很有派。"

"你说你是在安慰我。"

"别捣乱了，听我说。最近我的看法有所改变。"艾小米指着桌子上的书说，"人真的是需要学习，才能避免无知。最近我就在看书。前两年，有人搞过一个叫'侘寂之美'的时装秀，模特儿身上的服装，都是我喜欢的款式，棉布面料，颜色旧旧的，清新自然，不像西方的风格，有东方的味道。我不懂'侘寂'是什么意思，就问办公室里的女孩，她们说是日本人喜欢的一种美学风格，意思是古旧、素朴、安静、低调、空寂。当时我说，日本人也很洋气啊。现在我才知道，那是对我们唐宋文化的继承和发扬啊！"

童智勇知道唐宋建筑的总体风格接近，但诗歌和绘画的差别还是很大的，他想在艾小米面前显摆一下，就说："不要把唐宋搅在一起啊，差别还是蛮大的，所谓唐音宋调，各不相同嘛，一个像少年青春洋溢，一个像老年思虑深沉。"

艾小米拿起那本彩图版《中国器物文化史》说："正像书中所说的那样，唐代的蓬勃纵恣之后才有宋代的素朴颓唐。就好比那些享尽荣华富贵的人才能看破红尘，就好比先有唐三彩后有五代柴窑和北宋汝窑，铅华洗尽，空无寂寞。我太喜欢宋明时代的东西了，雕版印刷，文人绘画，柴窑汝窑，还有明代家具，晚明画匠的作品。清代的东西俗一点，但宫廷收藏的玉雕也很可爱，还有皇帝御笔匾额，大臣写的对联。发黄纸张上的墨迹，就像长在皮肤上的胎记一样。日本人真精明，起名叫'侘寂'。我喜欢'侘寂'，但我更喜欢宋明时代的宝贝，可惜很多都流落海外。"

"不光是日本人，英法德俄意也都很精明啊，很多宝贝都在它们那里呢，我要是资本雄厚，一定要把流落在世界各地的国宝买回来。"

艾小米平时不怎么读书，除了上班，就知道吃喝玩乐，逛街购物，的确是跟文盲差不多。听了她的这番谈吐，童智勇才想起她是学美术出身的。不过听她的口气，好像对实物的兴趣要远远大于对知识的兴趣，说到具体器物和宝贝的时候，眼睛放光。童智勇突然发现，这不就是自己公司正在物色的人选吗？学历本科或以上，文博或美术专业。她怎么也开始关注这个领域呢？到底是恩爱夫妻心有灵犀，还是她看到我们公司的招聘广告了？要不是聘了阎浩然做艺术顾问，他真想聘艾小米。

童智勇尽管学的是建筑设计专业，年轻时也喜欢舞文弄墨，是个"文青"，认识了另一个"文青"艾晓梅，两人一拍即合，理想、浪漫、唯美、穷酸。结婚之后，为了保证童玲儿的生活质量，童智勇决定下海做生意，进入了房地产行业，掘到第一桶金。这两年房地产越来越难做，他就跟合伙人一起准备转行。经过考察，他们打算做古玩生意，其实就是生产和销售仿古产品。所谓的"盛世搞收藏"，民间资本闲不住，又不知道往哪里投，很盲目。对于仿古产品，有钱的冤大头把它当古董，没钱的人把它当工艺品，反正自己不会吃亏。但他没想到，艾小米也打算加入到这个诡异的行业。

童智勇试探着说："没想到你还懂收藏啊。"

艾小米说："什么收藏？我在谈艺术。"

童智勇说："我怎么只听见你一直在说鉴宝呢？"

艾小米说："收藏是一种病，积攒增值病，求全圆满病。收藏家就不一样了，那是鉴赏家、艺术家、历史学家。作为一个学艺术出身的人，我也不能整天空对空吧？要学习接地气，理论联系实际嘛。"

童智勇盯着艾小米看了半天，疑惑地问道："要做收藏家？收藏文物还是古董？我告诉你吧，那就是个你骗我、我骗你的行当。阎浩然就干这个，他跟艺术界的人谈收藏，跟收藏界的人谈艺术。他介绍我认识一个自称身家几亿的人，拉我去参观人家的资产。满屋子破铜烂铁和奇形怪状的石头，每一件都标价十几万、几十万。加在一起的确有几亿，我觉得他是画饼充饥。"

艾小米摸了一下童智勇的头，笑着说："看你吓成这样子。

放心啦，童智勇，我不会要你投资的。但你也用不着妖魔化我们收藏界。"

"你说什么？'我们收藏界'？你已经上贼船了？不会是真的吧？"

"什么贼船啊？你说话不要那么难听好不好？你的那个房地产行当才是贼船呢。我不过是提前做一些准备工作，学习一些收藏学知识，了解一下我国悠久的历史和物质宝库而已，一旦有机会，也不至于抓瞎。"

童智勇说："你收藏什么？你主攻哪个领域？上古玉器？汉代封泥？唐代火漆？清代溺壶？皇帝书画？佛教法器？"童智勇把最近跟艺术顾问阎浩然学来的知识全部都用上了。

艾小米不接话，摸出手机，向童智勇展示里面的照片，其实都是从网上下载的。

"喏，你看，这块寿山田黄漂亮吧？色泽、质感、纹路，都绝了！"

"你做梦吧，哪有那么多田黄啊。"童智勇说。

"这块巴林鸡血石怎么样？太美了！"

"巴林鸡血石？美死你啊！"童智勇推开她的手机。

"这个青田石飞龙雕工真精细！鬼斧神工，巧夺天工。"

"你就那几个成语还全用上了。"童智勇起身要走开，被艾小米按住。

"你看这个，明代的太师椅，线条流畅，造型简洁。我一见到宋代的陶瓷，明代的家具，清代匾额，就被迷住了啊，太美了！"

童智勇心想，我的妈呀，全是自己跟合伙人打算仿造的东西，嘴里说："你的确是被迷住了，我觉得你是鬼迷心窍。"

5

艾小米独自在街上款款而行，鞋跟敲击铺满卵石的老街，碎花长裙在风中飘动，鼻子上架着一副变色太阳镜，缅甸藤宽檐草帽遮住了半边脸。艾小米感到，街两边无数双眼睛都在盯着她看，因而一举一动都不能太随便，要对得起大家。艾小米小心翼翼地走着，忘记了自己出门干什么。等她想起来的时候，已经错过了要去的地方两三个街口。艾小米不着急，折回来再走一遍就是了。

艾小米要去的"文化创意艺术街"，是这两年起的新地名，老地名叫"银雀街"，自古以来都是这座千年古城的中心。八十年代以来有些衰落，近年来政府打文化牌，搞文化创意产业，于是加大投入，修旧建新，让银雀街焕发了青春活力，既为年轻人提供了新的就业机会，也给那些半死不活游手好闲的、手上有些老物件的市民，带来了生机。

银雀街是一条四五百米的步行街。艾小米走在街中央新铺设的玻璃栈道上，透过玻璃地面往地底下看，能见到两三米深处宋明时代的街道遗址，露出一排排青灰色的老砖和灰白色三合土。街道两旁都是文化创意工坊兼文创产品小店，还有不少金银宝石玉器店和古董古玩字画店。经营创意工坊的都是时尚的年轻人，出售自己的创意产品，手机配饰，办公文具。古董古玩字画店的店主年纪要大一些，穿着唐装，蓄着长须，漫不经心地睁着捕捉"猎物"的眼睛。

艾小米经常逛文创店，她觉得年轻人有创意，造型和色彩搭配都很现代。但她只看不买，觉得那些东西中看不中用，材质和价格都不够档次。她更喜欢逛古董古玩字画店，那些颇有年代感的东西，有质感、有内涵、有文化，但也不无遗憾，美学上有瑕疵。形式和内容都符合艾小米要求，并且能够让艾小米出手的东西，其实并不多，要碰运气，要慢慢淘。古董古玩字画店的店主见到艾小米，都热情地打招呼，围着她推荐新货，说来了一批清代的古董，有皇帝御笔的匾额，有名臣书写的对联，价格也不算贵。

艾小米发现一家叫"雪域盛昌"的古董古玩店，应该是新开的，广告牌上说主营尼泊尔、印度和西藏老货，便带着好奇走进了店铺。

女店主长得娇小玲珑，一看就是南方人，打扮却有异域色彩，手腕上和脖子上挂满了各色珠宝。她正坐在柜台前穿手串，面前摆着一个小藤篮，里面装着绿松石、红玛瑙。见到艾小米进店，她用带本地口音的普通话喊："索拉图，快出来，有客人。"

男店主应声从后面的小间里走出来。他看上去跟童智勇的年龄相仿，身材要更高大一些，古铜色面孔，宽脸高鼻子，一看就是雅利安人种，却一口标准的京腔："来了？您随便看，随便瞧。"

大概是女儿读书和工作都在北京的缘故，听到北京话或者见到北京人，艾小米就心生好感，便问道："北京人啊？"

男店主说："您猜着了，生在北京长在北京正宗老北京。"又指着女店主说，"韦棋是本地人，我们就在这里落户了。"

艾小米盯着男店主看了两眼说："索拉图？是满族的吧？"

"不不不，我是正宗汉族，本名索敬明，索拉图是网名。

我们祖先是殷商后代，周朝贵族，后来从凉州迁徙到了山东邹县。说来话长，我还是要跟您说道说道。义和团您听说过吧？我高祖父就是，响应朝廷号召，进京扶清灭洋……"

女店主说："你逮住别人就吹你祖先那点事儿，是真是假还不一定呢。"

艾小米盯着一串项链看。索拉图伸出拇指说："有眼力。是牦牛骨的，材质并不特别金贵，但有些来历。"说着回头看了一眼女店主，接着说，"我跟韦棋在拉卜楞寺相识的那一天，洛桑法师送给我们的，是老物件儿。"褐黄色的牦牛骨串珠，老银制作的三通母珠，品相的确不错，艾小米动了一下心，但觉得整个项链儿大了一号，更适合男人用。

索拉图领着艾小米走到布帘后面参观，里面并排摆着几只带玻璃门的货柜。索拉图小声而亲昵地对艾小米说："还有很多宝贝存在这里，一般不对外开放，只给熟客欣赏。"玻璃柜里的东西比摆在外面的更精致。索拉图逐个儿介绍：鎏金绿松石珊瑚菩提塔、鎏金珐琅六角香炉、黑木镶八宝花鸟笔筒、核桃笑面佛头手串，都是清代宫廷里的老物件儿。这儿还有一些，是我们俩从尼泊尔淘回来的：泰国鎏金佛、纯银嘎乌盒、蜜蜡项链、绿松石手串。价格当然也不一样。

作为工艺品，这些东西看上去都很漂亮，但要说是古董，艾小米就有些拿不准了，像索拉图讲的祖先故事一样，谁知道是真是假？艾小米觉得自己刚开始入行，还是谨慎一点为妙。当然，也不能太拘谨，该交的学费还是要交。她突然被旁边上锁柜子里的一只玉石雕刻马吸引住了，让索拉图拿来看看。

索拉图说："我真服了您，藏在最里边的都被您瞧见了。

算你行家。这个宝贝是元代的，玉雕回首马，你到书上查一查就知道。这是我跟韦棋到克什米尔旅游的时候，在斯利那加花高价买来的。这可是我的镇店之宝啊！没打算出手，您就隔着玻璃瞧两眼得了。"

这时候手机响了，索拉图摸出手机，一边走一边轻声说："喂喂，您说，嗯，快递收到了，嗯嗯，知道，他也来过，解释得很好。是的，不能太艺术，出得起价钱的人不关心这个，他们关心的是升值。好的好的……"

索拉图讲完电话回到店里，见艾小米还在那里转悠，只好领着她回到柜子跟前，拿出那只玉雕回首马给她看。

艾小米摸着光滑圆润的玉雕回首马，爱不释手，嘴里却说："这是元代的吗？"

索拉图说："我说的元代，不仅指时间，还指人，也就是说，它不是汉人雕的。汉人的马见过吧？总是昂首挺胸，扬蹄腾飞的样子，一个字儿：假。"

艾小米想起美术史上的《八骏图》《五骏图》，的确像索拉图说的那样。

索拉图接着说："你看这匹马，悠闲轻松的样子，像贵族，这是蒙古人心中的马，是日常生活中的马，不是只知道打仗的马。"

艾小米又把它举起来，朝着光亮处照了一下。

索拉图说："这只马的石料其实很一般，杂质比较多，看颜色就知道，硬度也不够，所以才雕得这么精细，这么栩栩如生。如果真的是黄玉，怎么雕得动？"

艾小米觉得索拉图说得有道理，书籍插图中的玉雕，工艺的确不怎么样，因为技术和工具所限，也因为玉石太硬，也不可能雕得很精致。

索拉图看着艾小米满是疑惑的眼神，便要把玉雕回首马锁回柜子里去。艾小米连忙拿起手机拍照，索拉图赶紧制止："哎哟，我的姑奶奶，别拍照了！你没看到博物馆墙上都贴着'禁止拍照'的警示牌吗？来来来，加个微信吧，有事方便联系。"

艾小米跟索拉图加了微信，发了握手和鲜花表情，就道别了。

6

回到家里，艾小米老是惦记着那只玉雕回首马。她拿出手机对着照片仔细观察，这只玉雕回首马，土黄色夹杂着棕褐色，匍匐在那里，身材修长，姿势优雅闲适，马头朝后平放在身子上，四蹄蜷缩在腹部，但暗藏着一股力道，随时准备腾起的样子。还有腹部刀刻出来的肋骨纹路，一根根清晰可见。刀法跟元代画马大师龚开的《骏骨图》笔法特别像。这种刀法也足见这块玉的纯度不够。艾小米转念又想，玉石不纯有什么关系呢？我不缺玉，也不想买玉。我首先是看中了它优美的造型，还有优美底下隐藏着的古拙。这应该是更标准的"侘寂之美"吧。

艾小米给索拉图发了一个微信，问卖不卖，多少钱。

索拉图没回复，过了一阵打来电话："您还惦记着我的马呢？本来就不是卖的，可是架不住您老惦记啊。您要是实在忍不住，我也只好忍痛割爱，这样吧，三万，不还价。"

艾小米知道这个价格有点虚高，但既然对方开出价来了，那就不用急着还价。她对索拉图说要跟老公商量一下，会尽快回复的。

席笑英来了，看到那只玉雕回首马的照片，说好看，比阎浩然藏在床底下的那一大堆玉雕要精致得多。听说是元代的，开价三万，席笑英大笑起来："什么元代宋代，还三万元，骗鬼啊，想讹你这个有钱人吧？我老家那个村的人，从三峡库区搬出来之后，都在搞文化产业，一半人在仿造名牌文具，还有一半人在艺术史专家指导下仿造古董，汉代的马踏飞燕啊、宋代的瓷器茶杯啊、明代的春宫图、清代的鼻烟壶，要什么有什么。做完了埋在土里一段时间再挖出来，卖给有钱人。阎浩然也说，的确很挣钱。"

艾小米说："我就说嘛，哪来那么多的古董老物件，把它当工艺品就好了。"

席笑英说："那些整天在古董市场转来转去的人，自称收藏家，自欺欺人，买了假货也不承认，又把假的当真的卖，小圈子里恶性循环。这个建立在假的基础上的行当，就像一个烟雾缭绕的迷宫，据说水很深啊。"

艾小米说："童智勇也说过，这个行当是一个你骗我我骗你的行当，让我千万不要上贼船，我当时还跟他急呢。"

席笑英说："童智勇当然知道，阎浩然也知道。他们两个都知道，就你不知道。他们两个最近走得很近，狼狈为奸，还经常在一起喝酒呢。"

艾小米当然不知道这些。她是一个迷恋自我世界的人，对外部的俗事漠不关心，她喜欢风景和花草，不喜欢农贸市场。她说这叫审美，童智勇说她反应迟钝。她这一类人都很自我，觉得世界的事物都是为她而存在的，取舍的主动权在她这里，童智勇和阎浩然和席笑英概莫能外。

在阎浩然和艾小米爱情火焰暗淡之时，在一个文学沙龙上，艾小米认识了阎浩然的文友童智勇。自那以后，他们的婚恋史就被改写了。艾小米跟阎浩然分手，嫁给童智勇。当时，阎浩然的兴奋点正在下海和创业上。这一切，就像一阵清风拂过平静的水面那样，涟漪转瞬即逝。后来成了邻居，两个男人见面点头，但心存芥蒂，没有什么深交。现在怎么又在一起"狼狈为奸"了呢？艾小米说："他们玩到一起了？没理由啊。"

席笑英说："男人成为朋友的理由很简单，就是在一起干坏事，比如打架啊、偷鸡摸狗啊、一起搓背洗脚啊。你猜阎浩然跟童智勇为什么玩到一起？"

"他们一起干什么坏事？偷鸡摸狗？"

席笑英说："他们在合伙办仿古工艺品厂，换句话说，就是做假古董，产供销一条龙。"

艾小米吃了一惊："什么？我一点都不知道。我对老童的生意素来不闻不问。"

"你不闻不问，人家就懒得跟你说了，也是爱护你，怕你烦心。阎浩然说，童智勇的房地产业务还在，只是利润空间太小，想投些资金到古玩市场，他们就合伙了。"

艾小米问："这个不算犯法吗？至少也是个诈骗犯吧？"

"犯什么法？他们没有公开说是古董啊，他们说是仿古工艺品啊，就像满大街挂在那里卖的世界名画和中国名画一样，那是普及艺术呢，怎么能说诈骗呢？"

艾小米说："名画是正规出版物，而且价格低廉、明码标价，版权页印得清清楚楚。"

"人家的仿古工艺品也很廉价啊。就拿你那只玉雕回首马来说吧，才三万元的价格，无疑是假的嘛。如果真的是元代的，那还不得十几万、几十万哪？你要是真喜欢，就跟他还价，一折，三千块。"

艾小米说："一折？三千块？找骂啊？你也够狠的，我心里想着是五折呢。"

"不是我狠，是我了解行情。三千块他还要挣不少呢。你再去仔细看一下，如果真的是含杂质的玉石，哪怕是普通的石英材质，那也行。只要不是胶木粉压缩的就成。胶木粉材质的一千块都不值。"

艾小米觉得席笑英的分析很过分，就像索拉图开的天价一样过分。

7

席笑英回到家，把手机里的图片给阎浩然看，问这个玉雕回首马是不是他们仿冒的。阎浩然说不是。阎浩然说，他们的原则是"只仿冒作旧，不原创审美"。搞收藏的土豪是没有现代审美能力的，所以只要弄得古旧一点、有历史感就行。喜欢这种风格的人，一看就不是搞收藏的，估计是搞艺术的。

阎浩然突然想起来，他在那家"雪域盛昌"店，见过这只玉雕回首马。当时为了哄店主索拉图开心，就把这个物件说成元代的。他知道是索拉图在克什米尔那边淘来的，东西不错，但绝不是古董，更不是文物，很有可能是近现代的东西。席笑英问这件东西到底怎么样。阎浩然说："看上去不错，造型优雅而古拙，姿态静中有动，而且不是汉族人的作品，应该是丝绸之路上某个国家的作品。"席笑英让他估价。阎浩然说："价格很难估，自己喜欢就好，这个行当的买卖，就是买心情。不是你想买吧？"席笑英说："我在网上看到这张图片，随便问问。"

阎浩然知道，村里长大的席笑英是不会买这种东西的。其实他已经猜到了，是艾小米想买。他自己曾经也动过心，想把玉雕回首马买下来，但一时没有拿定主意，就把它的年代定在元代，这样的话，索拉图就不会轻易出手。到时候想买的话，再把时间改过来就是了。没想到艾小米想下手。他本来想提醒席笑英几句，但转念一想，由她去吧，反正童智勇不缺钱。

艾小米在微信上跟索拉图反复谈判磋商，都没有成交。这一天，她再一次来到"雪域盛昌"。女店主韦棋不在，说回娘家去了，只有索拉图一人。艾小米要求他再把玉雕回首马拿出来看一看。

索拉图说："您太狠了，没有那么砍价的。清代的也不是那个价啊，何况元代的。"

艾小米说："我是学美术的，不是学考古的，我不管你什么朝代的，我只管它好看不好看。现在我喜欢上它了，才给你开出那个价。你卖还是不卖吧？"说完，用略带嗔怪的目光看着索拉图。

索拉图迟疑了一下说："什么？不管朝代？那可不成，古代的是古董，现代的就是工艺品，两个系统，两个价格。"

艾小米说："那你凭什么说它是元代的？有什么证据啊？"

索拉图一时语塞，转过脸去说："您要这么说，我还真不卖了。从克什米尔背回来，翻过天山昆仑山，越过葱岭帕米尔，容易吗？"

"这跟元代有什么关系呢？"

"年代也不是我定的，是省收藏家协会专家定的。"

什么收藏家协会专家？童智勇和阎浩然都是那个协会的。艾小米不想跟他掰，缓和了一下口气说："我知道来之不易，所以才愿意出那个价嘛。"

"您要是真有心要，再加点，再加一千。"

"好，再加五百。"

那只玉雕回首马最终到了艾小米手上。

艾小米把这只玉雕回首马摆在书架醒目的位置上，看着它心情舒畅。

席笑英过来了，问是不是买了那只玉雕马。

艾小米本来不想告诉席笑英，但知道迟早瞒不过，只好说已经买了。

席笑英问多少钱。艾小米说要保密。

席笑英说："我是怕你吃亏啊，你跟我保什么密？我们不是亲姐妹吗？"

艾小米被她的话感动了，只好告诉她说，花了一万块，其实是一万五千五百块。艾小米叮嘱席笑英，不要告诉阎浩然，告诉阎浩然就等于告诉了童智勇。

席笑英说："知道了，你放心吧。事已至此，我本来不该说什么，但谁让我们是亲姐妹呢。我觉得还是买贵了。我知道你脸皮薄，你要是带我去，我一定要帮你把价格砍下来。"

人到中年，有这样坦诚相待的朋友，也是自己的福气。

艾小米心里感叹着，拿出最好的茶来款待席笑英，她们一边喝茶一边闲聊。

艾小米说："没有办法，我就喜欢马。看了很多，都没有我中意的。好不容易碰上这只。你不知道，我童玲儿就是属马的。我本来不想生孩子，害怕怀孕之苦，害怕生育之累，更害怕身子变形。可是偏偏就怀上了。本来想拿掉，又害怕疼。更主要的还是于心不忍。后来你知道的，生玲儿的时候差点送了我的命。"

席笑英说："玲儿多好啊！又漂亮、又聪明、又孝顺。"

艾小米说："还有，童智勇也是属马的。我很感激他。他为了我和玲儿，放弃他的专业去办公司，每天奔波，头发全白了。大家都说他养了两个女儿。"

席笑英说："我们家阎浩然也属马。真巧啊。"

艾小米当然知道，自己的初恋情人阎浩然也属马，只是不便说起而已。现在，玉雕回首马，加上童玲儿和童智勇两匹马，再加上阎浩然，就是四匹马了。阎浩然有资格加入这个行列吗？这对于艾小米而言，有些模糊，并不确定，或者说是潜意识的。

当年，她跟阎浩然分手得很突然，也很平静，就像他们俩相遇的时候一样平静，仿佛什么都没有发生似的。艾小米觉得，跟阎浩然在一起的时候，自己像一根没有完全燃烧起来的树枝，隐隐约约地冒了几缕青烟，不温不火，眼看着就要熄灭。阎浩然也跟她自己一样，像一根潮湿的柴火，冒着不冷不热的青烟，燃不起火花。后来遇到热情又阳光的童智勇，是他照亮了她，把她点燃，让她变得火热而明亮。但每次遇见阎浩然，她瞬间就恢复到当时那种青涩潮湿的树枝状态，有一种隐秘的渴望被点燃的冲动，同时伴随着逃离的冲动。直接的表现形式，就是批评阎浩然，否定阎浩然，蔑视阎浩然。当她听说两个男人最近混在一起"狼狈为奸"的时候，她听到的不是"狼狈为奸"，而是"混在一起"，当然，两人最好是合二为一……

8

小雨下了一整天，客人稀疏，韦棋和索拉图有一句没一句地聊着。

韦棋说："最近那个经常到店里来的女士，好像是一个出手大方的人。"

索拉图说："她是个挑剔的主儿，能入她眼的东西不多。"

韦棋说："上次来店里，磨蹭了很久，有点不好意思，为了照顾我的情绪，就买了些廉价的绿松石手串，不是她自己戴，是送人的伴手礼。"

索拉图说："她只看中了我们在克什米尔街边买来的那个玉雕回首马。我跟她说是元代的。她说她不管朝代，她只看造型。我觉得她根本不懂收藏，像个傻文人。"

韦棋说："你不会把马卖给她了吧？我听你们在里面嘀嘀咕咕，只听见你说不卖，让她隔着玻璃瞅两眼得了。你真的卖了？"

索拉图说："你回你妈妈家的那一天，她又来了，跟我磨了半天嘴皮子。我问她为什么非要买，她说她喜欢马，而且她的女儿和老公都属马，我就卖给她了。"

韦棋说："什么？卖了？索拉图啊，你别忘了，你也属马啊。当时买它，不就是因为你属马吗？不就是因为那一天是你的生日吗？"

索拉图说："卖了就卖了吧，人家出了两万啊！"

韦棋说："不行！你给我把它买回来。"

索拉图说："是我属马，又不是你属马，为啥你要买回来？"

韦棋生气了："索敬明！我看你是钻进钱眼出不来了，你见钱眼开六亲不认了。你赶紧给我买回来，否则我跟你没完。"……

索拉图跟韦棋争吵的时候，艾小米正在欣赏她的玉雕回首马。

微信突然叮咚响了一下，艾小米一看，是索拉图的。

索拉图："在吗？"

艾小米："在呢，什么事？"

索拉图："咱们见个面？"

艾小米："有事这里说啊，还非要见面？"

索拉图："见面谈更好一些，我在银雀街东口的星巴克等你，好吗？"

艾小米仿佛看到了索拉图哀求的目光，只好答应赴约。但她不喜欢星巴克，嫌它太挤太闹。她让索拉图到银雀街西口的图兰朵咖啡馆等她。

高个儿索拉图，坐在角落里也很醒目。他给艾小米要了一杯拿铁。见到艾小米的第一句话就是求饶："求求你，把那马还给我吧，我给你两万，你转手就挣五千，行不行？"

艾小米说："怎么回事？元代的玉雕马升值了？想买回去再升值啊？我不卖！"

索拉图说："我的姑奶奶，我恨不得给你跪下了。卖给我吧。不是升值的问题，是我家韦棋下的死命令，要我必须买回去。因为我也属马，那是她给我的生日礼物。"

"哟，看上去人高马大的，也是个'妻管严'啊。"

"不是。她一向听我的。最近不一样了，我不敢惹她。"

"最近怎么了？有把柄给抓住了？还是她打算移情别恋？"

"别恋暂时还谈不上，有点想移情的意思。她的健身教练总是给她发微信。我感觉最近她的眼神儿有些散。"说到这里，索拉图右边脸上的肌肉抽搐了一下。

艾小米忍住笑，第一次仔细打量索拉图，脸部轮廓清晰，嘴唇线分明，下巴上黑多白少的灰黑胡子茬，显得很有年代感，对了，这也是一种"侘寂之美"。他也属马？不像，看上去不像跟童智勇和阎浩然是同龄人，大概是因为身材修长而显得年轻吧？索拉图被艾小米的眼神弄得有些羞涩，端起咖啡杯放到嘴边，但咖啡已经没了，他只好舔了一下杯口上的泡沫，把艾小米都逗乐了。

索拉图还在用期待的眼神看着艾小米。艾小米的确有点动心，这只玉雕马毕竟是人家的爱情信物啊。但转念一想，如果不把玉雕马还给索拉图呢？韦棋就会跟他分手吗？这也太荒唐了吧？何况在自己眼里，这只玉雕回首马，也决不是一件普通的工艺品啊！童玲儿、童智勇、阎浩然、玉雕马，四匹马，现在又加上一个索拉图，就五匹马了，五马比四马好啊，《五骏图》，郎世宁，徐悲鸿……

随着索拉图的一声咳嗽，艾小米回过神来了。她突然站起来说："索拉图啊，如果你的韦棋，会因为一个有肌肉无大脑的教练，就眼神儿散了，像鸡蛋散了黄儿似的，那你还不如趁早跟她分手呢。"说完转身就走了。

童智勇下班回家，发现家里静悄悄的，知道艾小米又在书房里用功。童智勇走进书房一看，发现她正对着书架上的一只玉雕马出神，便说："好漂亮的马啊！哪里买的？"

艾小米说："是席笑英从地摊儿上买来的，她知道我喜欢马，就送给我了。地摊主人说是元代老物件儿，叫'玉雕回首马'。"

童智勇说："雕工是不错，材质却一般，造型也很特别，跟一般见到的玉雕不一样。至于年代嘛，那就不好说了。"

艾小米说："我喜欢。我给它取了一个乳名，叫五骏图。"……

2020 年 1 月 30 日

附录：创作随想三篇

1　小说与梦幻

梦是一个很神奇的东西，它跟每个人都有关，程度不同而已，大家都做梦，次数多少而已。我是一个很少做梦的人，经常是两三个月甚至半年，也没有一个像样的梦。作为一个文学写作者，我曾偷偷地为此而羞愧。记得好像是 1994 年秋天，读阿根廷大作家博尔赫斯的传记，知道他是一个经常做梦的人。当读到他因第一任妻子从不做梦而心生厌恶的时候，我的心里还哆嗦了一下。于是，我经常假装多梦的样子，还写跟梦相关的小说。

假如一位多梦的人，每天晚上都在做梦，那么，他就有将近一半的时间生活在梦里。至于这个梦是幸福的还是痛苦的，那完全看他的造化，就算你有万贯家财，能呼风唤雨，也控制不了梦的世界，那是另一番天地，它有它自己的主宰。据说，小乘佛教有一种"修梦成就法"，那些高人神人们，能够修炼到控制梦境，相当于睁着眼睡觉，闭着眼睛行路，能将水梦成莲花，将火梦成琉璃。我们这些俗人做不到啊！但也不能太消极，醒着的时候难免倒霉受辱，那就到梦里去碰碰运气吧。

不记得在哪里读到一个故事，说有一位仆人经常做梦，梦见自己变成了老爷，老爷在梦里变成了仆人。一天晚上，白天的老爷正在梦里做"仆人"，仆人却一身"老爷"装扮，穿着自己的礼服，挽着自己的妻子，从屋里大摇大摆地走出来。老爷正要张嘴呵斥，仆人用严厉的眼神制止了他。早晨起床之后，仆人见到老爷的妻子，又试图上去挽她的手，老爷命令家丁将仆人按在地上，用粗棍子猛击他的屁股。晚上入梦后，仆人也让家丁把老爷狠狠地打了一顿。仆人感叹道：上帝真公平！这位仆人的哲学，跟庄子一脉相承。

我们常说"魂萦梦绕"，可见梦和灵魂有一定亲缘关系，但它们无疑不是一个东西。没有梦的人不必强求，更犯不着感到羞愧，现实这一边的半个世界，也有精彩之处。如果没有灵魂，那问题就严重了，不是死了就是行尸走肉。我想起唐传奇《离魂记》里的那个倩娘，魂跟恋人王宙跑了，躯体在父母家里，躺在床上跟植物人一样。所以，人可以没有梦，但不可以没有魂。能不能这么说：梦是灵魂的活跃状态？肉体活跃的人，灵魂相对要静止一些，梦也少一些。反之，身体孱弱的人，灵魂比较敏感，往往会梦幻不断。

英国人类学家弗雷泽说，原始部落的人认为，做梦就是灵魂出去玩儿去了，他们说得轻巧。其实这是一件很危险的事情，万一灵魂迷路了呢？万一它被别的灵魂拦劫了呢？所以，老一辈经常告诫我们，不要张开嘴巴呼吸，更不要张开嘴巴睡觉，以免灵魂出窍。其实这个办法也不完全管用。灵魂出窍的路径多得很，嘴巴和眼睛闭着，还有鼻孔和耳朵眼儿呢，都可以直通外部世界，总会出来的，除非它不存在。

梦幻长成什么样子？这是一件颇费思虑的事情，用理性语言表达更不可能，因为它不需要推论和解释，它需要的是呈现，艺术就是呈现，呈现人的精神秘密。伟大的电影导演费里尼（1920—1993），曾经花费了30年的时间，每天早晨起床都做一件事，用符号和图画记录自己的梦境。在他去世十几年之后，手稿以《梦书》之名出版了，又过了10年，简体中文版也出版了。这是一本很容易读的书，但也是一本难以破解的天书。艺术就是这样一个梦幻世界，貌似明白易懂，实则满含玄机。

灵魂到底长成了什么样子？更是一件颇费思虑的事情，更难用逻辑的语言传递出来，它同样不需要解释，而是需要呈现，艺术就是呈现，呈现灵魂的样貌。想隐瞒也很难，总有露出来的时候。醒着的时候，灵魂就在你的眼睛里晃来晃去。睡着的时候，灵魂就变成各种小动物出来游玩，那个游玩的场景，就是梦幻。那些变成小动物的灵魂，形态各异。有的是住在人体之内的一个小人儿，趁主人睡着了的时候，出来遛弯儿，但也走不远，天不亮就回来了。还有一些可能像鸠鸟，等你一睡着，它扑腾一下就飞出去了，在树梢和地面来回飞翔。更极端的，可能是一只鹏鸟，水击三千里，背负青天，抟扶摇而上者九万里，天亮了都还不回来，白天还在"梦境"之中。

如果说，小说就是作家的白日梦，那么这个暴露灵魂的"白日梦"，形态是复杂而多样的，它因灵魂变化而成的小动物的不同，而显示出不同的梦境和风格、故事和情节、词语和句子。它是另一个世界的影子，也是这个世界的回声。

我琢磨着，操控着我梦幻世界的那个魂，是个什么样子？那个平时躲藏在身体内部的小人儿，它走得不远，就在地球表面转悠，它玩耍的时间也不长，仅限于睡眠的时候。这无疑是一个偏于现实主义的魂。它绝不可能是超现实主义的。它偶尔也可能会飞起来，却经常要借助于"飞行器"，跟着主人，飞到南方的海岛，飞到西部的戈壁滩。西南也是经常去的地方，比如西双版纳、香格里拉、苍山洱海。去年的泸沽湖之行，我能说什么？我只能用"震撼"来形容，格姆女神山、永不冻结的湖水、湖心岛和古刹，将永远镌刻在我记忆之中。为此，我灵魂的小人儿，在泸沽湖边，制造了一个跟"玛瑙手串""父亲""摩梭人"相关的梦幻，就是短篇小说《玛瑙手串》。

2　小说与故事

小说家的工作，就是将现实经验转化为"故事"或"小说"。2019年夏天，在泸沽湖边小住了几天，参观摩梭人村寨和祖母屋，泛舟高原湖泊，在湖心岛上的古刹里许愿，跟卖山货的彝族人讨价还价，近距离接触那些我想象中的神奇部族，令我印象深刻。尤其是傍晚天际线和湖岸交接处，格姆女神山辉煌轮廓的光照，在我脑海里挥之不去。头天晚上，我因梦魔而大声喊叫，被吕约唤醒之后才回过神来，那时候强烈的印象，就是现实和梦境边界的消失，梦境中的湖水光斑粼粼，现实中依然如故。回到北京之后，一直想写下内心复杂的印象和感受，但一直不知如何下笔。

事情凑巧，正在出版我的中短篇小说集《幻想故事集》的出版方，给我发来了一份邀请函，邀请我参加他们策划的一个叫"采梦计划"的公益项目。策划理由是："缺少梦的当代生活变得越来越贫瘠、无聊、乏味。"他们打算征集不同年龄、不同职业、不同身份的写作者，每人写一个"自己印象最深的梦"。众多梦凑在一起，或许能够呈现一个"现代人的心灵图谱"。他们还要通过线上发布和线下策展的方式展示给公众，以"唤醒更多人的梦与想象力"。我觉得策划方案写得很合我意，就答应了，我成了第一批30位入选者之一。

我很快就交稿了。我把在泸沽湖边的客栈里做的梦，如实地写了下来，取名叫《梦中的父亲》。梦的大意是：

我梦见父亲，他好像跟生前差不多，衣着光鲜、盛气凌人，还打听我为什么到泸沽湖来了，干什么来了。我说，我到这里来玩儿、来花钱、来鬼混的。我故意说了一些父亲不喜欢的事，而不说学习和劳动那些他喜欢的事，目的就是要气一气他。但我发现，父亲一直躲着我，不让我看到他的全貌。这时候，突然来了四位穿黑色制服的人，长得像我的摩梭导游阿罕·扎西（化名）。他们抓住我父亲的手脚，抬到门口，往一个长方形木箱里装，这时我才见到父亲的全貌，牙齿掉光了，喊叫着的嘴巴像个黑洞。我也大声喊叫起来，内心充满了恐惧和悲戚。

我以为我在梦里喊了父亲，吕约却说我在梦魇里发出"呜噜呜噜"的声音太可怕了，所以连忙把我喊回现实里来了。当时我四肢发软，浑身冒汗，心有余悸。这就是那个梦的主要内容。我为"采梦计划"所写的梦，大约3000多字。后来才发现，他们展示出来的，却只有 200 字。我有些诧异，转念一想，我有理由在复杂的梦境中采集 3000 多字，他们也有理由在 3000 多字中采集 200 字。面对鸡肋一样的 3000 字，我决计拯救它。

转述出来的"梦"，其实就是一般意义上的"故事"，而不是"小说"。小说家喜欢称自己为"讲故事的人"，其实，所有小说家的心思，都在指向"故事"之外。为了让这个"故事"（梦）成为"小说"（艺术），必须把它放回当时的情境之中去重新审视和取舍，也就是让细节和情节，在现实场景中产生"有机的关联"。那几天泸沽湖边的所见所闻，风景和民俗、寺庙和市场，相关的人和事，导游阿罕·扎西，"猪槽船"上摇橹的摩梭女子，一切都重新列队出现。但是，它们却像一团乱麻，像一堆碎片。我必须找到将碎片串联在一起的那个东西，也就是小说的"魂"。

玛瑙手串的突然出现，让我如获至宝。我突然觉得，就是它了！"玛瑙手串"成了一种有效的黏合剂，将杂乱无章的经验碎片，黏合在一起。它成了一个"小说"的所有建筑材料背后的"形式因"（建筑之所以为建筑的原因）。但它却是谦卑的，以一个普通的物品形态出现在我们面前，其实背后暗藏玄机。

它曾经出现在梦里的父亲手上，因而是另一个世界的物品，也因此具有灵异性质。它也作为装饰品出现在导游阿罕·扎西手上。它还作为纪念品和商品，摆在泸沽湖心的里务比岛古刹门前，而"我"就是一位消费者和购买者。它还成为了阿罕·扎西、阿珠和"我"之间相互馈赠的礼品。这个作为另一个世界的有灵性的手串，以及作为这个世界俗物的手串，它的功能和价值变化多端：装饰品、纪念品、商品、礼品，以及具有预言色彩的灵异品。物品的性质和功能的多样性，产生意义的多样性，也产生词义的多样性。是它，让"故事"成为了"小说"。它不仅把碎片筑成了"梦"，还把"梦"筑构成"艺术"。使"玛瑙手串"的功能和意义产生多样性的，是巧合？是灵感？是冥冥中的某种力量？无论是什么，我们都要感谢艺术予以我们的恩赐。

3　小说与胡说

有位作家在家养尊处优，吃完饭碗一撂就往书房钻，说"去写小说"，他爹说："又去编瞎话。""瞎话"就是闭着眼睛说的话，像梦中的话，也就是"胡说"。但它还没有脱离"话"的范畴，也就是符合句法逻辑，主谓宾齐全，不是"咒语"和"梦呓"。观音菩萨整肃孙悟空的时候，就是在"念咒"而不是"说话"，因为它没有句法，更谈不上章法。为什么明白易懂的句子凑合在一起，有时候还是很难懂，还是被人视为"瞎话""梦话"和"胡说"呢？那是因为组合句子的逻辑不同，"语境"不同。赫拉克利特巧言：清醒人有一个共同的世界，做梦人却走进了自己的世界。这里的两个话语"世界"，清醒的话和梦中胡话，表面上好像不相通，深层却是相通的。如果只关注"清醒的话"，不关注甚至拒绝"梦境的话"，这个世界就会变得功利无趣，甚至冷酷无情。"清醒的话"并非句句重要，"梦里的语言"也不是无关紧要。

大脑的记忆功能和储存量是惊人的，储存着大量的生命史、文明史、精神史、经验史的信息，有些是直接经验，有些是间接经验，有些是"基因经验"。大脑平时处理的是记忆储存中的极小部分。大脑在理性的专制管控之下，不敢乱说乱动，只能说（想）一些现实功利的话，很少触动人的生命信息和精神储存。教育或学术，就是训练大脑对理性专制的服从，哪些话该说，哪些话不该说，说什么，怎么说，都有严格规定，古人称之为"明是非，知廉耻"，张嘴胡说就是不要脸。哪知道"是非""廉耻"的标准瞬息万变，以致我们一说就错，最终是不敢说话，鹦鹉学舌模仿圣人的话最安全，做哑巴当然更安全。

然而，生命的自由本性和基因之中，隐藏着一种"胡说"的冲动，也就是试图跟他人和世界，产生更多的信息交流和情感沟通。但也只有两种情况下可以"胡说"，一是"做梦"，一是"虚构"。

清醒的时候，在理性的压制下，大脑中的许多重要信息都处于昏睡状态。睡眠中，理性压抑机制松弛，记忆信息倾巢而出，试图冲破词法句法和章法的结构，呈现出绝对的自由和无政府状态。这种词语的无政府状态，只有你自己知道，你无法传递出来，等你说出来的时候，你已经落入语言结构的牢笼。还有一种半梦半醒的状态，或者醉酒的状态，也就是"创作"时的白日梦状态。昏死的经验开始复活，记忆的信息开始苏醒，词语的微粒开始做"布朗运动"，但表达的话语依然在句法和章法中挣扎。每一句话都能懂，加在一起不一定好懂。或者说一听就懂，其实也不一定懂。半懂不懂或似懂非懂，正如半梦半醒和似醉非醉。尼采称之为"狄奥尼索斯状态"。

其实，讲一个故事，写一首诗，也不是为了让谁懂，只是为了让有心者看和听，看看那些语言的舞蹈，听听那些声音的鸣和，感受现实功利之外的另一种诉求。这些信息背后所连接的，是梦境深处不可知的部分。

　　小说《芸姑娘》，从情节和人物角度看，纯属虚构，这个故事在经验层面是不曾有过的事情。但从灵魂记忆的角度看，它又是真实的。那些底层人遭遇的命运、她珍宝一样的生命的消逝，在我心中留下的悲伤，更是绝对真实。我把它献给所有我爱过的、却离开了的、我至今依然在思念的人。如果不同时空之间信息可以交流和沟通，那么，芸姑娘也一定在倾听我的"胡说"，我的讲述，我绵长的回忆。

后　记

　　公元 2020 年元月 23 日，农历腊月 29 日，戊戌除夕前一日，武汉开始封城。我和大家一样，自我隔离在家中，有一阵连黄昏散步都取消了，心情自然抑郁，但也免去了许多不必要的应酬，在家安心读书写作，竟然一发而不可收。我将自己在这期间创作的中短篇小说，结集为小说集《感伤故事集》，以纪念这个特殊的春天。

　　因瘟疫而诞生的文学作品很多。比如十四世纪佛罗伦萨瘟疫，催生了薄伽丘的《十日谈》。十七世纪伦敦瘟疫，催生了大诗人约翰·多恩的长篇散文巨著《丧钟为谁而鸣》。身染瘟疫的约翰·多恩，想得最多的不是肉体的永生，而是灵魂的获救，以及灵肉和解与超越的可能性。最令人惊喜的是伟大的天才作家普希金，他在一八三零年代俄国爆发瘟疫期间，蛰居在自家领地鲍尔金诺，写下了著名的《别尔金小说集》，《叶甫根尼·奥涅金》的后半部，《吝啬的骑士》等四五部戏剧和大量抒情诗。其中《别尔金小说集》是最具现代精神的作品，他把笔触指向了生活在底层的小人物，他们在平凡生活中的勇敢和智慧、苦难和悲伤。伟大的文学是我们灵魂的恩主，就像平凡的生活是我们肉身的恩主。我们在伟大作家的精神滋养中创作。我们学会了在苦难中抱有希望，学会了在窒息的日子里看到光亮。我把我的笔墨，给予那些在"新冠"病毒肆虐时期的普通人和他们庸常而苦恼的生活。即使在这些特殊的日子里，他们对生活的热爱，依然是那么热烈和执着；在矛盾、困境和绝望中，依然人性未泯。

小说集《感伤故事集》，一共收入10个中短篇小说，分为"感伤故事"和"神秘故事"两个小辑。"感伤故事"中的7个小说，写于2020年1月至5月的"新冠"疫情期间。我边写边给杂志投稿，到2020年10月份为止，7个小说全部在杂志上发表出来了，这是它们的幸运。"神奇故事"中的《玛瑙手串》和《艾小米和她的五匹马》2篇，发表于2020年初，虽然是"新冠"疫情期间，但与疫情没有直接关系。还有一个要特别提及的短篇小说叫《六祖寺边的树皮》，曾经收入《幻想故事集》。它是一篇颇具诗意的作品，但也是一篇悄无声息的作品，我觉得对它有所亏欠，所以在这里再收录一次。《感伤故事集》即将由作家出版社出版。借此机会，我要感谢诸多文学期刊，它们以最快的速度安排版面予以发表。我还要感谢作家出版社，迅速通过了选题。特别是本书责任编辑田小爽，她对文学的热情和职业精神令人感动。

庚子年春末写于北京师范大学

图书在版编目（CIP）数据

感伤故事集 / 张柠著 .—北京：作家出版社，2020.12

ISBN 978-7-5212-1181-8

Ⅰ.①感… Ⅱ.①张… Ⅲ.①中篇小说—小说集—中国—当代②短篇小说—小说集—中国—当代 Ⅳ.① I247.7

中国版本图书馆 CIP 数据核字（2020）第 227337 号

感伤故事集

作　　者：张　柠
责任编辑：田小爽
宣传编辑：商晓艺
装帧设计：昇一设计
出版发行：作家出版社有限公司
社　　址：北京农展馆南里 10 号　　邮　　编：100125
电话传真：86-10-65067186（发行中心及邮购部）
　　　　　86-10-65004079（总编室）
E-mail:zuojia @ zuojia.net.cn
http://www.zuojiachubanshe.com
印　　刷：中煤（北京）印务有限公司
成品尺寸：142×210
字　　数：171 千
印　　张：8
版　　次：2021 年 2 月第 1 版
印　　次：2021 年 2 月第 1 次印刷
ISBN 978-7-5212-1181-8
定　　价：39.00 元